MAY ET CHANCE

ÉGALEMENT CHEZ POCKET

« Mille femmes blanches »
Mille femmes blanches
La Vengeance des mères
Les Amazones

La Fille sauvage
Marie-Blanche
Espaces sauvages
Souvenir de l'amour
Mon Amérique

May et Chance

JIM FERGUS

MAY ET CHANCE

Les journaux de June Wolf Hadley

Traduit de l'anglais (États-Unis)
par Jean-Luc Piningre

le cherche midi

ISBN 978-2-266-33633-8
Dépôt légal : avril 2024

« Ce sera tout pour mes aventures dans l'Ouest. Il n'y a pas grand-chose à ajouter. Je viens de perdre un autre enfant, et je ne sais pas quand… ni comment je vais récupérer les autres. Il va falloir imaginer une stratégie. Nous sommes loin d'être arrivés à Chicago et la route sera parsemée d'embûches. Mais Chance, comme il dit, est plein de ressources et j'ai appris, moi aussi, à me tirer d'embarras. »

May Dodd, bien vivante,
le 12 novembre 1876,
sur une rive de la Tongue River,
territoire du Montana

Derniers mots des journaux perdus de May Dodd

PREMIÈRE PARTIE

LE DÉPART

Tent City, territoire du Wyoming
Début décembre 1876

Être décédée présente certains avantages. Ou, plus exactement, être *présumée* disparue. On se donne le luxe de parcourir le monde comme un fantôme – invisible, anonyme, telle une toile vierge sur laquelle créer un personnage entièrement nouveau. Certes, des gens que l'on a fréquentés peuvent vous reconnaître ou peut-être leur rappellerez-vous vaguement quelqu'un, si votre apparence a changé. En ce qui me concerne, j'en suis venue à penser que, le jour où frère Anthony m'a trouvée dans la grotte et constaté mon décès, j'étais réellement morte. Puis que Woman Who Moves Against the Wind[1], mon ange gardien cheyenne, m'a vraiment ressuscitée grâce aux soins qu'elle m'a prodigués et à ses pouvoirs occultes. Lorsqu'on vit un certain temps chez les Indiens, on finit par croire à quantité de choses improbables…

1. Voir glossaire des noms à la fin.

Il y a quelques semaines… j'ai perdu la notion du temps et n'ai plus de calendrier pour m'aider… mon amant Chance et moi avons quitté le village d'hiver de Little Wolf en compagnie de nos amies lady Ann Hall et Martha Atwood, ainsi que Little Tangle Hair, le bébé de celle-ci. Au cœur de la saison froide, les arbres sont dénudés, la température glaciale, et la neige tombe en rafales dans les plaines. Ce n'est pas du tout le moment de voyager, mais il était nécessaire que nous partions. Heureusement, nos familles cheyennes nous ont fourni des couvertures de la Hudson Bay Co. et d'épaisses peaux de bison pour nous emmitoufler, ainsi que des toques de fourrure pour nous couvrir les oreilles, faute de quoi nous gèlerions la nuit. Pendant les tempêtes, nous devons nous serrer dans les tentes rudimentaires que Chance a confectionnées au village, au moyen de toile et de branches de saule. Au moins nous protègent-elles des tourbillons de neige. Nous essayons de dormir dans les ravines, qui nous mettent à l'abri du vent.

Chance monte Lightning, son appaloosa, moi, ma jument alezane, Lucky, et Martha se partage entre son âne Dapple et l'un de ses deux chevaux de guerre préférés, un beau palomino qui répond au nom de Sunrise. Elle a offert l'autre à sa famille cheyenne avant notre départ. Ann a adopté un alezan de la prairie, particulièrement haut sur jambes, qui s'appelle Champion et qu'elle a choisi car il lui rappelle les sauteurs pur-sang avec lesquels on chasse le renard dans son pays natal. Nous projetons de céder nos bêtes à Laramie, ce qui nous permettra d'acheter des billets de train et de subvenir quelque temps à nos besoins, sur place et lors de notre arrivée à Chicago. La fin de notre voyage demeure une grande inconnue, nous ne pouvons rien anticiper. Chance et moi avons un peu d'argent – lui, ce qui lui reste de ses émoluments de cow-boy lorsqu'il accompagnait une transhumance vers le nord, moi de mes gains de vendeuse de chevaux. Cela ne nous mènera tout de même pas loin. Lady Ann a juste de quoi se rendre à New York, où sa banque londonienne a transféré des fonds, suffisamment pour couvrir les frais de sa traversée de l'Atlantique. Généreusement, elle nous propose de garder son cheval lorsque nous la quitterons à Medicine Bow où elle prendra le train vers l'est. Nous le vendrons ensuite à Laramie avec les nôtres.

Nous campons pour l'instant aux abords de Tent City, le village naissant des colons au pied des Bighorn Mountains, où Wind[1] et moi avions cédé quelques-uns de nos chevaux, il y a bien des mois, aux écuries Bartlett & Sons. J'avais également acheté là des fournitures et ma tenue de femme de l'Ouest. Bien que l'on y construise de vraies maisons, l'endroit mérite tout à fait son nom de « tentes », autour desquelles il prend un nouvel essor. La température s'est adoucie et le soleil d'hiver ressuscite un peu de chaleur bienvenue.

J'ai arrêté depuis longtemps de tresser mes cheveux comme les Indiennes. Je les porte à présent noués sous ma toque ou mon chapeau de cow-boy. Martha m'a proposé de les couper très court quand nous serons à Laramie, pour que je change d'allure. Je ne suis cependant plus la May d'autrefois. Quand je regarde mon image dans le miroir que j'avais trouvé à Tent City,

1. Woman Who Moves Against the Wind : voir épisodes précédents.

lors d'un précédent séjour, je vois une étrangère au visage parcheminé, trop ridé pour son âge. Elle m'examine d'un air perplexe, comme si elle ne me reconnaissait pas. Mon pénible séjour à l'asile, les multiples privations auprès des Cheyennes, l'exposition constante de ma peau claire au soleil et aux éléments, sans oublier ma mort et ma renaissance au fond d'une grotte… tout cela m'a radicalement transformée. En deux ans seulement, j'ai vieilli d'une décennie au moins – comme Martha, ce que je me garde bien de lui dire, naturellement.

Pour qu'elle ne se présente pas à Laramie sous l'apparence d'une squaw, avec ses jambières et ses mocassins – elle n'a rien d'autre sous la main –, je lui ai prêté mes habits de Blanche afin qu'elle aille en ville, en compagnie de Chance et d'Ann, acheter de quoi s'habiller. Je leur ai donné un peu d'argent et leur ai indiqué où se trouvent les commerces. De fait, nous n'avons pas grand-chose pour nous vêtir dans le monde des Blancs. Je reste en attendant dans notre petit camp, je veille sur Little Tangle Hair et nos bêtes, et j'ai remis mes habits indiens que j'emporterai à Chicago en guise de souvenir. Quelle merveilleuse liberté de mouvement l'on éprouve dans ces peaux de daim ! Je n'ai aucune envie d'enfiler les longues robes que nous portions lors de notre arrivée chez les Cheyennes, encore moins ces corsets qui nous bridaient comme des volailles. Mon Dieu, serai-je jamais capable de m'y réhabituer ? Bizarrement, j'éprouve des regrets à l'idée de quitter le dur pays qui nous a adoptées.

Martha a d'assez grands pieds pour une femme. Je lui ai recommandé de passer chez le cordonnier pour voir s'il n'aurait pas une paire de bottes de cheval, de seconde main, comme en portent les cow-boys du Texas, inspirées de celles des *vaqueros* mexicains. Et, tant qu'elle y est, de se choisir un chapeau à larges bords, comme le mien.

J'ai prié Chance de me trouver, si possible, des registres[1], et de me faire provision de crayons. J'ai arraché une page blanche de celui que j'ai laissé à la tribu, elle est déjà remplie au point d'être illisible, et ma dernière mine n'est plus qu'un petit bout de bois, longue d'à peine un pouce. Les filles se moquent de moi parce que je n'arrête pas de griffonner dans mes carnets. Certes, j'ai l'impression qu'il me manque un membre quand je ne peux pas coucher les événements sur le papier, aussi anodins soient-ils. Curieusement, ne pas écrire autant que je le voudrais m'a empêchée de faire mon deuil de Wren, ma fille bien-aimée, que j'ai été obligée de confier à la famille de Little Wolf. Je n'évoque jamais mon chagrin devant les autres, alors j'essaie de me consoler en racontant mes malheurs dans l'intimité de mes journaux.

Je m'attendais à ce qu'il y ait un pasteur à Tent City pour nous marier, Chance et moi, mais il m'a appris à son retour que la petite ville ne compte pour l'instant que de nombreux saloons, construits à la hâte, et plus encore de personnages louches qui s'y enivrent. Ils se tirent dessus dans les rues, puisqu'il manque encore un shérif pour faire respecter un minimum d'ordre.

---

1. Registres des comptoirs des ventes américains, communs au XIXe siècle, sur lesquels les héroïnes des tomes précédents ont tenu leurs journaux.

Chance pense que ce n'est pas le bon endroit pour officialiser un mariage, et il a sûrement raison. Nous attendrons de gagner Fort Laramie, où se trouvera bien un juge de paix pour nous unir et nous fournir le certificat utile. J'ai longtemps réfléchi à la question et, de toute évidence, il convient que je sois remariée à un Blanc pour aborder une nouvelle vie dans la ville qui m'a vue naître – Chicago. Même sous une autre identité, je risque d'y être reconnue et, si mon père a vent de ma présence, il s'arrangera pour me renvoyer à l'asile. Alors j'espère que mon statut de femme mariée l'en empêchera et j'ai de toute façon Chance, mon loyal compagnon, pour me protéger. Cela dit, mon père exerce une influence considérable sur la haute société locale, ce qui, bien sûr, n'est pas le cas de Chance. D'un autre côté, j'ai de quoi faire scandale en révélant mon histoire… mais qui y croira ? On n'y verrait que les divagations d'une folle, et mon aimable géniteur aurait dans ce cas une raison supplémentaire de me faire enfermer, que Chance soit d'accord ou non. J'ai donc décidé de revenir *incognito*, sous les traits d'une personne différente… ce que je suis, d'ailleurs. Pour commencer, mon certificat de mariage mentionnera le patronyme de Chance et, tant que j'y pense, il me faudra aussi un nouveau prénom. Martha et lui devront à présent l'utiliser en public comme en privé. Mais je n'ai pas encore décidé lequel…

En rentrant de Tent City, elle m'a fièrement montré la robe bleu clair qu'elle s'y est procurée à la place d'une bonne tenue de cavalière.

— Pourquoi diable as-tu acheté cela, Martha ? lui ai-je demandé. Pourquoi l'avez-vous laissée faire,

Chance et Ann ? C'est de l'argent gâché, elle avait besoin de vêtements pratiques !

— Je devais seulement l'emmener faire des courses, May, m'a répondu Chance. Tu ne m'as pas dit ce qu'elle devait choisir. Ce que j'y connais, moi, aux toilettes des femmes ? J'ai attendu qu'elle ressorte du magasin avec Ann, et la robe était dans sa boîte. Je ne la vois que maintenant.

— En ce qui me concerne, ma chère, a ajouté Ann, j'ai pensé qu'elle avait de bons arguments. Je ne suis pas sa gouvernante, que je sache !

— Ils n'y sont pour rien, l'un et l'autre, a déclaré Martha. Comme le rappelle Ann, je ne suis plus une enfant. J'ai décidé que, dans le train qui nous ramènera dans le monde civilisé, une robe serait plus adaptée qu'une tenue de cavalière.

— Donc tu n'as pas acheté de bottes non plus ?

— Comme tu le dis si bien, nous revenons dans le monde civilisé. À quoi me serviraient des bottes de cow-boy à Chicago ?

— Au cas où tu ne l'aurais pas remarqué, nous n'y sommes pas encore. La civilisation attendra.

Outre l'ample robe qu'elle tenait dans ses bras, elle avait rapporté une paire de hautes bottines à boutons, semblables à celles qu'elle portait au début de notre aventure et qui lui avaient valu le surnom de Falls Down Woman. Pour couronner le tout, elle s'était même procuré un corset ! Pourquoi les femmes, me demandé-je maintenant, acceptent-elles cette servitude ?

— Je garderai mes vêtements indiens sur moi jusqu'à ce que nous soyons tout près de Fort Laramie, a-t-elle annoncé. Ce jour-là, je mettrai cette robe pour m'y présenter comme une Blanche et, une fois pour toutes, je dirai au revoir aux jambières et aux mocassins. Tu te rends compte que nous allons boucler la boucle, May ? Que nous revenons bientôt à notre point de départ ? Je t'en prie, ne te fâche pas. Une fois arrivée à Chicago, je trouverai un emploi et je te rembourserai intégralement. Maintenant, si cela ne te gêne pas, laisse-moi enfiler cette robe, tu verras comme elle me va bien.

— Très bien, ai-je admis, comprenant qu'elle avait raison. Mais tu n'auras pas besoin de me rembourser, je te fais cadeau de l'argent. C'est une bonne idée, finalement, d'avoir choisi cette robe. Au fort, il faudra sans doute que j'en achète une moi-même pour le voyage.

— Pour ton mariage aussi, a-t-elle ajouté, ne l'oublie pas. Et toi, Chance, a-t-elle dit en se tournant vers lui, si je puis me permettre, il te faudra un beau costume pour l'occasion.

— Je n'en ai jamais porté ! a-t-il reconnu.

— Eh bien, il serait temps. C'est une grande ville, Chicago, il faut que tu aies l'air d'un gentleman.

Le visage de Chance s'est assombri un instant. L'idée le perturbait visiblement.

— Je sais m'habiller en cow-boy ou en guerrier comanche, mais me déguiser en gentleman…

— N'aie aucune crainte, mon chéri, l'ai-je rassuré. Tu ignores peut-être comment les hommes s'habillent en ville, mais tu sais très bien te conduire en gentleman. Ta mère t'a tout appris sur ce sujet.

Devant sa réaction, je me suis demandé s'il n'hésitait pas maintenant à m'épouser et à s'installer là-bas avec moi, lui qui n'a jamais quitté les grands espaces… Cela m'inquiète tout de même de l'emmener, et sans doute devrais-je lui ménager une porte de sortie. Je doute qu'il soit heureux à Chicago et peut-être ne suis-je qu'une égoïste qui profite de sa gentillesse, car j'ai besoin de lui pour réaliser mes projets.

— Allez, Martha, montre-nous comment elle te va, cette robe, lui ai-je suggéré.

Lorsqu'elle est ressortie de sa tente, Chance a éclaté de rire en remarquant l'énorme faux cul qui lui ornait le bas du dos. À l'évidence, il n'avait jamais rien vu de tel.

— Très bien, Martha, lui a-t-il dit. Mais qu'est-ce que tu caches dans le fourgon de queue, là ? Des passagers clandestins ?

Elle a rougi.

— Ce n'est pas un fourgon et je ne cache rien. Cela s'appelle une tournure, très à la mode à New York et à Londres, lady Ann peut te le garantir. J'ai de la chance d'avoir trouvé une robe élégante au milieu de nulle part. Le magasin en a sûrement quelques-unes en réserve pour les épouses des officiers du fort.

— En effet, a assuré Ann Hall, c'est la mode en ce moment. Je reconnais, pour ma part, que je ne me soumettrai jamais à ces instruments de torture. Il n'y a pas si longtemps, ma chère Helen et moi-même avons fait scandale, à Londres, en arrivant dans une soirée mondaine en pantalon et veste croisée. Évidemment, la bonne société ne nous a plus invitées par la suite ! Nous avions pourtant belle allure dans nos costumes d'homme et c'était fort drôle. Qu'importe, nos bons amis chasseurs ont continué de venir dans mon domaine, le week-end, chasser le renard et tirer le faisan.

— Je n'ai aucune idée de ce qui se passe à New York et à Londres, fit Chance d'un air songeur, mais j'aimerais bien savoir pourquoi les dames tiennent tant à se grossir les fesses.

Je me suis retenue de rire. J'aime Chance de tout mon cœur et je ne sais pas toujours s'il manie l'ironie ou s'il fait preuve d'ingénuité. Peut-être la vérité se trouve-t-elle entre les deux.

— Ne l'écoute pas, Martha. Ta robe est de très bon goût. De fait, cela te changera du daim et j'y vois comme une métaphore de notre voyage. Je me demande quand même si, en nous habillant comme les gens civilisés, nous effacerons vraiment les sauvages que nous sommes devenues. Et j'ai un conseil à te donner.

— Ah oui ? Et lequel, ma chérie ?

— Les scalps à ta ceinture jurent un peu sur cette robe.

— Je renoncerai au couteau à scalper… mais je conserve la ceinture ! Cela fera un bon sujet de conversation en ville.

— Pour le moment, garde ton couteau sur toi, lui a recommandé Chance. Vous avez vu ces minables, à Tent City, qui ne nous lâchaient pas d'une semelle ? Je voulais t'en parler, May… ces gars étaient sûrement malintentionnés. Ça me tarabuste depuis que nous sommes rentrés et nous devons être sur nos gardes. Mieux vaudrait lever le camp tout de suite et nous installer ailleurs. Ils cherchaient une proie facile et ils nous ont repérés. Essayons de les semer au cas où ils suivraient nos traces, comme j'en ai l'impression. Sang de Comanche ne saurait mentir. D'ici, je flaire presque leur odeur. De toute façon, ils ne s'éloigneront pas trop de leurs saloons et je parie que, à peine le soleil sera couché, ils feront demi-tour. S'ils ne nous ont pas trouvés, ces enfants de salauds passeront la nuit au bordel.

— Je suis de l'avis de Chance, a déclaré Ann. Ces individus m'ont paru terriblement louches. Impossible de ne pas remarquer qu'ils nous filaient le train. À l'évidence, ils ont pensé que deux femmes accompagnées d'un seul homme n'offriraient guère de résistance et je suis d'accord pour lever le camp sans tarder.

Sang comanche ou pas, personne n'allait remettre en cause les intuitions de Chance. Il a chargé le cheval de bât, Martha s'est changée tandis qu'Ann et moi rassemblions nos affaires. J'ai sellé Lucky et nous nous sommes aussitôt mis en route. Mais nous avions perdu du temps et, une demi-heure plus tard, nous avons entendu des cavaliers se rapprocher de nous.

— Que faisons-nous, Chance ? lui ai-je demandé. Continuer au grand galop ?

— Il est trop tard. Mieux vaut faire face. Si ce sont eux comme je le crois, ils n'hésiteront pas à nous tirer dans le dos. Je préfère les affronter. Préparez-vous, les filles, vous savez quoi faire.

Lors de mon précédent passage à Tent City, j'avais acquis deux carabines Winchester 1873 d'occasion et un revolver neuf, un Remington 1875 Army à simple action. J'avais celui-ci dans sa gaine à la ceinture et j'avais confié les deux Winchester à Ann et Martha, qui les transportaient dans des fourreaux, sur un flanc de leurs montures. Tandis que nous nous retournions vers nos poursuivants, Chance et nos deux amies les ont disposées sur le pommeau de leurs selles, et j'ai dégainé mon revolver.

C'était un gang de cinq hommes. En s'arrêtant devant nous, ils n'ont pas manqué de remarquer que nous étions armés, et nos engins prêts à servir. Sur un sixième cheval, attaché à l'un d'eux par une longe, se trouvait un jeune Indien, dont les habits de daim étaient en loques. Il baissait la tête, à l'ombre, sous les branches d'un peuplier.

— En voilà une façon d'accueillir des compatriotes ! a jeté celui qui semblait être leur chef. Vous pouvez ranger l'artillerie, nous venons en amis.

— Nous ne sommes pas vos amis, a sèchement répliqué Chance. Que voulez-vous ?

— Eh bien… nous vous avons vus en ville avec les deux petites dames, a-t-il répondu, le doigt sur le bord du chapeau, feignant la politesse devant celles-ci. Trois, apparemment, a-t-il corrigé en s'adressant à moi. Alors on a pensé qu'on vous serait peut-être utiles. La région grouille de bandits et de sauvages et, comme nous allons dans la même direction, on s'est dit : pourquoi ne pas nous joindre à eux ? On n'est jamais assez nombreux pour se protéger.

— Nous savons bien nous protéger nous-mêmes, a rétorqué Chance. Faites demi-tour et laissez-nous tranquilles.

— Un instant, camarade, a insisté l'homme en levant la main d'un geste conciliant. On veut pas vous causer d'ennuis. Remballez votre arsenal et discutons gentiment.

— Qui est cet enfant derrière vous ? lui ai-je demandé.

— Le petit Peau-Rouge, là, vous voulez dire ? Eh bien, pendant qu'on vous suivait, on l'a croisé sur la piste et on lui a suggéré de nous accompagner.

— Ou plutôt ordonné sous la menace d'une arme ? Pourquoi son cheval est-il attaché aux vôtres ?

— Ah, vous savez ce que c'est, m'dame, c'est toujours utile, un gamin au campement. On a du travail pour lui.

— Non, je ne sais pas ce que c'est. Vous allez le payer ou le réduire en esclavage ?

— Eh, ça tient un peu des deux, m'dame. Mais je ne vois pas en quoi ça vous regarde. C'est rien qu'un jeune sauvage. On l'a capturé et on en fera ce que bon nous semble. On se sent un peu seul, le soir, sans une femme pour s'occuper de nous. Alors on lui demandera peut-être une gâterie, à tour de rôle, avant de se coucher. Il a une jolie bouche, pas vrai, le mignon ?

Les quatre autres ont émis des ricanements approbateurs.

— Immonde personnage, a grincé lady Ann entre ses dents.

L'Indien a finalement levé la tête et, me regardant, n'a prononcé qu'un mot :

— Mesoke.

Un frisson m'a parcouru l'échine et j'ai soudain eu la chair de poule. C'était mon Horse Boy. Je lui ai répondu en cheyenne :

— Moéhéno'ha, descends tout de suite de cheval !

Simultanément, j'ai visé son ravisseur et lui ai logé une balle dans le cœur. Chance, qui avait anticipé mon geste, a fait feu en même temps et désarçonné deux autres hommes. Martha s'est chargé du quatrième, et Ann du dernier. Affolées par les détonations, débarrassées de leurs cavaliers, leurs montures ont commencé à virevolter en hennissant et piétinant ceux-ci. Horse

Boy avait mis pied à terre. Démontrant une fois encore son savoir-faire, il a réussi à les calmer et à saisir leurs rênes. Je l'ai imité, l'ai rejoint et l'ai serré très fort contre moi. Je pleurais déjà sans pouvoir m'arrêter. Presque incapable de parler, son corps frêle blotti contre le mien, je perdais mes moyens après ce déchaînement de violence. En tremblant, j'ai réussi à bafouiller :

— Que fais-tu ici, Mo ?

— Je te suis, Mesoke.

— Tu me suis ? Mais pourquoi ?

— Je te suis, a-t-il répété.

— Depuis que nous avons quitté le village ?

— Oui.

— Pourquoi ne t'es-tu pas montré avant ?

— Tu m'aurais renvoyé.

Je l'ai gentiment repoussé.

— Et tu avais raison.

— Maintenant, tu ne peux plus, a-t-il dit. Le village est trop loin, il fait trop froid et il y a partout des tuniques bleues et de mauvais Blancs, comme ceux-là. Donc je reste avec toi.

— Mais c'est impossible !

— Si, je reste.

— Il faudra que je te confie à l'agence de Red Cloud. Tu auras sans doute des parents et des amis là-bas.

— Je n'irai pas à la réserve. Je reste avec toi, Mesoke.

— Mais, comprends-tu, *je ne peux pas te garder !*

— Si, Mesoke, a-t-il répondu, calme et sûr de lui. Je reste. Tu es ma mère.

Sur la piste, territoire du Wyoming
Fin décembre 1876

Moéhéno nous a proposé de trancher les scalps des butors, afin qu'ils nous servent de trophées de guerre. Bien sûr, son offre ne concerne pas Chance. À lui de décider, pour ce qui est des deux qu'il a tués. Horse Boy admire ses dons de cavalier, de guerrier, et son aptitude à relever les pistes. Il est pour lui tout aussi indien que les hommes de sa tribu.

— Je m'occupe du mien, a répondu Martha au petit, en cheyenne.

Elle est descendue de cheval et, d'un geste d'une précision effrayante, a prélevé le scalp du rustaud qu'elle a abattu, avant de le brandir devant nos yeux en poussant un cri de guerre triomphant.

— Voilà qui manque de coquetterie pour quelqu'un qui s'en retourne chez les civilisés avec une robe à tournure, a objecté Ann.

Chance n'était pas du même avis.

— Je t'avais bien dit de garder ce couteau, Martha.

— Je l'accrocherai à ma ceinture, avec les scalps de Jules Seminole et du Crow que j'ai vaincu au combat, a-t-elle déclaré. Jamais deux sans trois. C'est plus impressionnant comme ça, n'est-ce pas ? Je me permets un dernier acte de sauvagerie avant d'en finir une bonne fois avec ces coutumes… oui, barbares, tu as raison, Ann. Je quitte donc le métier de guerrière cheyenne. En tout cas, il méritait ça, ce rustre.

— Les autres aussi, a renchéri lady Ann.

Je crois que, parmi notre groupe de femmes blanches, et j'inclus les amies de Molly dans le lot, c'est Martha qui a changé le plus profondément au cours de notre séjour chez les Indiens, cela à cause des sévices effrayants que Jules Seminole lui a infligés lorsqu'elle était sa prisonnière. À bien des points de vue, elle était la moins préparée de nous toutes à subir de telles tortures. Sans doute ne l'avions-nous pas estimée à sa juste valeur, car lorsqu'elle s'est enfin remise de cette terrible épreuve, elle a démontré une grande force de caractère et un courage sans limites. Ses blessures ne guériront peut-être pas tout à fait et ses accès de colère recouvrent certainement des choses qu'elle n'a pas révélées et ne dira sans doute jamais.

Nous avons poliment décliné l'offre de Mo et nous avons fouillé nos victimes. Ils avaient peu d'argent sur eux et ne possédaient aucun objet de valeur, excepté leurs armes. Ces gens-là devaient dépenser leurs maigres ressources à jouer au poker, boire du whisky et payer des prostituées. Comme Chance et Ann l'avaient deviné, ils avaient vu en nous des proies faciles et une occasion de se renflouer.

Nous avons détaché les selles et les harnais de leurs montures, puis simplement posé le tout sur le sol. Ensuite, nous avons renvoyé leurs chevaux vers Tent City, où A. J. Bartlett et ses fils les recueilleraient certainement. Nous n'avons rien gardé. Ceux qui passeraient après nous se serviraient, s'ils voulaient. Mieux valait éviter de détenir quoi que ce soit qui nous relie à ces lourdauds. Nous ne les avons même pas enterrés. Les charognes, les loups, les coyotes, les vautours se chargeraient de leur curer les os. Enfin, les vers et les fourmis parachèveraient le travail. En silence, nous avons enfourché nos bêtes et nous sommes remis en route avec un compagnon supplémentaire, mon petit Horse Boy.

— Un billet de train de plus à acheter, a conclu Chance.

— On s'arrêtera au passage à l'agence de Red Cloud, l'ai-je contredit. Impossible de rentrer avec Mo à Chicago.

Pour toute réponse, il a émis un petit rire poli.

— Je rentre bien avec un petit sang-mêlé, moi, a remarqué Martha.

— Oui, mais c'est ton fils, lui.

Cette fois, Martha, Ann et Chance se sont esclaffés tous trois, comme si, complices, ils s'amusaient à mes dépens.

Nous avons quitté les contreforts des Bighorn Mountains en direction de Medicine Bow, au sud, par des plaines arides, balayées par les vents et la neige. Un paysage froid et solitaire qui nous a rappelé, à Martha et moi, le voyage que nous avions entrepris dans l'autre sens. Nous n'avons pas oublié les vives inquiétudes que nous nourrissions lors de ce saut dans l'inconnu et nous rebroussions maintenant chemin, guère plus optimistes. Nous avons appris tant de choses auxquelles nous ne nous attendions pas, et le fait que plusieurs de nos amies ont disparu ne nous mettait pas de meilleure humeur. Dans notre propre groupe, seules Martha, Phemie et moi avons survécu. Nous ne pouvions qu'éprouver de la tristesse et constater un échec cuisant. Pourquoi avions-nous fait tout cela ? Qu'avons-nous finalement apporté aux Cheyennes ? À quoi bon toutes ces morts ? Ces questions n'auront sans doute jamais de réponse et nous nous sentions terriblement vides – comme l'ombre de nous-mêmes.

Dans cet état d'esprit, nous avons progressé plusieurs journées durant, presque sans mot dire, dans ce paysage hivernal, austère et désolé. Martha et moi devinions quelles mornes pensées nous occupaient. Ann également, qui était venue au départ dans le but de retrouver son amante, Helen Elizabeth Flight, disparue elle aussi. Elle rentre à présent sans Hannah, sa servante, et elle a comme nous le cœur lourd. Chance, toujours lucide et pénétrant, comprend qu'il vaut mieux nous laisser tranquilles, toutes les trois. La nuit, dans notre petite tente, il me prend dans ses bras tandis que je pleure doucement, le visage enfoui dans le creux de son épaule. Je n'ai pas besoin de lui dire ce que je ressens. Horse Boy dort dans une peau de bison, près des chevaux attachés à côté de notre tente. Il veille sur eux comme à son habitude. Toute sa vie, il a su se faire discret et il veille à ne pas nous gêner. Chance et moi faisons l'amour en silence. Je cherche refuge contre son corps chaud et mince, je respire les riches senteurs de sa peau, je savoure sa vigueur et nous profitons l'un de l'autre, ivres de volupté.

Au matin, il a abordé le sujet des voyous de Tent City. Martha et Ann nous suivaient à quelque distance et Mo fermait le cortège derrière notre troupe de chevaux.

— Tu n'as pas perdu de temps avec ces gars, a-t-il remarqué. Dans des situations extrêmes comme celle-là, il y a toujours un moment où quelqu'un doit décider quel tour elle va prendre. Leur chef allait peut-être nous laisser, comme je le lui ai demandé. Mais tu as voulu savoir qui était le petit Indien et tu as changé la donne.

— Quelle donne ? C'est un reproche ?

— Pas du tout. Tu as très bien réagi. Je dis simplement que cela aurait pu se passer autrement.

— Moi aussi, j'y ai réfléchi. Je n'ai même pas pensé à lui ordonner de libérer Mo. Il suffisait de braquer mon revolver sur lui, de l'armer et de le lui dire. Ce que j'aurais sans doute fait s'il n'avait pas tenu des propos aussi grossiers, et si Mo ne m'avait pas appelé par mon nom.

— Dès que je l'ai entendu, j'ai su que tu allais presser sur la détente. Ce scélérat a commis l'erreur de te provoquer. Cela arrive souvent dans ce genre d'affrontement. Mais tu as réussi. Et nous étions tous les trois avec toi.

— Tu as tiré en même temps que moi, Chance. Deux fois de suite.

— Nous nous connaissons bien, maintenant. Nous avons eu le dessus ensemble.

— Martha et Ann n'ont tiré qu'une seconde après nous.

— On a débarrassé la Terre de cette racaille. S'ils avaient rebroussé chemin, nous aurions été obligés de regarder derrière nous jusqu'à Medicine Bow. Je ne sais pas si on aurait dormi la nuit. Ces gens ne nous auraient pas lâchés, donc il valait mieux en finir tout de suite. C'est grâce à toi, May, voilà ce que je voulais te dire et je suis fier de toi.

— Je dois remercier Wind et les Cœurs vaillants de m'avoir formée à la guerre, de m'avoir initiée au tir et entraînée à bien viser, au point que c'est devenu une seconde nature. Toi aussi, mon chéri, qui m'a appris à ne pas hésiter.

— Tu n'auras plus besoin de tout cela à Chicago.

— Peut-être pas, mais sait-on jamais ? J'aime autant avoir plusieurs cordes à mon arc.

Gare de Medicine Bow
Début janvier 1877

Au bout de trois autres semaines sur les pistes, retardés par le mauvais temps et des chasses au gibier qui prennent parfois plusieurs jours – il faut bien nous nourrir –, nous avons finalement atteint Medicine Bow. Ce n'est pas vraiment une ville, plutôt un lieu-dit, doté d'un unique hôtel-restaurant à l'usage des passagers des trains, ainsi que de quelques saloons. Le paysage alentour offre un spectacle désolant et le seul intérêt réside dans la ligne Union Pacific qui y passe. Ann a acheté son billet pour demain. Il fait un froid de loup ce soir et nous avons l'intention de dormir à l'hôtel. Mo passera la nuit avec les chevaux à l'écurie, vers laquelle il se dirige avec Chance, Ann, Martha et toutes nos bêtes, pendant que je m'occupe de réserver nos chambres. Bien en évidence sur la porte d'entrée, un écriteau indique « Interdit aux Indiens ». Le patron, derrière son comptoir, m'annonce qu'il nous a vus arriver et que, selon le règlement, le jeune Indien ne pourra ni dormir ni manger chez lui.

— Mais c'est mon fils, monsieur, lui expliqué-je. Ne pourriez-vous pas faire une exception, par une nuit aussi glaciale ?

Je n'obtiens de lui qu'un air dégoûté.

— Votre fils ?

— En effet. Non que cela vous regarde, mais j'ai vécu chez les Indiens. J'ai été l'épouse d'un grand chef cheyenne qui m'a donné un enfant.

Ce qui, tout bien considéré, est assez véridique.

Ann et Martha, munies de leurs bagages, me rejoignent alors, la seconde vêtue de ses jambières en daim et de sa fourrure de bison. Elle a sanglé Little Tangle Hair dans son porte-bébé. Lorsqu'elles se placent de chaque côté de moi, mon interlocuteur n'affiche plus le dégoût, mais une franche hostilité.

— Vous aussi, madame, vous frayez avec les sauvages ? demande-t-il à Martha en étudiant sa tenue et l'enfant.

— Cela ne vous concerne pas, mais on peut dire cela, répond-elle.

— Votre amie semble penser la même chose et vous vous trompez toutes les deux. Cela me concerne au premier chef en tant que propriétaire de cet hôtel. Nous n'admettons pas les Indiens ici, c'est indiqué clairement sur l'écriteau à la porte.

— Regardez-moi bien, monsieur, insiste Martha, et vous constaterez que je n'ai pas une seule goutte de sang indien dans les veines… même si, parfois, je sais me montrer sauvage, en quelque sorte… Donc rien n'enfreint votre règlement.

— Votre bébé est indien et vous êtes habillée comme eux, objecte l'homme.

— Il l'est pour moitié, c'est exact. Mais, pour ce qui est de ma tenue, votre panneau n'indique rien.

Chance nous rejoint à son tour et comprend que nous sommes en difficulté.

— Que se passe-t-il, monsieur ? s'enquiert-il calmement.

— Eh bien, je viens de consulter mon registre et je me rends compte que nous sommes complets, ce soir.

— Voilà qui est étrange, s'étonne Chance, le garçon d'écurie m'a appris à l'instant qu'aucun autre client n'est arrivé aujourd'hui.

— Apparemment, explique lady Ann, ce gentleman pense que nous sommes indiens, ne serait-ce qu'en partie, ou, dans le cas contraire, que nous *fraternisons* avec les tribus et nous habillons comme elles… Ce qui, apparemment encore, contreviendrait au règlement de l'établissement, tel que ce gentleman l'interprète.

Rapide comme un chat, Chance se penche par-dessus le comptoir, saisit le propriétaire par le revers du veston et l'attire vers lui.

— Écoutez, pour moi, toute cette histoire, c'est de la bouse de bison. Nous avons fait un long voyage, nous sommes fatigués et nous avons faim. En outre, nous sommes des gens très pacifiques. Vous avez de nombreuses chambres libres, nous allons en prendre deux, une pour ma femme et moi, l'autre pour ces dames. Je vous paie d'avance et, ce soir, nous mangerons dans votre restaurant, ce qui vous rapportera aussi de l'argent.

Chance tire l'homme plus près de lui et ajoute :

— À propos, je suis vaguement d'origine comanche, voyez-vous, et cette affaire a de quoi m'énerver franchement. Si l'on réveille les esprits de mes ancêtres, ils sont capables de faire des ravages... grogne-t-il d'une voix de gorge qui m'effraie moi-même.

Le patron hoche légèrement la tête et répond tout bas :

— Bien, monsieur.

Chance le lâche, l'homme ajuste sa cravate, son veston et lisse sa chemise. Il retrouve ses manières de bon professionnel, ce dont nous lui savons gré, et déclare, tout sourire :

— Bienvenue à l'hôtel-restaurant de Medicine Bow.

Se retournant vers le tableau accroché au mur derrière lui, il en retire deux clefs et nous les tend.

— Comme nous n'avons presque personne, je vous loge dans notre plus belle suite, dotée de chambres contiguës, sans supplément. Votre autre enfant est le bienvenu, lui aussi. Comme vous le faisiez remarquer, madame, il fera un froid glacial cette nuit. Pour ce qui est de l'interdiction stipulée à la porte, elle concerne essentiellement les traîne-savates qui rôdent en ville, des Peaux-Rouges qui se saoulent et sèment fréquemment le désordre... J'ai péché à votre égard par excès de zèle et je vous prie d'accepter mes plus sincères excuses.

Étonnés par ce brusque changement d'attitude, nous restons bouche bée.

— Eh bien, monsieur, lui dis-je finalement, il se peut que mon mari soit monté sur ses grands chevaux. Comme il vous l'expliquait, nous avons fait un long voyage, nous sommes épuisés et nous apprécierions un bon repas. Parfois, la fatigue vous met à cran... Nous sommes ravis de séjourner dans votre hôtel et de nous y restaurer. Nous acceptons volontiers vos excuses et vous présentons les nôtres en retour.

Il me gratifie d'une courtoise révérence.

— Je vous remercie, madame. Oublions ce fâcheux contretemps, voulez-vous ? Je m'aperçois que vous êtes des gens bien élevés, qui ont traversé une période difficile, et j'espère que vous serez à l'aise dans mon établissement.

L'incident m'a rappelé le mépris que nous avions suscité lors de notre arrivée en territoire indien, et le dégoût qu'inspirait notre mission aux épouses des officiers du fort. De toute évidence, à Chicago et partout dans le monde des Blancs, il faudra nous attendre à ce que ceux-ci réagissent comme le patron de l'hôtel, chaque fois que nous nous montrerons quelque part avec Mo. On ne nous fera pas de cadeaux et on s'excusera encore moins. Tandis que nous gagnions nos chambres, j'ai murmuré à Chance :

— Bien joué, cow-boy !

Moéhéno'ha n'était encore jamais entré dans un bâtiment en bois. Chance m'a rapporté que le petit s'est senti mal à l'aise à l'écurie, lorsqu'ils y ont mené les chevaux, à cause de la rectitude des murs et du plafond. Il est vrai qu'il a toujours vécu dans des tipis de forme circulaire. À cause du froid, nous avons tenté de l'en dissuader, mais il a insisté pour dormir auprès des bêtes, sur un tas de foin, enveloppé dans une peau de bison. Mo préfère la compagnie des chevaux à celle des êtres humains. Je me suis inquiétée pour lui et lui ai apporté une couverture de l'hôtel. Les Indiens sont une race plus robuste que la nôtre, comme je l'ai vite constaté auprès d'eux. On leur apprend dès l'enfance à ne pas se plaindre. Mo a l'habitude de dormir dehors avec les chevaux, mais je pense qu'il est content d'avoir cette couverture, qu'il ne m'aurait jamais demandée. Il faisait moins froid que je ne le craignais à l'écurie, car les bêtes y dégagent de la chaleur et le foin sert d'isolant. Je lui ai également apporté un steak et des pommes de terre cuites que j'ai pris en passant au restaurant. Des clients y dînaient, je savais que sa présence les gênerait et je ne voyais pas l'intérêt de causer d'autres désagréments. Comme la plupart des Indiens, il n'aime pas beaucoup le bœuf, mais il avait faim et il a mangé avec appétit.

Je dois admettre que, le lendemain matin au restaurant, le petit déjeuner nous a paru somptueux, comparé aux repas spartiates dont nous nous sommes contentés au long des pistes. J'ai apporté des œufs, des toasts et des saucisses à Horse Boy. S'ils n'étaient plus très chauds quand je suis arrivée à l'écurie, il ne s'en est pas plaint ! Les Indiens pillent parfois les nids des tétras dans la plaine, ou ceux d'autres oiseaux qui nichent au sol, cependant les œufs ne sont pas un aliment de base chez eux et, le plus souvent, ils les gobent crus. J'ai comme idée, toutefois, que Mo s'adaptera assez vite à notre cuisine.

Cela fait, nous avons accompagné lady Ann à la gare et sommes restés un moment avec elle en attendant le train.

— Essayez de trouver à Champion un propriétaire bienveillant, nous a-t-elle demandé sur le quai. C'est un animal splendide qui m'a rendu de merveilleux services.

— On s'y emploiera, lui ai-je assuré.

— Eh bien… pas d'adieux larmoyants, s'il vous plaît, mes amis. Je dis au revoir à ce pays pour la deuxième fois et je ne pense pas revenir encore. De votre côté, il est peu probable que vous me rendiez visite en Angleterre. Comme il est difficile de quitter des amis avec lesquels on a entretenu des liens aussi forts, avec qui on a vécu tant d'aventures extraordinaires, en sachant que nous ne nous reverrons pas… Sans compter les compagnons que nous avons abandonnés dans le monde qui se cache derrière le nôtre[1]… Oui, une illusion ridicule, je sais, mais qui attend certainement quelque explication rationnelle. Et c'est moi qui vous déserte à présent…

Elle nous a regardés dans les yeux, Chance et moi. Je voyais les larmes s'amasser dans les siens.

— Vous deux et ce jeune garçon… a-t-elle continué. Et toi, Martha, avec ton petit Charles… Je vous souhaite à tous enfin un peu de paix, un refuge digne de ce nom, après les terribles épreuves que vous avez endurées. Il serait temps de trouver le bonheur ! May, j'ai apprécié ta fermeté, ta détermination sans faille, et je suis sûre que tu parviendras à te rapprocher de tes enfants bien-aimés. Maintenant, avant que je m'effondre complètement…

Le contrôleur l'a aidée à se hisser sur le marchepied du wagon.

— Je vous dis adieu, mes chers amis.

— Au revoir, lady Ann, merci du fond du cœur ! ai-je lancé.

— Fais bon voyage, Ann ! a renchéri Martha.

---

1. Voir épisode précédent, *Les Amazones*, du même auteur.

— Bonne chance ! lui a souhaité… Chance.

Tandis que le train se mettait en marche, nous l'avons saluée de la main. À la fenêtre, son mouchoir devant les yeux, elle a souri sans nous regarder.

De nouveau, j'étais aux prises avec un profond sentiment de vide… si fréquent au départ de ceux que l'on aime. Au moins, celui d'Ann n'a-t-il rien de définitif, ce qui n'est pas une maigre consolation. J'ai noté son adresse, ce matin, afin que nous puissions correspondre lorsqu'elle sera chez elle. Bien sûr, je n'en ai aucune à lui donner. Cela peut paraître étrange, pourtant je suis angoissée à l'idée de revenir à Chicago, autant que je l'étais au début de mon aventure, deux ans plus tôt. La même peur de l'inconnu. Ann s'est montrée optimiste tout à l'heure, mais je n'ai aucune idée de la façon dont j'essaierai de récupérer mes enfants.

À cause du froid, nous avons décidé de rester un jour de plus afin de laisser reposer les chevaux. Eux aussi sont fatigués après notre long périple. Et puis notre chambre est dotée d'une cheminée, d'un lit douillet dans lequel Chance et moi nous prélassons et faisons l'amour. Quel luxe ! De plus, nous profiterons encore un soir et un matin du restaurant…

Laramie, territoire du Wyoming
Début janvier 1877

Trois jours de voyage sans histoire, dans un froid persistant, depuis Medicine Bow jusqu'à Laramie. La ville s'est considérablement étendue depuis notre dernier passage. Les colons y sont toujours plus nombreux et l'on construit de partout. Le fort s'est lui aussi agrandi. Parcelle après parcelle et de plus en plus vite, toute la région sombre dans les griffes de l'envahisseur blanc, cette insatiable race de conquérants qui infeste le paysage, expulse et vole pour s'installer. C'était autrefois un monde libre et bucolique, dans lequel les Indiens ont tranquillement vécu un millénaire. Quelles chances avaient ces quelques milliers d'indigènes, résidant dans des tentes, face à un tel assaut ?

Nous avons campé une dernière nuit à proximité du fort, sur une rive de la Platte River. Elle est gelée, cependant Chance a fait un trou dans la glace pour que nous puissions nous laver. Au matin, Martha a enfilé sa robe bleue et chaussé ses bottines. Elle a relevé une partie de ses cheveux en chignon au moyen des peignes qu'elle a achetés à Tent City, en laissant une cascade de boucles retomber gracieusement dans son dos. Puis elle a soigneusement plié ses habits de Cheyenne, qu'elle a laissés au pied d'un arbre, renonçant une bonne fois pour toutes à cet aspect de sa vie. Elle conserve pour l'instant la peau de bison qui lui sert de couverture et… sa ceinture de scalps, par vanité probablement.

J'admets que, lors de notre arrivée en ville, elle avait une étrange allure en menant son âne et son cheval d'un pas mal assuré, à cause de ces chaussures auxquelles elle n'est plus habituée. Cela n'a d'ailleurs jamais été le cas. Dans son porte-bébé presque trop étroit pour lui, Little Tangle Hair observait ce monde nouveau en écarquillant les yeux. L'exubérant petit bonhomme brun a été rebaptisé Charles pour sauver les apparences, mais il a toujours les cheveux aussi emmêlés.

De plus, nous formions auprès d'elle un groupe excentrique, composé de mon cow-boy Chance, chevauchant, grand et fier, son appaloosa tacheté ; du pauvre Horse Boy qui, pendant une journée et demie, s'est renfermé sur lui-même à la vue d'un grand nombre de familles et de soldats blancs – une attitude prudente qui, chez les Indiens, permet de masquer sa peur ; et de moi enfin, dans ma tenue de pionnière, avec jambières de cuir et chapeau à large bord. J'ai tenté de rassurer Mo autant que possible, cependant je savais dès le départ que c'était une absurdité de le garder avec nous. Avais-je le choix ? Je n'aurais jamais pu le renvoyer, j'aurais eu constamment mauvaise conscience à l'idée qu'il n'ait pas réussi à retrouver son peuple. De toute façon, il ne voulait pas me quitter. De leur côté, Chance et Martha avaient tout de suite compris que je renoncerais à le confier à l'agence de Red Cloud, où il aurait vécu parmi les membres de quelques tribus soumises. En m'y rendant une fois en compagnie de Little Wolf, j'avais vu dans quelles conditions les résidents, ou plutôt les prisonniers, y subsistaient : la misère, la faim, le dénuement… Non, autant lui épargner cela.

Tandis que nous traversions la ville, des habitants murmuraient entre eux, quand d'autres demandaient à haute voix :

— C'est vous qui avez capturé le petit Indien ?

— Il est à vendre ?

— Je vous l'achète avec son cheval. Votre prix sera le mien !

Une femme a jeté à son compagnon :

— Regarde-moi ce bébé sang-mêlé et sa maman vêtue comme si elle allait au bal !

Sans leur prêter attention, nous avons poursuivi notre chemin à la recherche d'une écurie où loger les chevaux avant de les vendre, et d'un hôtel ou d'une pension où loger le temps d'y procéder. Nous devons également nous marier, Chance et moi, et acheter nos billets de train. Au bout d'une rue, j'ai soudain aperçu le panneau :

A. J. BARTLETT & SONS – MARÉCHAUX-FERRANTS
SELLERIE – VENTE ET ACHAT DE CHEVAUX

Comme Martha, je ressentais de l'appréhension dans cette ville exubérante, et ce fut un réconfort de reconnaître le nom d'un homme qui avait démontré son honnêteté lors de nos précédentes transactions. J'avais craint de le rencontrer à Tent City, d'être obligée de lui fournir des explications, et j'avais à présent hâte de revoir sa bonne tête.

Seul Chance restait indifférent à l'agitation ambiante. C'est un vrai roc et j'ai une chance folle de pouvoir compter sur lui.

— Eh bien, pourquoi ne pas commencer par là ? a-t-il suggéré.

Nous avons mis pied à terre et noué les rênes de nos montures à la barre horizontale devant l'entrée, Martha faisant de même avec son âne et son cheval. Horse Boy est resté sur le sien. J'étais bien consciente que la ville le troublait et, si Martha et moi n'étions guère à l'aise non plus, Mo était totalement replié sur lui-même, figé par la peur.

— Tu dois descendre, lui ai-je dit gentiment.

Il a fait signe que non. Je me suis rendu compte que son cheval constituait son seul moyen de fuite et qu'il ne voulait pas s'en séparer. D'un autre côté, je n'osais pas le laisser seul au cas où, pris de panique, il tenterait de se sauver. Un passant pouvait également s'en prendre à lui, d'une façon ou d'une autre.

— S'il te plaît, Moéhéno'ha, ai-je insisté en cheyenne. Viens avec nous, nous te protégerons.

— Je reste avec les chevaux. Pour que personne n'essaie de les voler.

— Laisse-le tranquille, m'a conseillé Chance. Il ne s'en ira pas. C'est son travail de s'en occuper et il le fait plutôt bien.

J'ai acquiescé et nous sommes entrés chez M. Bartlett, qui était assis derrière son bureau.

— Eh bien, quelle surprise, Abigail Ames ! s'est-il exclamé en se levant, un grand sourire aux lèvres. Je me demandais ce que vous étiez devenue. Quel plaisir de vous revoir !

— Un plaisir partagé. J'ignorais que vous étiez établi ici.

— C'est notre maison-mère. Nous avons ouvert la succursale de Tent City, l'année dernière, pour offrir nos services aux troupes de l'armée.

Il s'est tourné vers Chance.

— Vous devez être monsieur Ames. Apparemment, votre jambe est guérie, a-t-il dit en lui tendant la main.

Évidemment, je n'avais pas rapporté à Chance les relations que j'avais entretenues avec le sellier. J'avais affirmé à celui-ci que j'étais mariée, que mon époux s'était cassé la jambe et qu'il était immobilisé dans le Nebraska. Par commodité, je m'étais présentée à l'époque sous le nom de mon ancien concubin de Chicago.

— Non, monsieur, a répondu Chance en serrant la main offerte. Je m'appelle Hadley, Chance Hadley.

— Malheureusement, monsieur Bartlett, mon ex-mari ne s'est pas remis. Sa blessure a dégénéré en gangrène et il a refusé l'amputation.

— J'en suis profondément navré, madame. Toutes mes condoléances.

— Merci, lui ai-je dit, jouant maladroitement les veuves éplorées. Laissez-moi vous présenter notre amie, Martha Atwood.

— Enchanté, madame Atwood. Si je puis me permettre, qui est ce charmant petit monsieur ?

— Mon fils Charles.

Les présentations étant terminées, A. J. Bartlett a disposé trois chaises devant son bureau, jeté une bûche dans le poêle à bois et repris sa place.

— Eh bien, que puis-je faire pour vous, braves gens ?

— Après la mort de Harry, lui ai-je annoncé, inventant mon récit au fur et à mesure, j'ai renoncé à poursuivre nos activités toute seule… d'autant plus que notre amie cheyenne, dont l'aide était précieuse, est partie rejoindre sa tribu. J'ai vendu les chevaux que nous avions encore et décidé de rentrer à Chicago.

— Chicago ? Je crois me souvenir que votre mari et vous étiez originaires du Nebraska ?

— Sa famille et lui, oui, mais Chicago est ma ville natale.

J'avais le sentiment qu'il doutait de mes propos, que ceux-ci l'intriguaient, voire l'amusaient, et qu'il était trop poli pour approfondir.

Comme il n'est pas rare qu'une femme se remarie après le décès d'un premier époux, j'ai continué à broder.

— J'ai rencontré Chance peu après la disparition de Harry. Il était alors cow-boy et participait à une transhumance depuis le Texas… et… comment dire…

J'ai posé un regard affectueux sur Chance.

— Eh bien, nous sommes tombés amoureux et nous allons nous marier.

Ce n'était plus mentir, du moins plus tout à fait.

Bartlett affichait à présent un sourire légèrement ironique.

— Madame Ames, vous m'avez plu dès le départ et vous forcez le respect. De toute évidence, vous savez composer avec l'adversité, vous démontrez d'étonnantes capacités de rebondir et Dieu sait si la vie dans les plaines est parsemée d'embûches.

La remarque était déroutante et je me demandais où il voulait en venir.

— Si vous faites référence à mon défunt mari, oui, ce fut une épreuve. Dans ce pays, une femme seule a besoin d'être épaulée. D'où mon choix de me remarier, qui n'a rien de spécialement héroïque. Il faut surmonter les mauvais coups.

— En effet. Je me rappelle la première fois que je vous ai vue. Vous vouliez me vendre des chevaux, mais vous aviez aussi besoin d'acheter des selles car, si ma mémoire est bonne, la vôtre et celle de votre mari avaient été volées.

Il s'est interrompu un long instant en me dévisageant, souriant toujours sous sa moustache recourbée. Je me doutais qu'il savait quelque chose à mon sujet et je n'allais pas tarder à découvrir quoi.

— Je vous en prie, continuez.

— Eh bien, quelque temps après que nous avons fait affaire, un fermier de ma connaissance, Wendell Peterson, et son épouse Sarah sont venus en ville se réapprovisionner. Je suis entré à l'épicerie générale où ils étaient en train de raconter à Henry Bacon, le propriétaire, une histoire qui leur était arrivée, à propos d'une jeune femme blanche qui s'était présentée chez eux. Elle était sale, portait des vêtements d'Indienne déchirés et elle a prétendu avoir été capturée par des guerriers pawnee, deux ans plus tôt. Elle avait échappé aux sauvages, ou peut-être l'avaient-ils libérée… oui, je crois que c'est ça. Elle voulait échanger un de ses chevaux contre un peu d'argent, une robe, des dessous, des chaussures et un bain. Les Peterson l'avaient trouvée charmante et n'ont pas hésité à l'aider. Wendell lui a payé cent dollars pour son cheval, Sarah lui a préparé un bain, puis elle lui a donné une de ses robes à carreaux, des bas de coton et des chaussures de toile. Elle a dîné avec eux et ils l'ont invitée à dormir à la ferme, mais elle a refusé. Le plus bizarre, disaient-ils, c'est qu'en quittant les lieux, elle a poussé un cri d'Indien qui leur a glacé le sang. Ils m'ont rapporté tout cela un jour ou deux après votre venue ici, quand vous étiez apparue dans une robe à carreaux, des chaussures de toile aux pieds, que vous m'avez vendu deux chevaux et acheté des selles. Vous aviez besoin d'une tenue de cavalière et je vous ai envoyée aux magasins généraux. Quand je vous ai revue le lendemain pour vous prendre d'autres chevaux, je vous ai rapporté que le capitaine Bourke était passé à l'écurie poser quelques questions. Il vous avait aperçue la veille aux magasins. Il pensait vous connaître... et il semblait assez troublé. Alors, cela ne me concerne pas, mais…

— En voilà, une curieuse histoire, monsieur Bartlett ! l'ai-je coupé, mais je n'ai pas non plus l'impression qu'elle me concerne. Je ne sais rien de cette femme qui pousse des cris d'Indien… (« Oh, quel écheveau tissons-nous quand nous commençons à tromper les autres ! » écrivait le poète Walter Scott.)

— Cela nous fait quand même un grand nombre d'étranges coïncidences, n'est-ce pas, madame Ames ? Deux jeunes femmes blanches qui vendent leurs chevaux, qui seraient liées aux Indiens, qui surgissent de nulle part au même moment, qui portent la même robe à carreaux… Encore autre chose : peu après nos transactions, j'ai appris que de nombreuses bêtes avaient été dérobées dans le corral du camp de ravitaillement du général Crook, dans le Montana, où il préparait ses campagnes contre les Sioux et les Cheyennes. On a supposé que c'était l'œuvre des Indiens, puisque le plus bête des voleurs de chevaux n'oserait jamais s'approprier ceux de l'armée américaine. Il serait impossible de les revendre, du fait que leurs nouveaux propriétaires, s'ils ne sont pas soldats, risquent la pendaison. Donc des Indiens… dans l'intention de les monter au combat contre nos troupes. Ils sont, après tout, d'excellents maraudeurs. Voilà qui m'a fait penser à votre collègue, si compétente, disiez-vous, pour débourrer ces animaux. Ce sont d'ailleurs souvent les femmes des tribus qui volent les bêtes. Soudain, le puzzle commençait à s'assembler dans mon esprit.

— M'accusez-vous de vol, monsieur Bartlett ?

— Je vais jouer cartes sur table, madame Ames. J'ai aussi entendu parler du programme FBI[1]. La femme qu'a reconnue le capitaine Bourke aurait été une de ses recrues.

Le terme m'a fait rire.

— Une recrue ! Voilà qui est original ! Bien, monsieur Bartlett, si nous parlions affaires, maintenant ? Nous avons sept chevaux dehors, attachés à la barre, tous débourrés, et deux d'entre eux sont habitués au bât. Nous les proposons à la vente, sellerie incluse, avec leurs paniers de toile, si cela vous intéresse. Nous avons aussi un âne.

---

1. Femmes blanches pour les Indiens, cf. *Mille femmes blanches*, du même auteur.

Il a ri à son tour en secouant la tête.

— Évidemment, madame Ames, on ne peut strictement rien prouver. Oui, j'aurai plaisir à jeter un coup d'œil à votre petit cheptel.

En ressortant, nous nous sommes aperçus qu'une foule s'était rassemblée – des hommes, des femmes, plusieurs enfants – derrière Moéhéno'ha qui, planté devant nos bêtes pour les protéger, avait dégainé son couteau de guerrier, une lame de douze pouces qu'il portait à la taille dans un étui orné de perles.

— Que puis-je faire pour vous, messieurs dames ? s'est enquis Bartlett sur un ton aimable.

— Emmener le petit sauvage à la prison du fort, a répondu un homme.

— Mais pourquoi, Dexter ? lui a dit Bartlett.

— Eh bien, regardez-le ! Il nous menace avec son couteau !

— Tu as peur de lui, Dexter ? C'est ça ? Un tout petit gars avec un gros couteau ?

— Non, je n'ai pas peur de lui, A. J., mais nous avons des femmes et des enfants, et il n'a pas l'air très civilisé, ton gars. Il paraît même très dangereux.

Chance s'est avancé pour prendre la parole :

— Le petit fait ce que je lui ai demandé, à savoir garder nos chevaux. Allez vous occuper de vos affaires et il rengainera son couteau. Il n'embête personne, voyez ? C'est vous qui l'embêtez.

— Cet homme a raison, Dexter, a approuvé Bartlett. Si quelqu'un trouble l'ordre public, c'est toi. Ce n'est pas le premier Indien que vous rencontrez, laissez-le tranquille !

— En ville comme au fort, ils ont l'interdiction d'être armés, tu le sais aussi bien que moi. Ces messieurs dames arrivent ici avec tout un arsenal, et un Peau-Rouge par-dessus le marché, mais toi, tu ne lèves pas le petit doigt ?

— Si, Dexter, je vais faire quelque chose, a rétorqué Bartlett qui perdait patience. Vous bloquez l'accès à mon commerce et si vous ne vous éloignez pas tout de suite, je vais chercher le shérif. C'est toi qu'il emmènera au bloc.

Tenant compte de l'avertissement, la foule, composée de citadins inoffensifs à qui Horse Boy avait fourni une sorte de diversion, a commencé à se disperser.

— Ce pauvre Dexter, murmurait Bartlett tandis que les gens s'en allaient, il faut toujours qu'il nous cause des ennuis.

Puis à moi :

— Qui est ce jeune homme, madame ?

— Son nom entier est Moéhéno'ha, mais nous l'appelons simplement Mo.

— Cheyenne, donc ?

— Comment le savez-vous ?

— Parce que cela veut dire cheval dans leur langue.

— Vous parlez leur langue ?

— Pas couramment, non, mais j'ai quelques notions.

— Comment cela se fait-il ?

— Il y a longtemps que je vis dans le pays, madame Ames, et j'ai souvent traité avec les Cheyennes et les Sioux. Je leur achetais des chevaux de prairie en temps de paix, quand nous pouvions encore commercer avec eux. Vous ne l'ignorez sans doute pas, ils comptent parmi les meilleurs cavaliers… et cavalières du monde.

Ils savent débourrer une bête comme personne, et tout en douceur. Évidemment, maintenant que nous sommes en guerre, j'ai perdu mes contacts dans les tribus. Je crains d'ailleurs que, pour beaucoup, ils soient morts.

— Bartlett, peut-être n'avons-nous plus besoin de nous donner du « monsieur » et du « madame », à présent ? Ames n'est pas mon vrai nom, d'ailleurs. Je serai bientôt Mme Hadley, mais appelez-moi June, tout simplement. June Hadley, cela sonne bien, n'est-ce pas ? À propos du petit Indien, c'est mon fils adoptif, même si cela n'est pas officiel.

— Eh bien, June, appelez-moi A. J., si vous voulez bien.

Il a procédé à un examen superficiel de nos bêtes – excepté le cheval de Mo –, inspectant leurs dents et gencives, soulevant leurs jambes et vérifiant l'état de leurs sabots. Celui d'Ann, Champion, a vraiment semblé l'impressionner, avec sa haute stature, ainsi que l'appaloosa de Chance.

— Ils me paraissent tous en bonne santé, a-t-il admis en passant une main sur le flanc de Lightning. Je les monterai demain avant de vous proposer un prix. Je suis moins intéressé par l'âne, mais les gens ont besoin de bêtes de somme, et l'armée particulièrement. C'est une bonne chose d'en avoir un, si on supporte leurs braiments…

Chance et Martha ont paru consternés par ces remarques.

Bartlett a voulu ensuite examiner le cheval du petit. Je savais qu'il l'avait réservé pour la fin, en pensant que Mo n'y verrait pas d'inconvénient, puisqu'il n'avait fait aucun mal aux autres. Mais Horse Boy s'est placé devant sa monture, les bras croisés, pour lui barrer la voie. Bartlett a émis un petit rire et lui a dit en cheyenne ce qu'on peut traduire ainsi : « Ne t'inquiète pas, mon gars, je ne le toucherai pas. »

Martha a pris la parole :

— À sa façon, Mo exprime les mêmes sentiments que moi. J'ai changé d'avis, May… euh, June. Il n'est plus question de vendre mon Dapple. Ce petit âne m'a sauvé la vie. De plus, j'aime bien quand il brait, moi. Mais il ne servira pas de bête de somme à l'armée. Et je ne vends pas non plus mon cheval de guerre.

Chance s'y est mis à son tour :

— Je ne vendrai pas non plus Lightning, ma chérie. Je suis un cow-boy et qu'est-ce qu'un cow-boy sans son cheval ? La réponse est simple : un piéton.

— Tu ne seras plus un cow-boy à Chicago, Chance, lui ai-je rappelé. On ne peut pas emmener les bêtes.

— Je ne veux pas entendre cela, May… ou June, comme tu voudras. Je t'accompagne à Chicago, mais ce n'est pas toi qui décides ce que je serai ou pas. J'ai vécu toute ma vie à cheval, comme un cow-boy, comme un Indien. Et, s'il le faut, j'irai à cheval à Chicago !

A. J. a ri de bon cœur.

— Voilà qui ressemble à une mutinerie, June Hadley, m'a-t-il dit.

— Vous croyez vraiment que j'ai envie de vendre Lucky ? ai-je répondu, irritée, à Martha et Chance. Dois-je vous rappeler que nous avons besoin d'argent pour acheter nos billets de train ? Et qu'il nous en faudra, les premiers temps, là-bas ?

— Une seconde, May… June… ou est-ce July, maintenant ? a jeté A. J., son sourire ironique aux lèvres.

J'ai peut-être la solution à votre problème. Si vous avez grandi à Chicago, comme vous l'affirmez, vous savez que c'est toujours un bastion de l'élevage bovin. Et là où il y a des vaches, il y a aussi des cow-boys. Il est très possible que votre gaillard obtienne un emploi là-bas, ou dans les faubourgs. Il se trouve que j'y expédie régulièrement des chevaux par le train, dès que j'ai un petit cheptel digne d'intérêt. En ville, les classes supérieures comportent à présent beaucoup d'adeptes de l'équitation, et c'est un marché important pour nous. De plus, l'année dernière, un certain James Gordon Bennett, journaliste de son état, a fait connaître le polo aux capitalistes de New York, et ce sport-là se pratique maintenant à Chicago aussi. Il jouit d'une popularité exceptionnelle dans la haute société, et certains sont disposés à dépenser de grosses sommes pour un bon cheval de polo, ce qui suppose de le dresser correctement. Compte tenu de vos talents de cavalier, Chance, vous devez considérer vos chances dans ce secteur, qui est en plein essor. Bien sûr, il faudrait d'abord apprendre à jouer.

« Et, justement, j'ai réservé deux wagons à bestiaux pour un chargement de chevaux, dans un train qui part dans trois semaines. Je me déplace d'habitude moi-même pour assurer la livraison, et j'emmène parfois mon fils aîné afin qu'il connaisse bien tous les aspects du métier. Il va avoir ses quinze ans ce mois-ci. Mais mes deux fils travaillent à plein temps avec le patron de ma succursale de Tent City et je n'ai pas beaucoup de personnel ici, donc il m'est difficile de m'absenter. Cependant, votre futur mari, a dit Bartlett avec un sourire à Chance, et votre fils adoptif me semblent parfaitement qualifiés pour une telle mission. Alors voilà ce que je vous propose, madame : je paie moi-même vos billets de train… Je profite de réductions importantes auprès de l'Union Pacific… Et je verse un salaire à vos gars pour surveiller et livrer mon chargement à ma place. Il reste de l'espace dans les deux wagons pour vos animaux. Nous les séparerons des miens pour ne pas les confondre et les vendre par erreur. Ce n'est pas tout, car j'ai une autre offre à vous faire. Mon épouse, à qui j'ai été marié trente-cinq ans, est morte l'année dernière de consomption et, comme mes fils ne sont pas à la maison en ce moment, j'ai largement de quoi tous vous loger jusqu'au départ du train, ce qui vous permettra de garder un peu d'argent. Sachez aussi qu'aucun hôtel de la ville n'accepte les Indiens. Tout ce que je vous demande en échange, c'est de préparer mes repas, parce que j'en ai assez de manger des fayots.

C'est Chance qui a répondu le premier :

— Si je peux me permettre, monsieur Bartlett, je ne suis pas mauvais cuisinier moi-même. Ma mère m'a beaucoup appris à la maison et devant un feu de camp. Comment refuser votre offre ? Vous nous sortez du pétrin… Qu'en penses-tu, June ?

J'avais dans les yeux des larmes de reconnaissance et de soulagement.

— Après tout ce que vous m'avez déjà apporté, A. J., comment trouvez-vous le moyen d'être aussi aimable ? Vous pourriez aussi bien me dénoncer pour vol de chevaux !

— Eh bien, pour ne rien vous cacher, May Dodd… Abigail Ames… June Hadley… si vous m'avez autant plu dès le départ, c'est parce que vous me rappelez mon épouse. Je l'aimais beaucoup ! C'était une femme solide, dotée d'une forte personnalité. Pour ça, nous n'étions pas toujours d'accord, non, on se chamaillait souvent, mais jamais méchamment. Enfin, presque jamais ! Nous riions beaucoup ensemble… vous n'imaginez pas combien cela me manque. La maison paraît tellement vide sans son rire, même si j'ai parfois l'impression de l'entendre.

— May Dodd… d'où sortez-vous ce nom, A. J. ?

— De la bouche du capitaine Bourke. J'ai omis de vous dire que nous sommes de vieux amis. Si vous acceptez mon offre et que vous êtes encline à me raconter toute l'histoire, à savoir la *vraie* histoire, je serais ravi de la connaître. Je sais écouter et je vous promets de ne rien retenir contre vous.

— Je ne serai peut-être pas capable de vous faire rire, A. J., mais j'arriverai sans doute à vous faire pleurer. Oui, monsieur, nous acceptons volontiers votre offre et je vous raconterai tout.

14 janvier 1877

N'étant ni l'un ni l'autre très pratiquants, Chance et moi allons nous marier dans les bureaux du comté par un juge de paix. Martha et A. J. seront nos témoins et Horse Boy apportera les alliances. Martha a emmené ce dernier aux magasins généraux pour lui acheter un pantalon de toile bleue, une chemise, une veste et une paire de bottes. Sans même les lui faire essayer, elle a demandé au vendeur de lui envelopper le tout. Les vêtements du garçon, en peau de daim, ne sont plus que des hardes et tombent presque en lambeaux. Puis, chez A. J., elle a mis de l'eau à chauffer sur le fourneau de la cuisine pour remplir le tub. « Tu sens mauvais », a-t-elle dit à Mo en cheyenne. Elle l'a prié de se déshabiller et de s'asseoir dans la petite baignoire. Comme il ne s'était encore jamais lavé de cette façon, elle l'a savonné elle-même. Il ne s'est pas effarouché et elle s'est rendu compte qu'il n'est plus vraiment un enfant, qu'il serait bon de le traiter à présent comme un adolescent. « Pendant que je le frottais, m'a-t-elle confié, eh bien, euh… Tu sais, June, il s'est, comment dire… durci. »

Chance a suivi son conseil et, assisté par A. J., il est allé dans un magasin pour hommes s'offrir un costume et d'élégantes bottes de cow-boy en peau de serpent. Martha, évidemment, porte sa robe bleue. Quant à moi, l'immoralité incarnée, il n'était bien sûr pas envisageable que je me marie en blanc. Comme je n'ai pas oublié la question de mon promis (« Pourquoi les dames tiennent tant à se grossir les fesses ? »), j'ai porté mon choix sur une simple robe d'apprentie, à porter sans corset. Dépourvue de cerceau, de traîne, de tournure ou de manches bouffantes, elle offre toute liberté de mouvement. Elle nécessitait cependant quelques retouches, que j'étais largement capable d'effectuer moi-même. Par une telle journée, je n'ai pas envie de ressembler à une vieille fille, dénuée du moindre goût, c'est pourquoi j'ai légèrement descendu l'encolure, afin de révéler tout juste la naissance des seins. C'est un vêtement coquet, pratique, d'un beige assez neutre que je pourrai porter sous une veste dans le train. Avec sa robe bleue, au demeurant fort jolie, Martha n'aura pas ce luxe. Chance lui a suggéré d'acheter une seconde place pour son faux cul.

Nous arrivons donc à l'heure dite dans les bureaux du comté. Notre juge de paix, un dénommé LeRoy Curry selon la plaque posée devant lui, semble être un joyeux individu. Son gros nez couperosé trahit sans doute un penchant prononcé pour la boisson… ce que son haleine ne contredit pas. Comme Harry Ames et moi avons vécu en concubinage, puis que j'ai été mariée à Little Wolf par un prêtre épiscopalien véreux, sous forme d'un consentement à la mode cheyenne, je dois admettre que, âgée aujourd'hui de vingt-cinq ans, c'est la troisième fois que je lie ma destinée à celle d'un homme. Je me demande si Chance n'entretient pas des pensées analogues, qui feraient ombre au tableau. Enfin, que cela révèle-t-il de moi ? Que j'épouse sans discernement tous les hommes que je fréquente… à l'exception notable de John Bourke ? John dont j'aurais pu être la femme, dans d'autres circonstances, et dont je suis tombée enceinte *hors* des liens du mariage. Bon Dieu, comment Chance n'aurait-il pas tout cela à l'esprit ? Mais non, démentant mes craintes, il paraît être d'excellente humeur, même, ce qui ne manque pas de charme, légèrement inquiet à l'idée de sceller notre union. C'est la première fois, de son côté, ce qui rend son appréhension compréhensible. S'il n'est visiblement pas très à l'aise dans son costume neuf, il a tout de même fière allure.

— Nous sommes aujourd'hui réunis, déclare le juge Curry, pour célébrer le mariage de…

Le papier sur lequel nous avons inscrit nos noms tremble dans ses mains et j'ai la très nette impression qu'il est ivre.

— … Monsieur Chance Hadley et… et… mademoiselle June Wolf !

— June Wolf ? s'étonne Chance à voix basse, en me regardant d'un air perplexe.

— Je t'expliquerai plus tard.

— Bien, poursuit le juge, à ce stade de la cérémonie, j'ai pour habitude de suggérer aux futurs époux de se parler du fond du cœur, de formuler eux-mêmes leurs vœux, de décrire ce que le mariage signifie pour eux, ce qu'ils attendent de cette noble institution. Monsieur Hadley, nous ferez-vous l'honneur de commencer ?

J'ai maintenant le sentiment que Curry ne se rappelle pas le texte de l'échange de vœux, ou qu'il ne se donne pas la peine de le réciter.

Le pauvre Chance rougit comme une pivoine.

— Je… ne suis pas doué pour les beaux discours, monsieur le juge.

— Essayez quand même, mon garçon. Ouvrez-vous à votre promise. Dites-lui ce qu'elle représente pour vous, ce que vous souhaitez faire ensemble.

Chance baisse les yeux et tente de se ressaisir. Puis il se tourne vers moi.

— Eh bien, euh… Tu sais, May, non, June, pardon. Quand nous nous sommes rencontrés… drôle de rencontre, d'ailleurs… puisque tu venais voler mon cheval, en vérité…

Le juge a l'air surpris, Martha tente vainement de ne pas rire, comme moi, mais cela ne semble pas troubler Chance.

— Tu allais voler mon cheval et… sans me laisser le temps de réagir, tu m'as embrassé sur la bouche. Un vrai baiser, et on ne m'avait encore jamais embrassé comme ça.

— Chance, le coupé-je, on peut peut-être laisser certains détails de côté.

— Oui, oui, d'accord… Et après, je ne l'oublierai jamais, tu m'as dit merci, et tu es partie avec Lucky, mon cheval… qui est maintenant le tien… comme si je te l'avais donné. Sais-tu ce que j'ai pensé en te regardant partir ?

Je suppose que la réponse va venir toute seule, mais il s'interrompt – un long moment. Je lui pose finalement la question.

— À quoi pensais-tu ?

— Je pensais que c'était à moi de te remercier.

— De t'avoir volé ton cheval ?

— Oui… non… pas tant de l'avoir volé. De toute façon, j'avais décidé de te l'offrir. Je voulais te remercier de m'avoir embrassé comme ça. Pendant que tu t'éloignais dans la nuit, avec Lucky qui n'était pas gênée de me quitter pour une inconnue… je me suis dit : je ne sais pas qui est cette fille, ni d'où elle peut bien sortir, ni pourquoi elle me prend mon cheval, mais je vais la suivre et, un jour, je l'épouserai. Et, tu vois, May… June, ce jour est arrivé, c'est ce qu'on fait aujourd'hui, comme je l'avais voulu. Je serai un bon mari, ma chérie, je prendrai toujours soin de toi. Tant que je serai sur terre, je ne laisserai personne te faire du mal, je te le promets.

J'en pleurais presque d'amour et de gratitude. J'ai pris Chance dans mes bras pour l'embrasser, comme au premier jour.

— Madame, nous a coupés le juge, on garde en général cet instant pour plus tard, quand je vous déclarerai mari et femme.

— Eh bien, on recommencera. Poursuivez, je vous prie.

— Souhaitez-vous dire quelque chose à votre mari, madame Wolf ?

— Oui, oui, bien sûr, ai-je approuvé en me tournant vers Chance. Puisque tu reviens là-dessus… Cette nuit-là, quand Wind et moi nous sommes glissées dans ton corral, nous avions tâté le terrain la veille et étudié de quelle manière vous veilliez sur votre cheptel. Tu sais que Wind a un talent particulier avec les chevaux, et une réputation de voleuse chevronnée. Silencieuses comme des ombres, nous avons doucement caressé vos bêtes pour les habituer à notre présence, à notre odeur, de sorte que, la nuit suivante, elles nous reconnaîtraient. On ne risquerait pas qu'elles prennent peur et vous réveillent au camp. Bien sûr, cela permettait à Wind d'estimer celles qui étaient les plus dociles, les plus faciles à amadouer. J'avais repéré Lucky, ce premier soir, et elle m'avait plu tout de suite, elle avait le gabarit qu'il me fallait et j'ai eu le sentiment qu'elle me conviendrait. J'avais décidé de la garder pour moi, de ne pas la vendre. Je me suis souvent posé la question de savoir pourquoi je t'avais embrassé, cette nuit-là. Comme ça, de but en blanc, cela ne m'était jamais arrivé. C'est une sorte d'instinct qui m'y a poussée... D'abord, j'ai cru que je voulais simplement faire diversion, t'empêcher de crier et de donner l'alerte. Puis je me suis rappelé que je t'avais vu, la veille, que j'avais aimé la façon dont tu te comportais avec les chevaux... Tu leur parlais, tu les caressais en leur chuchotant à l'oreille. Bien sûr, je ne me doutais pas que Lucky était le tien... Mais j'appréciais aussi la grâce de tes mouvements et je m'étais dit que nous irions bien ensemble. J'avais pensé que, si je pouvais te garder, toi aussi... Voilà pourquoi je t'ai embrassé. Et, comme tu le dis si bien, mon amour, ce jour est arrivé. Ce que nous faisons aujourd'hui, je l'avais également voulu.

Il a comme moi les larmes aux yeux.

— Ton histoire est encore plus jolie que la mienne, June, même si tu l'as inventée. Parce que tu ne pouvais pas deviner que j'allais partir à ta recherche.

— Cela ne m'a pas étonnée, cow-boy, et j'en étais ravie.

Le reste de la cérémonie se déroule comme prévu.

— June, voulez-vous prendre pour époux l'homme ici présent afin de vivre avec lui, unie par les liens sacrés du mariage…

Compte tenu de nos maigres moyens, nous avions acheté deux alliances plaquées or au mont-de-piété. Sur le moment, je m'étais demandé si porter les anneaux d'un autre couple était de bon augure… Étaient-ils vraiment désespérés ? Mais le prêteur m'avait assuré que ces deux-là avaient échangé leurs premières alliances contre d'autres, en or massif. J'ignore s'il disait vrai, mais sa réponse a calmé mes inquiétudes.

Horse Boy nous tend le petit coussin que le juge Curry a fourni pour l'occasion, sur lequel nos anneaux sont placés. Lorsque Chance me passe la bague au doigt, puis que je fais de même avec lui, une vive émotion m'étreint, car je suis bien consciente que, pour nous deux, c'est réellement la première fois.

— Je vous déclare à présent mari et femme, conclut Curry. Vous pouvez vous embrasser, maintenant.

Cela fait, nos témoins ont donné libre cours à leur joie – Martha a jeté une pluie de riz par-dessus nos têtes, Mo s'est fendu d'un large sourire que je ne l'avais pas vu afficher depuis longtemps, et A. J. rayonnait de fierté, comme un vrai père… Le juge nous a remis notre certificat de mariage, lequel stipule que June Wolf est mon nom de jeune fille, et June Wolf Hadley mon nom marital. Que May Dodd repose en paix… Curry n'a posé aucune question, ni sur mes trop nombreux patronymes, ni sur mes activités illégales, ni à propos du jeune homme très brun que je présente comme mon fils – ni encore au sujet du bébé, un peu moins brun, que Martha tenait dans ses bras. Dans cette ville florissante de la Frontière[1], qui connaît un flux incessant d'immigrants et de colons, honnêtes pour la plupart, mais aussi de fripouilles et de criminels, il a dû être confronté à tous les visages de l'humanité – la beauté et la laideur, les réussites et les échecs, les secrets et les mensonges. À l'évidence, cultivant l'art de la discrétion, il se contente d'écouter ce qu'on veut bien lui dire, ce qui lui permet d'exercer ses fonctions sans accroc.

Il nous a expliqué ensuite qu'il avait pour habitude, après la cérémonie, de se rendre dans une taverne pour fêter l'événement autour d'une bouteille, de champagne ou d'un alcool plus fort. Bien sûr, cela signifiait que nous devions l'inviter. A. J. le connaissait et m'avait informée que, porté sur la boisson, il essayait souvent de se faire offrir des verres dans les nombreux saloons de la ville. Mais aussi que c'était un type honorable et gentil, à qui il serait inconvenant de refuser un petit cadeau en échange de ses bons services.

À son troisième whisky, la langue déliée par l'alcool, Curry a confié à Chance :

— Monsieur Hadley, j'ai célébré des quantités de mariages au cours de ma carrière, j'ai entendu toutes sortes de récits émouvants, détaillant la façon dont les couples se forment… et d'autres, beaucoup moins

1. Limite des terres colonisées.

attachants… mais je vous avoue qu'un mari ne m'avait jamais dit avoir rencontré sa promise alors qu'elle lui volait son cheval ! Ce qui, reconnaissons-le, ne présage rien de bon… c'est même passible de pendaison ! Et, contre toute attente, vous vouliez l'épouser au lieu de la dénoncer. Mes félicitations, monsieur !

Il s'est tourné vers moi.

— Vous, madame Hadley, quel brillant contrepoint vous offrez à votre homme ! D'abord, vous amadouez son cheval et, ensuite, c'est le coup de foudre ! Si romantique et si original ! Permettez-moi de lever mon verre à votre santé à tous deux et de vous souhaiter un bonheur sans limite !

Chacun a remarqué ses yeux humides, débordant de sentimentalité éthylique.

— Sapristi ! s'est-il exclamé en regardant ledit verre, qui était vide. Gustave, une resucée, s'il te plaît, a-t-il dit au barman, que je trinque avec mes amis !

L'après-midi tirait à sa fin, le saloon se remplissait de nouveaux clients, presque tous des hommes au retour du travail. Chance et moi étions prêts à rentrer chez A. J., avec celui-ci et Martha qui avait préparé un ragoût pour le dîner. C'était après tout notre nuit de noces… Horse Boy, n'étant bien sûr pas admis dans l'établissement, s'occupait des chevaux à l'écurie. Et donc, en remerciant le juge pour ses vœux sincères – et arrosés –, nous avons pris congé.

Sur le chemin du retour, Chance m'a demandé pourquoi j'avais utilisé le nom de June Wolf sur les papiers.

— Martha est officiellement dégagée des obligations qui la liaient au programme FBI, lui ai-je expliqué. Elle est libre de revenir à Chicago impunément, en gardant son nom de jeune fille. À la suite des déclarations de frère Anthony, May Dodd a été déclarée morte par l'armée et l'État américain. Elle le restera et il n'est pas question que je conserve ce nom-là. Celui d'Abigal Ames m'a servi le jour où Wind et moi avons vendu nos chevaux à A. J. Il est susceptible d'éveiller les soupçons, Ames étant le vrai nom de Harry, mon ancien concubin. Ceux qui m'ont connue n'auraient aucun mal à établir le lien. J'ai choisi Wolf en souvenir de mon séjour chez les Cheyennes. De plus, ma fille, Wren, portera le nom de son père, Little Wolf. Cela te gêne-t-il, mon cher mari ?

Il a souri.

— C'est la première fois que tu m'appelles ainsi. Et, non, je n'y vois rien de gênant, ma chère épouse. Au contraire, cela tombe sous le sens. Seulement voilà, crois-tu vraiment que ta famille et tes anciennes relations ne te reconnaîtront pas ?

— Bien sûr que si. Mais bien des gens qui n'étaient pas très proches ne se souviendront pas de moi. Trois années se sont écoulées depuis mon départ. J'ai changé d'allure entre-temps. Et, aujourd'hui que je dispose d'un certificat de mariage et d'un nouveau nom, qui peut prouver que je ne suis pas June Hadley ?

— June Hadley, c'est joli. Tu n'es plus le printemps, mais l'été.

— Cela ne m'était pas venu à l'esprit, ai-je admis en riant.

— Autre chose, June, nous serons là-bas un couple marié avec un enfant indien. Je n'ai peut-être qu'un quart de sang comanche, mais je suppose que cela se voit. Tu ne devrais pas laisser Martha te couper les cheveux. Y aurait-il moyen de les foncer, pour qu'ils soient noirs, comme ceux d'une Indienne ?

— Il est sûrement possible de les teindre.

— Cela en vaudrait la peine. De les natter aussi, comme tu le faisais. Et te brunir la peau, c'est faisable ?

— Oui… mais écoute, Chance. D'accord, je ne veux pas qu'on me reconnaisse, mais ressembler à une Indienne ? Cela ne ferait qu'attirer l'attention sur nous.

— Il n'y a pas de tribus dans l'Illinois ? Pas d'Indiens à Chicago ?

— Ils étaient nombreux autrefois. Mais on a tué leurs bisons, volé leurs terres, ils ont été chassés il y a longtemps. On trouve peut-être encore en ville de pauvres diables qui vivent de la mendicité.

— Et personne ne leur prête attention ?

J'ai ri.

— Je vois où tu veux en venir… Tu veux nous déguiser en Indiens alcooliques et miséreux, pour mieux passer inaperçus ? Chéri, on aura assez de problèmes en arrivant là-bas.

Il a ri à son tour.

— Ce n'est pas exactement ce que je pense. Nous serions une branche de sang-mêlé qui tente un nouveau départ dans un endroit nouveau. Parce que tu auras beau avoir la peau et les cheveux plus foncés, June, on ne te prendra jamais pour une vraie Indienne, et moi non plus. Mais en te situant entre les deux, ni totalement blanche, ni totalement sauvage, tu seras moins reconnaissable.

— Au fond, ce n'est pas une si mauvaise idée, Chance. Évidemment, les bonnes familles de Chicago éviteront de fréquenter des sang-mêlé, dont le petit noiraud risquerait de contaminer leurs chères jeunes têtes blondes. De ton côté, même si tu es très beau avec ton costume neuf, ce n'est pas encore demain que tu siégeras à la chambre de commerce.

— Je ne sais même pas ce que c'est, mais tu as sûrement raison. Ni demain ni jamais, d'ailleurs.

Un excellent dîner nous attendait chez A. J. Martha, froissée que je qualifie son plat de ragoût, m'a gentiment corrigée. C'était en fait une spécialité française, préparée avec du vin rouge, du bœuf bourguignon. Nous avons découvert qu'A. J. était un fin connaisseur de vins français, qu'il en rapportait des caisses de ses voyages à Chicago. Il aime à citer Thomas Jefferson, le président des États-Unis qu'il préfère, lequel affirmait : « Le bon vin est pour moi une nécessité quotidienne. »

Mieux je connais cet homme, plus je m'attache à lui. Il avait proposé de nous accueillir pendant trois semaines et nous avons largement dépassé le terme. Deux fois, il a reporté ses réservations de train. A. J. est pour moi un second père, ou plutôt celui que je n'ai jamais eu. Comme promis, je lui ai raconté dans quelles circonstances je suis venue en pays indien. Il était donc au courant du programme FBI, dont son ami John Bourke lui avait rapporté les détails, sachant qu'il était digne de confiance et que ces informations devaient rester secrètes. En quelque sorte, A. J. nous sert d'intermédiaire, puisque John et moi, chacun de son côté, lui confions les sentiments que nous avons eus l'un pour l'autre, et les regrets que nous éprouvons parfois. J'avais espéré le croiser ici, je l'admets, pensant qu'il était peut-être posté au fort, mais A. J. m'a appris qu'il se trouvait au nord avec les troupes du général Crook. Ce sont souvent les amours contrariées qui nous hantent, celles qui n'ont pas eu la chance de s'épanouir. Mais assez évoqué le passé… n'attisons pas les braises d'une passion vouée à l'échec dès le départ. Pourquoi se torturer ? C'est un sujet que je ne peux aborder avec Chance, bien sûr, au risque de le blesser, mais A. J. est la bonne oreille.

Nous veillons tard le soir, buvons du vin à la table de la cuisine et je lui raconte tout… Mon concubin Harry Ames, que j'ai rencontré à l'âge de seize ans, ma fille et mon fils que l'on m'a retirés de force, mon père qui m'a placée à l'asile d'aliénés… L'humiliation et les autres souffrances endurées dans cet endroit épouvantable, dont je me suis échappée en m'inscrivant au programme FBI. J'évoque le capitaine John Bourke que j'ai rencontré ici, à Fort Laramie, les dîners que nous avons partagés et notre admiration mutuelle pour Shakespeare, qui, malgré nous, ont donné naissance à une brève et ardente liaison. À en juger par la réaction d'A. J., le récit que lui en a fait Bourke n'est pas si différent du mien. J'évoque le groupe de femmes que nous étions, les liens étroits que nous avons tissés, les rires qui nous ont aidées à vivre notre étrange aventure, et les larmes que nous avons versées quand tout s'est effondré. Nous avons été si proches les unes des autres. Je lui raconte nos mariages avec les Cheyennes, lui parle de mon époux Little Wolf, de Wren, la fille que nous avons eue ensemble et que j'ai été obligée d'abandonner. Je dépeins l'assaut mené par l'armée américaine contre notre village d'hiver, à l'aube glaciale de cet horrible matin, la terreur… les soldats qui se sont abattus sur le camp et s'acharnaient sur nous à coups d'épée et de fusil, les hurlements des Cheyennes qui s'effondraient…

les femmes, les enfants et les vieillards qui ont réussi à s'enfuir dans les collines. Nous étions à peine vêtus dans ce froid mordant, les plus petits s'accrochaient à leur mère, plusieurs femmes avaient un nourrisson dans leurs bras ou leur porte-bébé. Un si grand nombre de nos amies ont été massacrées, ce matin-là, tandis que je me réfugiais dans une grotte. J'avais reçu une balle dans le dos et j'allais pratiquement y mourir… Je lui raconte comment Wind m'a ressuscitée dans cette grotte, je lui parle de Three Finger Jack et de sa bande de scélérats, dont le sang-mêlé Jules Seminole, qui nous ont faites prisonnières. Il a fallu leur trancher la gorge pour leur échapper, et voler leurs chevaux. Et ce n'était pas tout, car Seminole avait réussi à s'enfuir et il nous a rattrapées ensuite. Cet homme abominable qui avait déjà enlevé Martha et lui avait infligé les pires outrages. Elle est toujours incapable d'en dire un mot – sinon, peut-être s'assiérait-elle avec nous à cette table ? C'est alors Chance, déguisé en guerrier comanche, qui nous avait sauvées. Martha avait fini par tuer Seminole, en lui plantant un pieu dans son cœur noir, et elle avait tranché son scalp, le deuxième pour elle. En route vers Fort Laramie, nous en avons abattu d'autres de la même espèce, sans leur laisser le temps de descendre de leurs chevaux, encore moins de dégainer. C'est le sort que nous aurions subi autrement… Ni Martha, qui ne manqua pas de prélever son troisième scalp, ni moi n'avons éprouvé le moindre remords. De vraies sauvages, capables de tuer de sang-froid.

Soir après soir, je me livre ouvertement à A. J., je lui dis tout, tout, tout… Parfois je pleure, parfois je ris car il faut émailler ces heures de moments plus gais. Nous avons aussi eu des instants de bonheur, mes compagnes et moi. A. J. écoute attentivement, m'interroge à l'occasion, se tait par instants, partage les rires et la tristesse.

Quand, finalement, je retourne dans ma chambre au milieu de la nuit, épuisée d'avoir tant parlé, un peu ivre également, Chance, toujours sensible et prévenant, ne pose pas de questions. Il devine que j'ai besoin de m'épancher auprès du vieil homme, sait que je lui révèle certaines choses qu'il ignore, et ignorera peut-être toujours… Il comprend que cette figure paternelle compte pour moi, tout autant qu'un mari, et jamais il n'exprime la moindre jalousie ni contrariété. Je ne l'aime que davantage pour cela. Chance me prend dans ses bras et, maintenant que la digue a commencé à céder, il arrive qu'un torrent d'émotions jusque-là contenues se libère. Je laisse le courant les entraîner… Puis nous faisons l'amour avec une grande douceur et nous dormons profondément.

La veille de notre départ, territoire du Wyoming
19 mars 1877

Voilà plus de deux mois que nous résidons chez Bartlett. À son insistance (mais pas que), nous avons plusieurs fois repoussé la date de notre départ. Il est ravi de nous avoir chez lui et de profiter plus longtemps de notre compagnie. « Mes chevaux peuvent attendre, affirme-t-il, je les expédierai bien assez tôt ! » Comme le temps s'adoucit, nous nous promenons à cheval dans les environs, pêchons la truite et pique-niquons au bord de la Laramie River. Ses berges se couvrent d'herbes printanières, les fleurs sauvages commencent à apparaître. À l'ouest, se dressent ce qu'ils appellent les Cimes enneigées, d'un blanc brillant et magnifique. Nous savourons pleinement ces moments de loisir. Ce séjour est une trêve bienvenue après notre long périple dans la saison froide, parsemé d'angoisses et d'embûches. De notre côté, nous ne sommes pas non plus pressés de partir. De fait, la perspective de retrouver Chicago, de pratiquement affronter l'inconnu, nous remplit d'appréhension. Bien que Martha et moi y soyons nées, que nous y ayons grandi, nous sommes conscientes que nous serons privées de nos droits de citoyennes américaines… elle, avec son bébé sang-mêlé, moi avec ma nouvelle identité, un mari sang-mêlé et un fils indien…

Mais nous ne pouvons sans arrêt remettre à plus tard, c'est pourquoi nous avons finalement décidé de prendre le train demain. Bien sûr, Chance et Mo ne savent pas non plus à quoi s'attendre et ils sont certainement troublés à l'idée de quitter l'Ouest, le seul monde qu'ils connaissent. Ces dernières semaines, Mo s'est remarquablement bien adapté à sa nouvelle existence, mais Laramie n'est pas Chicago, loin de là. Il prend ses repas avec nous, se sert d'un couteau, d'une fourchette, d'une serviette de table, et m'aide à faire la vaisselle quand nous avons fini de manger. Il se lave tout seul et je pense qu'il apprécie l'eau que nous mettons à chauffer sur le fourneau de la cuisinière. Elle lui rappelle peut-être les sources, naturellement chaudes, dans lesquelles son peuple nomade aimait à se prélasser lorsqu'il en trouvait en chemin. Je lui avais enseigné quelques rudiments d'anglais dans la loge que nous partagions au village et il a fait de grands progrès depuis – un avantage de sa jeunesse. Je taquine parfois Chance en prétendant que Mo maîtrise mieux la grammaire que lui… Cependant, profitant de l'influence d'A. J., que Chance respecte infiniment, lui aussi s'est amélioré de ce point de vue.

Mo refuse qu'on lui coupe les cheveux et j'évite de l'embêter avec cela. Je n'imagine tout de même pas qu'il va se transformer en petit Blanc docile, ni qu'il oubliera ses racines indiennes. Nous parlons encore fréquemment cheyenne tous les deux et je l'appelle, à ces moments-là, par son vrai nom, Moéhéno'ha. Il s'habille comme bon lui semble et, s'il préfère les mocassins aux bottes, il ne rechigne pas à porter un pantalon et une chemise. Les Cheyennes ont longtemps fait du troc avec les Blancs, voire volé leurs vêtements lors d'une attaque de train, et sont donc habitués à en porter. En revanche, le fait qu'il continue de dormir avec les chevaux sera certainement un problème en ville. Je ressens moi aussi un certain trouble à l'idée de partir… mais j'ai surtout peur pour lui. Comment sera-t-il traité à Chicago, compte tenu des réactions que nous avons constatées ici à son égard ?

A. J. se désole que nous nous en allions. Tous ensemble, nous sommes presque devenus une famille et je représente sans doute la fille qu'il aurait souhaité avoir. Nous ne tenons plus de très longues conversations, le soir, devant une bouteille de vin, car nous nous connaissons beaucoup mieux et une sorte d'intimité tacite s'est établie entre nous. Se confiant lui aussi à moi, il m'a parlé en détail de sa vie d'homme marié. Il se souvient très bien du jour où il a rencontré son épouse, de la façon dont il l'a courtisée, des bonheurs partagés et de l'immense chagrin qu'il éprouve toujours de l'avoir perdue à un si jeune âge. Comme ses deux fils résident à Tent City, c'est maintenant un homme seul et la maison lui paraîtra terriblement vide quand nous ne serons plus là. Les bons plats que nous lui préparions lui manqueront et nous regretterons ses bons bourgognes ! Il m'a toutefois promis de nous rendre visite la prochaine fois qu'il livrera des chevaux à Chicago, et il m'a confié l'adresse d'un de ses partenaires commerciaux.

— Si vous avez besoin d'aide pour vous installer, m'a-t-il dit, ou pour quoi que ce soit, adressez-vous à Charlie Watson. C'est un gars solide, courageux, et un très bon ami. Il s'occupera de vous. Je lui ai envoyé un télégramme avec votre horaire d'arrivée. Il vous attendra à la gare, où il réceptionnera les bêtes.

— Et mon âne ? s'est inquiétée Martha. N'oubliez pas mon cher Dapple !

— Mais oui, Martha, l'a rassurée A. J. en riant. Il en prendra soin également.

Ce matin, avant de partir à la gare, j'ai préservé un instant en tête à tête avec A. J., afin de le remercier pour sa gentillesse envers nous.

— Je me demande comment nous aurions fait sans votre aide, vous êtes un vrai père pour moi.

Il a souri.

— Après toutes les épreuves que vous avez déjà surmontées, je ne doute pas que vous seriez arrivée à organiser votre départ. D'autant plus que vous avez un mari formidable pour vous seconder. Reposez-vous sur lui, ma fille, et je suis sûr qu'à deux, vous parviendrez à vos fins.

— Le croyez-vous vraiment, A. J. ? En votre compagnie, j'ai réussi à baisser ma garde un moment, à oublier d'être inflexible et de compter sur mes seules ressources. Ce qui m'a amenée à comprendre que, sous cette armure que j'ai longtemps revêtue, je reste quelqu'un de fragile. Je crains parfois d'être complètement perdue. Alors, rentrer chez moi maintenant… D'ailleurs, quand je dis chez moi… Enfin, cela me paraît plus effrayant que d'en être partie.

— C'est très compréhensible, June. Il est normal que vous vous sentiez vulnérable. Mais je sais que, derrière vos peurs, se cachent de grandes forces. Quand il le faudra, vous serez comme toujours à la hauteur de la situation. Vous avez une mission à accomplir, retrouver vos enfants, ce dont vous rêvez depuis que vous avez quitté Chicago. Vous êtes aujourd'hui plus proche du but que vous ne l'avez jamais été. De plus, vous n'êtes pas seule, vous avez Chance à vos côtés et vous pourrez vous appuyer sur lui à tout moment. Ensemble, vous l'emporterez. Fiez-vous à l'expérience d'un vieil homme aguerri !

— Merci, mon cher A. J., ai-je dit en riant. Des encouragements, c'est exactement ce dont j'avais besoin.

— Sachez encore une chose, ma petite. Si Chance et vous rencontrez un jour un obstacle qui vous paraît insurmontable, envoyez-moi aussitôt un télégramme. Je laisserai tout en plan et sauterai dans le premier train, c'est promis. Je suis peut-être un vieil homme, mais je ne suis pas infirme. Si c'est votre vrai père qui s'oppose à vous, je me ferai un plaisir de lui mettre mon poing dans la figure. J'ai beaucoup pensé à ce que vous m'avez confié. Quel genre d'homme faut-il être pour séparer des enfants de leur mère et la faire interner chez les fous ?

— Enfin, vous n'êtes pas un vieil homme ! Je n'oublierai pas votre promesse, A. J., et je serais ravie de vous voir lui donner ce qu'il mérite… Tant que nous y sommes, mon *vrai* père, ce serait plutôt vous. Le précédent a manqué à tous ses devoirs. Mais, à propos d'autre chose, j'aurais un dernier service à vous demander.

— Je vous en prie, allez-y.

— Si vous croisez John Bourke, voudriez-vous lui transmettre un message ? Tout simplement que je garde le meilleur souvenir des courts moments que nous avons passés ensemble… Je lui souhaite tout le bonheur possible… Ajoutez cette citation du *Marchand de Venise*, qu'il reconnaîtra : « L'amour est aveugle et les amants ne peuvent voir les plaisantes folies qu'ils commettent eux-mêmes. » Maintenant, très cher, j'aimerais mieux que nous nous disions au revoir ici plutôt qu'à la gare, où je risque de m'effondrer et d'offrir un triste spectacle.

— Bonne idée, ma fille, je déteste moi aussi les adieux sur les quais de gare.

Je lui ai tendu les bras et il m'a pris dans les siens. Comme toujours, son étreinte était merveilleusement rassurante.

— Je vous aime tellement, A. J.

— Et moi donc, June.

DEUXIÈME PARTIE

BIENVENUE DANS LE MONDE CIVILISÉ

Dans le train pour Chicago
20 mars 1877

Nous voyageons presque en silence. Chance est absorbé par le paysage qui défile derrière la fenêtre et qu'il observe avec la même attention qu'en relevant une piste – ce langage codé qu'il connaît bien et pratique brillamment. Il quitte parfois son siège pour gagner la plateforme, entre deux voitures, où il profite d'un plus vaste panorama. Nous suivons grossièrement le cours de la Platte River, et la plaine se transforme peu à peu en prairie d'herbes hautes, une fois atteint le Nebraska. Comme Helen Flight il y a bientôt deux ans, il contemple avec ravissement les grues du Canada, en plein flux migratoire. Alors que le train longe Grand Island, un grand nombre d'entre elles s'envolent simultanément au-dessus de la rivière et produisent une joyeuse cacophonie de craquètements et glapissements ! Elles battent des ailes, l'eau jaillit autour d'elles et je nous revois, Helen, les autres et moi, dans le train qui nous menait en sens inverse, vers l'ouest. Compte tenu des nombreux événements qui ont suivi, cela paraît une éternité. Qu'elle repose en paix, notre chère Helen… et qu'un million d'oiseaux la bercent…

Martha rayonne d'optimisme. Après toutes les horreurs qu'elle a subies, rentrer avec son bébé doit être un soulagement pour elle. Elle était si naïve, si innocente au début de notre aventure. Peut-être sera-t-elle capable de remiser ce douloureux passé et de retrouver la jeune femme qu'elle était. Je l'espère en tout cas.

Mo est tour à tour fasciné et terrifié par le « cheval de fer », comme l'appellent les natifs. C'est le premier engin mécanique du monde qu'il commence à découvrir, si différent, si loin du sien. Il observe les différentes villes dans lesquelles nous nous arrêtons en chemin, et où de nouveaux voyageurs montent à bord. Ils ne se donnent pas la peine de cacher la surprise et le dégoût qu'il leur inspire – son teint mat, ses traits anguleux, ceux d'un homme déjà, et ses longs cheveux noirs, caractéristiques de son peuple. Il ne perd rien des regards qu'on lui jette, empreints de supériorité méprisante, mais il les soutient avec défiance, comme pour dire : « Oui, je suis cet autre dont vous avez peur, et vous avez raison de me craindre. »

Quant à moi, comme d'habitude, je me réfugie dans mon journal. D'un air faussement indifférent, j'étudie les passagers. Papier et crayon sont ce mince vernis qui m'évite de penser aux nombreux défis qu'il nous faudra relever.

— Martha, lui dis-je au bout d'un moment. Je me demandais ce que tu allais faire de ton âne en ville…

— La même chose que toi, June, avec tous tes chevaux, répond-elle aussitôt. Pour autant que tu le saches… Peut-être achèterai-je une charrette pour y atteler Dapple, qui nous promènera, Charles et moi, le dimanche.

— Tu as raison, je n'en sais encore rien. A. J. nous a assuré que son ami, Charlie Watson, logerait nos bêtes dans son écurie. Quand nous serons installés, il serait bon de trouver un endroit à l'extérieur de la ville pour les mettre en pension, et nous organiserons des sorties à cheval.

— Ah oui, les week-ends à la campagne des chômeurs sans le sou, approuve-t-elle, gentiment sarcastique.

Je ne peux m'empêcher de rire… Martha est toujours pertinente.

— Je pense séjourner un moment chez ma cousine Cynthia, m'apprend-elle. Elle dispose d'une maison dans le centre et nous nous sommes toujours bien entendues. Je ne la gênerai pas, bien au contraire.

Le train poursuit sa route à travers le Nebraska, où de hautes herbes poussent dans la plaine d'inondation de la Platte River, qui leur fournit un terreau propice. Chance, qui a grandi dans les étendues sablonneuses de l'ouest du Texas, a passé ces dernières années à mener les transhumances dans les Grandes Plaines, guère plus fertiles. Il s'étonne de la relative luxuriance de ce paysage nouveau pour lui. D'un vert lumineux, l'herbe qui ondule dans la brise nous arriverait à hauteur des genoux.

Après avoir traversé la frontière de l'Iowa, je m'aperçois qu'une grande partie de la prairie est labourée, ce qui n'était pas le cas il y a deux ans. Des champs de maïs s'étendent aujourd'hui à perte de vue.

— Est-ce qu'on mange du maïs, matin, midi et soir, dans la région ? s'étonne Chance tandis que nous regardons par les fenêtres les rangs bien alignés qui défilent de chaque côté.

— Ce n'est pas pour la population, lui expliqué-je. Ces cultures feront du fourrage pour le bétail.

— Les gens n'en mangent pas ?

— Si, mais cette variété-là est réservée aux animaux. La majeure partie des récoltes est expédiée dans des parcs où l'on engraisse vaches et cochons. Et on cultive de plus en plus de blé dans ce qui était jadis la prairie. Tu verras lorsqu'on arrivera dans l'Illinois. Pour la plupart, les bêtes que tu conduisais vers le territoire du Montana mangeront ce blé et ce maïs après avoir brouté une saison dans les plaines herbeuses. Ensuite, les bouvillons repartent vers l'est où ils prennent du poids avant l'abattage.

— Comment sais-tu tout cela, June ?

— Mon père siège à la chambre de commerce de Chicago. C'est son métier et les affaires doivent être bonnes, parce qu'il pousse beaucoup plus de maïs ici qu'il y a deux ans.

— Je commence à comprendre, dit-il, songeur. Franchement, je n'avais jamais trop pensé à ces choses. Je faisais mon travail de cow-boy pour gagner ma vie, comme bien d'autres. Mais tout s'éclaire maintenant. L'État, l'armée, les trappeurs exterminaient les bisons des plaines afin de libérer de l'espace pour le bétail que je convoyais depuis le Texas quand nous nous sommes rencontrés. Tant qu'ils y étaient, ils ont aussi tué les Indiens ou les ont repoussés vers l'ouest…

— Quand ils ne les ont pas parqués dans les réserves.

— Oui, murmure-t-il, soucieux, l'œil toujours braqué sur les champs. Après quoi, il ne reste plus qu'à défigurer la prairie pour nourrir les vaches, qui nourrissent ensuite la population.

— C'est ce que les Blancs appellent la destinée manifeste, mon ami. La mission divine qui leur donne, croient-ils, le droit de chasser les natifs de leurs terres, de les abattre ou de les emprisonner, de s'approprier leur pays et d'en faire ce qu'ils veulent. Tu as dû voir se produire la même chose avec les Comanches du Texas.

— En effet, les bisons ont pratiquement disparu là-bas quand j'étais gamin. Ma famille joignait péniblement les deux bouts. Les Comanches nous fichaient la paix à nous, parce que mon grand-père avait du sang comanche, mais pas aux autres Blancs qui, eux aussi, faisaient ce qu'ils pouvaient. Je me suis engagé dans les transhumances pour toucher un salaire décent et je ne savais rien de cette « destinée ».

— Je ne te reproche rien, Chance. Ainsi va le monde et nous sommes tous plus ou moins responsables. Selon la Bible, les humbles hériteront de la terre et jouiront d'une paix abondante. On ne peut pas dire que cela soit le cas, n'est-ce pas ?

— Peut-être dans l'autre monde derrière le nôtre… celui auquel nous avons renoncé…

— Ce n'était qu'une illusion. Le seul monde réel est le nôtre, justement, avec tous ses travers.

— Ni les Comanches ni les Cheyennes ne sont humbles ou faibles, remarque-t-il. Il se trouve que les Blancs sont plus nombreux et mieux armés. La race la mieux outillée hérite de la terre, voilà. Cela a toujours été comme ça, non ?

Farm City
22 mars 1877

Des ennuis mécaniques nous retardent depuis deux jours dans une petite communauté agricole de l'Illinois, Farm City, qui porte donc bien son nom. Le train étant retenu à la gare, nous en profitons pour nous dérouiller les jambes et visiter les lieux. Nos chevaux et l'âne de Martha sont logés sans frais à l'écurie, le temps que les réparations soient terminées.

Mo attire l'attention de la population locale, qui ne formule à son égard aucune forme de jugement, méprisant ou pas. Les gens sont simplement curieux et, de fait, plutôt séduits par sa présence. Il en va de même pour Martha et Charles, son enfant. La bienveillance est aussi facile à reconnaître que son contraire, et cet accueil amical met notre petit groupe en joie. Dans la taverne où nous prenons nos repas, la jeune serveuse – qui est aussi la fille du patron – offre toujours gratuitement à notre Horse Boy une part de tarte.

— Tu as de si beaux cheveux, lui dit-elle un après-midi. Et si brillants… Me permets-tu de les toucher ?

— Elle lui fait du charme ? glissé-je à l'oreille de Chance tandis qu'elle passe une main dans ses mèches noires.

Peut-être embarrassée, elle s'en retourne vite au comptoir chercher les plats qu'il lui reste à servir.

— J'en ai bien l'impression, me répond-il. Et il s'en rend compte. Regarde-le dévorer son dessert. Je ne l'avais encore jamais vu sourire comme ça.

— La tarte aux pommes serait-elle un langage universel ?

— La tarte aux pommes ? L'amour, plutôt. Tu aurais comme une concurrente, June… un peu plus jeune que toi. Mo ne sera pas toujours ton petit protégé.

— Il n'a pas besoin que je le protège. C'est charmant et je suis contente qu'il réagisse ainsi. Ces gens de la campagne sont si accueillants. Certains doivent savoir que les tribus kickapou et potéouatami vivaient auparavant sur ces terres. Je doute que ces choses-là soient enseignées à l'école, mais ce ne sont pas les habitants de Farm City qui les ont chassées. Ils ne sont ni cupides ni malintentionnés. Comme tes parents, ils s'efforcent simplement de joindre les deux bouts. Et ils ont plus de chance qu'eux, car ces terres sont fertiles.

— Comme ils cultivent du blé et du maïs, ils tirent leurs revenus des affaires de ton père, forcément ? remarque Chance.

— D'une façon ou d'une autre, oui.

— Et ce n'est pas un monsieur très comme il faut…

— Franchement pas. La vie n'est pas simple, mon ami, n'est-ce pas ?

— Non, et j'ai le sentiment qu'elle n'a pas fini de se compliquer.

— Il faut s'y préparer, cow-boy.

Chicago
23 mars 1877

Nous sommes tous un peu tristes de quitter Farm City. J'ai brièvement songé que nous pourrions y revenir quand j'aurai retrouvé mes enfants. Nous aurions une petite ferme dans ce qui reste de la prairie indigène, où nous garderions nos chevaux et Dapple. Mo et la jeune femme du café, qui s'appelle Rose, iraient à l'école ensemble, se marieraient un jour et auraient des enfants, comme Chance et moi en aurons sûrement. Un dimanche au bal, Martha rencontrerait un beau garçon honnête, un artisan, peut-être, un charpentier… Ils se feraient la cour, il l'épouserait et… Mais non, c'est un journal que je tiens, pas un roman dans lequel je nous bâtis un avenir. Cela me plairait bien, pourtant !

Séparé de Rose et de ses tartes aux pommes, Mo connaît son premier chagrin d'amour. Séduite par cette petite ville et ses habitants chaleureux, si aimables avec son jeune Charles, Martha aurait elle aussi souhaité s'y établir. Dans un sens, elle est la plus libre de nous tous et, bien que désargentée, elle aurait pu le faire. Quelqu'un, parmi ces bonnes gens, l'aurait prise sous son aile. Elle n'a pas d'enfants à retrouver, pas de mari et, pour l'instant, elle me reste attachée. Par-dessus tout, elle est animée par la conviction que nous nous sommes lancées ensemble dans cette aventure et que nous la mènerons ensemble à son terme.

J'ai remis mon « costume » d'Indienne – ma vieille robe droite en daim, mes jambières et mes mocassins, qui semblent déjà être les vestiges d'une époque révolue, ou les vêtements d'une autre personne. La coiffeuse du salon de beauté m'a donné une teinture pour noircir mes cheveux, que j'ai tressés. J'ai pris Mo sous mon aile et je ne veux pas qu'il se considère comme un cas isolé, qu'il passe à Chicago pour une curiosité, un animal de zoo ou pire. Mon devoir est de l'épauler, fièrement et dignement.

Notre train, qui fonctionne de nouveau normalement, se rapproche peu à peu de Chicago. Chance, comme toujours le nez à la fenêtre, est le premier à remarquer le grand voile gris et rose sale qui plane au-dessus de la ville.

— Regarde-moi ces nuages ! s'exclame-t-il. Un bel orage nous attend là-bas.

— Ce ne sont pas des nuages de pluie, mon chéri. Tu aperçois ces cheminées dressées vers le ciel ? Elles crachent les émanations des fournaises et des moteurs à vapeur, utilisés par les industries. Tu en sentiras bientôt l'odeur.

— Pourtant ils tourbillonnent comme avant une tempête, murmure-t-il, gêné, comme s'il ne voulait pas m'écouter.

Puis il se tait, horrifié, incapable de détacher ses yeux de la nappe sombre et colorée qui recouvre la ville et que l'on croirait animée d'une vie propre. Je n'aurais jamais dû l'emmener ici et nous sommes à peine arrivés…

Le train s'arrête finalement dans Union Station. Nous sommes juste au-dessous des nuages. Il est à peine midi, cependant le ciel est noir comme à la nuit tombée. Le couple assis près de nous rassemble ses bagages et, comprenant que nous n'habitons pas ici, le mari se penche vers Chance pour le mettre en garde :

— Faites attention, monsieur, sur le quai. Il y a toujours des brigands qui accostent les passagers. Ils leur proposent de les conduire à un hôtel pour un prix exorbitant. En réalité, ce sont des voleurs qui essaient de s'emparer de leurs valises. Soyez très, très prudent.

Il se trouve que Chance est le premier à descendre, avec les sacoches de selle qui contiennent nos quelques biens. Le quai est bondé et, comme annoncé, trois hommes se pressent autour de lui et tentent de lui arracher nos affaires. Un mauvais sourire aux lèvres, ils parlent à toute vitesse. Rapide comme l'éclair, Chance retire une poêle à frire de la sacoche qu'il porte en bandoulière et, pivotant gracieusement sur lui-même – une de ses spécialités –, il leur assène à chacun un bon coup de poêle sur la tête. Deux des trois hommes s'écroulent, le troisième tombe à genoux et s'affale à son tour. Le gentleman qui nous avait avertis descend maintenant à quai.

— Bravo, monsieur ! jubile-t-il, admiratif. Bien joué ! Voilà comment il faut traiter ces malfaiteurs.

La police ne fait rien pour nous protéger. Nous croyons même qu'elle est de mèche avec eux.

Comme pour confirmer ses dires, deux robustes agents de police fendent la foule et se dirigent vers Chance. Les hommes qu'il a étourdis se relèvent difficilement, la tête entre les mains, en gémissant.

— Vous êtes en état d'arrestation, lui annonce un policier.

— Pour quelle raison, monsieur ?

— Pour coups et blessures, répond l'agent.

— Mais ces hommes essayaient de nous voler !

— Ils se proposaient de porter vos bagages.

— Je n'ai besoin de personne pour cela, et je n'ai rien demandé.

— Très bien, monsieur. Dans ce cas, voilà ce que je vous propose. Je suis de bonne humeur aujourd'hui, alors je vous laisse le choix. On vous passe les menottes tout de suite et on vous emmène au poste. Vous passerez trois semaines en prison avant d'être présenté à un juge. C'est qu'ils sont assez occupés…

— Et sinon ?

— Sinon, vous faites une modeste contribution à la Société de bienfaisance de la police. Dans ce cas, nous vous relâchons et vous vous en sortez sans encombre. De plus, c'est une noble cause…

Le gentleman du train se place soudain devant Chance, retire un portefeuille en cuir de la poche intérieure de son manteau, l'ouvre et le montre à l'agent.

— Messieurs, comme vous pouvez le constater, je suis le juge Arthur Cantwell… Et le juge Arthur Cantwell est bien moins occupé que vous ne le pensez. Vous voudrez bien décliner vos noms et matricules.

J'ai vu cet homme se défendre légitimement contre vos prétendus porteurs et j'en ferai un rapport circonstancié au commissaire McIntyre. Il apprendra avec intérêt pourquoi vous protégez les voleurs qui dépouillent les visiteurs de notre bonne ville.

Perdant contenance, les deux agents montrent leurs plaques au juge Cantwell, qui sort d'une autre poche un carnet et un crayon pour noter ce dont il a besoin.

— Eh bien, retournez au commissariat et faites état de vos bons services auprès de l'officier de garde… leur suggère le juge. Je vous retrouve bientôt au tribunal, messieurs.

Martha, Mo et moi descendons à notre tour du train. Les agresseurs de Chance sont partis en titubant se fondre dans la masse confuse des voyageurs. C'est alors qu'apparaît Charlie Watson, l'ami d'A. J., un grand homme élégant d'une cinquantaine d'années. On y regarderait à deux fois avant de lui marcher sur les pieds. Il fend la foule avec assurance et s'avance vers nous. À l'évidence, Cantwell et lui se connaissent bien. Ils se saluent amicalement, échangent discrètement quelques mots à propos de ce qui vient de se passer. Puis Charlie se présente à nous. Chance leur serre la main à tous deux. Le juge explique à ce dernier qu'il sera certainement convoqué pour faire une déposition et demande à Charlie de lui faire savoir où il pourra nous contacter.

— Vous avez bien réagi, monsieur Hadley, déclare le juge, mais je dois vous dire que, si nous commençons à lutter contre la corruption, nous ne sommes pas au bout de nos peines. Je suis désolé de vous mettre à contribution, car il est possible que, à un moment ou un autre, vous et votre famille couriez certains dangers.

— Des dangers ? répète Chance. Mais nous venons à peine d'arriver et je n'ai fait que me défendre !

— J'entends bien. Je suis vraiment navré, mais la police est corrompue jusqu'à l'os et Dieu sait jusqu'où et jusqu'à qui tout cela peut nous mener. Je crains de ne pouvoir en dire plus pour l'instant. Entre-temps, notre ami Charlie prendra soin de vous.

— Quand reprenons-nous possession de nos bêtes, monsieur Watson ? s'enquiert Chance.

— Appelez-moi Charlie. Elles sont déchargées dans une autre section de la gare. Quand tout le monde sera descendu du train, nous nous y rendrons ensemble.

Chance se rapproche de moi.

— Bon sang, June ! me dit-il en secouant la tête. On n'est pas là depuis trois minutes que j'ai failli me faire arrêter et il paraît que nous sommes en danger.

— Bienvenue dans le monde civilisé, cow-boy !

1er avril 1877

Nous sommes là depuis un petit peu plus d'une semaine. Charlie Watson nous a logés dans une pension à proximité des parcs à bestiaux, dans un quartier où il réside également. L'immeuble manque de charme, mais il est propre. Apparemment, A. J. a réglé un mois entier de loyer à l'avance, le temps que nous trouvions du travail et que nous commencions à nous organiser. Martha n'a dormi ici que deux jours avant de partir chez sa cousine. Étant officiellement dégagée de ses obligations vis-à-vis du programme FBI, elle n'a rien à cacher et peut retourner chez les siens avec la version qu'elle voudra leur présenter de ses aventures chez les Indiens.

Comme je l'avais prévu, Chance est profondément malheureux ici, et Mo autant que lui. J'ai peur que le jour vienne assez tôt où ils m'abandonneront tous les deux. Je les imagine en train de se glisser dehors au milieu de la nuit, de seller leurs chevaux aux écuries et de partir avec les animaux de bât rejoindre les grands espaces qui leur manquent. Tous les matins, je m'attends à ce que Chance se soit volatilisé. Mais non, malgré la tristesse qui l'habite, il est toujours là… Cela ne durera peut-être pas.

Peu après notre arrivée, Charlie nous a emmenés visiter les parcs à bestiaux dans l'éventualité d'y trouver un emploi pour Chance. Ils se sont agrandis dans des proportions gigantesques ! Selon Charlie, ils comportent deux mille trois cents enclos, sur une surface de cinquante hectares, et permettent de loger jusqu'à vingt et un mille têtes de bétail, soixante-quinze mille porcs et deux cents chevaux simultanément. Les parcs disposent de chenaux d'une longueur totale de cinq miles, dans lesquels s'écoulent quotidiennement dix-neuf mille hectolitres d'eau, prélevés dans la Chicago River. Un réseau de râteliers, long d'environ quinze miles, les approvisionne en blé, en maïs et en foin. L'un des métiers les mieux payés est celui de saigneur. Chevaux et bovins sont abattus après avoir été assommés d'un coup de massue sur le crâne, et on tranche la gorge des cochons.

Nous avons assisté à chacune des étapes. À la pure brutalité de l'abattage, il faut ajouter les cris aigus des porcs terrorisés, les beuglements et hurlements des vaches prises de panique, les hennissements retentissants des chevaux. Les saigneurs, qui portent des tabliers et des bottes de caoutchouc, sont couverts de sang des pieds à la tête, et ils en ont souvent jusqu'aux chevilles. Sans oublier l'odeur métallique du sang, écœurante et omniprésente. De fait, c'est un des spectacles les plus épouvantables auxquels il m'ait été donné d'assister, et pourtant j'ai vu des hommes, des femmes et des enfants massacrés devant moi. Les saigneurs touchent de bons salaires car ils sont très demandés. Peu sont capables de supporter longtemps la violence de leur tâche, d'une cruauté inhumaine. Certains deviennent fous, paraît-il, d'autres vont même jusqu'à se suicider.

À la fin de la visite, Chance avait le visage livide et les larmes aux yeux. Le dernier animal que nous avons vu mourir était une très vieille jument, particulièrement effrayée. Elle est tombée sur ses genoux au premier coup de massue, avant de s'effondrer sur un flanc en lâchant son dernier souffle. De quoi vous briser le cœur.

— Je ne pourrais pas travailler ici, monsieur, a dit Chance à Charlie, quand nous sommes ressortis des parcs. J'ai grandi dans un ranch dans l'ouest du Texas et j'en ai abattu, des animaux. Des cochons, des bœufs, des cerfs… et j'ai commencé jeune. Mais je les ai tués pour nourrir ma famille, ce qui est normal pour un chasseur ou un cow-boy. J'ai dû achever des chevaux parce qu'ils s'étaient cassé une jambe, qu'ils avaient été mordus par un serpent à sonnette, qu'ils avaient mangé de l'astragale ou qu'ils souffraient de fourbure. Seulement, je les ai tués avec respect, avec amour. Je les ai remerciés pour ce qu'ils nous avaient donné et je me suis excusé, comme me l'avait appris mon grand-père comanche. Cela n'est pas vraiment ce qu'on pratique ici, n'est-ce pas ? Ces pauvres bêtes meurent terrorisées. Je suis navré de vous avoir fait perdre votre temps, Charlie, mais ce n'est pas un endroit pour moi. Ni aucun de ces métiers, et surtout pas celui de saigneur, même si la paie est bonne.

— Je comprends, fils, lui a répondu Charlie. Assurément, ce n'est pas à la portée de tout le monde. On te trouvera une autre occupation.

— Je sais débourrer et dresser les chevaux, l'a assuré Chance. C'est ce que je fais le mieux. Travailler avec des animaux vivants.

— Il est très doué pour un tas de choses, ai-je ajouté. Chance joue la modestie, mais, croyez-moi, il excelle dans bien des domaines, mon cow-boy. A. J. nous a parlé de ce nouveau sport, le polo, qui est en train de conquérir l'Amérique et qui aurait des amateurs à Chicago. Selon lui, il se pratique avec des chevaux d'un genre particulier. Chance est un formidable cavalier, je suis certaine qu'il n'aurait aucun mal à apprendre et qu'il saurait entraîner les chevaux de ceux qui n'ont ni le temps ni les capacités de le faire.

Se tournant vers lui, Charlie a confirmé mes propos :

— Oui, le polo plaît aux classes supérieures. Il y a eu un match de présentation au printemps dernier à New York et un autre ici, par la suite. On l'appelle judicieusement « le sport des rois » et il a ses adeptes dans le village de Lake Forest, au nord de la ville, où les familles riches possèdent de vastes domaines. A. J. et moi leur avons récemment vendu un certain nombre de chevaux de prairie, qui sont très demandés. Ce sont des animaux de taille moyenne, agiles et remarquablement endurants, ce qui convient à ce type de sport. Je saurai aisément me renseigner. Avant de pouvoir dresser ces chevaux, cependant, vous devrez vite maîtriser les règles du jeu. D'après ce que j'ai vu, c'est tout de même difficile. D'un autre côté, le polo est encore assez nouveau, on compte peu de joueurs expérimentés et encore moins d'entraîneurs reconnus. Mais je dois vous avertir : les riches sont une clientèle exigeante qui donne rarement une deuxième chance à ceux qui les déçoivent.

— Chance n'en aura pas besoin, ai-je affirmé. Il ne lui faudra qu'une journée pour apprendre et, le soir, il sera déjà meilleur que tous ces messieurs.

Il a ri.

— Tu en promets, des choses pour moi, ma chérie !

— Ce que tu sais faire sur un cheval est hors de portée de tous les Blancs.

À l'évidence, bien qu'ils soient associés en affaires, A. J. n'a rien divulgué à Charlie de ma vraie identité, ce qui est tout à son honneur. Une discrétion que j'apprécie grandement. Je porte à nouveau mes vêtements de daim depuis notre arrivée et j'ai trouvé dans notre quartier, à proximité des parcs, un tanneur qui fait commerce du cuir. Naturellement, la matière première ne manque pas ici. Ma tenue indienne tombant presque en loques, j'y ai acheté de quoi m'en coudre une nouvelle, comme me l'ont appris les femmes cheyennes. Charlie n'a pas posé une seule question à propos de mon passé et de mes ascendants. Il a bien eu l'air perplexe à la gare lorsqu'il m'a vue en jambières et mocassins, mais cela n'a duré qu'une seconde et aussitôt il s'est présenté chaleureusement. Il n'a pas bronché non plus en découvrant mon cow-boy de mari et notre fils indien jusqu'au bout des ongles. Peut-être a-t-il douté que je le sois aussi, mais il nous a accueillis comme la plus traditionnelle des familles américaines…

L'éventualité que Chance travaille à Lake Forest avec les équipes de polo, bien qu'intéressante, comporte une part de risque. C'est là que j'ai grandi, dans l'hôtel particulier de mon père, qui donne sur le lac Michigan, mais c'est aussi là que je suis susceptible de retrouver mon fils et ma fille. Lake Forest est un endroit protégé, privilégié, où demeurent les grandes familles de Chicago – les Swift, Armour, Meer, McCormick, Donnelley, Simpson… –, pour n'en citer que quelques-unes. Elles ont bâti cette ville, amassé des fortunes et comptent de nombreux capitaines d'industrie, magnats du bétail, du bois, des chemins de fer, du matériel agricole, de l'imprimerie et de la presse. Ce sont tous des amis de mon père, membres des mêmes clubs sélects, des mêmes partis politiques. Ses pairs. L'asile dans lequel on m'a internée, bien qu'un peu plus loin, se trouve aussi par là-bas. Je n'ai jamais renoncé à mon désir de vengeance à l'égard de sa direction et je ne raterai pas une occasion de passer à l'acte.

L'endroit est cependant dangereux. Par exemple, je ne pourrai jamais assister à un match de polo à Lake Forest, ni me montrer dans ses rues. Malgré mon nouveau nom, mes vêtements indigènes, mon vague déguisement, je serais trop facilement reconnue par mes anciens camarades d'école, sans doute encore nombreux là-bas. À l'âge de seize ans, je me suis enfuie avec un contremaître de mon père et, me sachant peu conformiste, ils ne s'étonneraient pas de me voir habillée comme une squaw.

Chance devra donc s'y rendre sans moi. Compte tenu de son savoir-faire avec les chevaux, de son honnêteté et de sa sincérité, de cette tendance qu'ont les gens à spontanément l'adopter, il n'aura pas besoin de mon aide. Je connais la société étouffante de Lake Forest, ses goûts, ceux de mon père et de ses chers amis. Hommes et femmes seront charmés par le naturel aimable de Chance, et impressionnés par ses talents.

3 avril 1877

Charlie a vite arrangé un rendez-vous pour Chance avec le club de polo de Lake Forest. Un match est prévu ce samedi, qui l'oppose à la toute nouvelle équipe de Milwaukee, et Chance est invité à y assister. Les membres du club ont ensuite prévu un entretien avec lui, au sujet d'une embauche éventuelle. Chance part là-bas l'avant-veille de la rencontre, avec Lightning, au cas où on le prierait de démontrer son savoir-faire équestre, ce qui est fort probable. Il emmène Mo avec lui, qui montera son propre cheval. Le petit se sent vraiment à l'étroit ici, l'atmosphère lugubre de Chicago et son nuage de poussière l'oppressent. Il faut compter une journée à cheval pour aller à Lake Forest et Chance tient à ce que leurs bêtes se reposent une autre journée, le lendemain. Charlie les accompagne.

Je regrette de ne pouvoir l'imiter. Je lui ai expliqué que ma présence serait inopportune, ce qui n'a pas suscité de commentaire de sa part. Évidemment, il comprend qu'une femme vêtue à l'indienne, qu'elle soit une vraie squaw ou pas, ne serait pas la bienvenue à un match de polo. Cela étant, je ne doute pas qu'il se renseignera auprès de Chance sur nos profils respectifs et nos antécédents… Non par indiscrétion, mais il est notre ami et il a bien le droit de se montrer curieux. De plus, le trajet sera long et ils auront besoin d'un sujet de conversation. Chance ayant tendance à minimiser ses exploits, j'ai demandé à Charlie de me raconter en détail le déroulement de leur week-end là-bas, lorsqu'ils seront de retour.

7 avril 1877

Chance et Mo sont rentrés en fin d'après-midi, d'excellente humeur, ravis d'avoir échappé à la ville pendant quelques journées. Les nouvelles sont très encourageantes. Avant qu'ils ramènent leurs chevaux à l'écurie voisine, je les ai priés d'inviter Charlie à dîner. J'avais déjà préparé un rôti pour quelques appétits d'ogre.

Comme je pressentais que l'occasion en vaudrait la peine, j'avais acheté deux bouteilles de vin français chez le fournisseur qui approvisionne A. J., lequel m'avait donné son adresse. Quand je suis entrée dans le magasin, vêtue de la nouvelle tenue en peau de daim que j'avais juste terminé de coudre, le caviste m'a demandé si j'étais bien sûre de vouloir dépenser mon argent chez lui.

— Il paraît que les Indiens tiennent mal la boisson, m'a-t-il dit sur un ton bienveillant, sans rien d'accusateur. Nous pratiquons ici des tarifs très élevés, madame. Vous trouverez de bonnes bouteilles meilleur marché chez nos confrères, pour le prix d'une seule chez nous.

Je peux vous indiquer quelques établissements, si vous le souhaitez.

— C'est très aimable de votre part, monsieur, lui ai-je répondu, mais mon ami A. J. Bartlett, de Laramie, vous a recommandé, vous et personne d'autre. Il m'a même donné de quoi vous payer, ai-je ajouté en retirant quelques billets de la bourse que je porte en bandoulière. A. J. vous envoie son meilleur souvenir et viendra bientôt vous rendre visite. Il m'a affirmé que vous sauriez utilement me conseiller. Il me faudrait deux bouteilles de bon vin pour le rôti de bœuf que je vais servir à mon mari, mon fils et un de nos amis, tous fins gourmets.

Le caviste a ri joyeusement en levant la main, signe qu'il refusait mon argent.

— Ce diable d'A. J. me réserve toujours de sacrées surprises ! Voilà qu'il m'envoie une charmante Indienne à l'anglais parfait, aujourd'hui ! Veuillez m'excuser de m'être trompé sur votre compte. Rangez vos billets, madame, Bartlett est un de mes meilleurs clients et permettez-moi de vous offrir deux bouteilles d'un excellent châteauneuf-du-pape, dont je viens justement de recevoir plusieurs caisses, directement depuis la propriété. Ce sera l'accompagnement idéal pour votre rôti.

J'étais donc prête pour le retour de mes hommes, que je n'avais pas vus d'aussi bonne humeur depuis notre arrivée à Chicago. Peut-être ne m'abandonneraient-ils pas, après tout ? Bien sûr, Mo est encore trop jeune pour boire du vin, mais il a fini par apprécier la viande de bœuf et je savais qu'il se régalerait avec les pommes de terre et les légumes. Au contact de son ami A. J.,

Charlie avait appris à aimer les vins français, et le châteauneuf lui parut être un excellent choix.

Nous avons eu une conversation animée au dîner, pendant lequel j'ai posé de nombreuses questions. Chance et Charlie ont fourni un récit du match de polo à Lake Forest, le premier avec sa modestie habituelle, le second de façon plus détaillée.

— Votre mari a observé les trois premiers chukkers avec une grande attention, a commencé Charlie. Chaque chukker est une période de jeu qui dure sept minutes et demie. Entre deux périodes, ainsi qu'à la mi-temps, les joueurs font une pause pour changer de cheval et ils enfilent souvent un maillot propre. J'ai emmené Chance et votre fils au bord du terrain pour qu'ils rencontrent quelques-uns des joueurs de l'équipe locale, ceux qui allaient s'entretenir avec lui après le match. Chance et Mo ont étudié leurs montures, vérifié l'état des brides, des selles, des martingales. Puis ils ont examiné les maillets et les balles de bois en discutant entre eux.

« À la fin du quatrième chukker, les deux équipes avaient chacune marqué deux buts. Comme elles étaient à égalité, il fut décidé de jouer deux chukkers de plus, ce qu'on appelle les prolongations, et la première qui marquait à nouveau gagnait la partie. Mais au début du cinquième chukker, un de nos meilleurs joueurs, Robert Meers, a fait une mauvaise chute et il a fallu le sortir du terrain. Chaque équipe comporte quatre cavaliers, qui ont généralement un remplaçant en cas de blessure. Malheureusement, la nôtre n'en avait pas et se préparait à finir la partie avec trois joueurs, ce qui constitue évidemment un sérieux handicap.

« C'est alors que Chance s'est adressé au capitaine, John Coleman, pour lui proposer de remplacer Meers. "As-tu déjà joué à ce jeu, Hadley ?" lui a dit Coleman. "Je ne peux pas dire, monsieur, mais j'ai regardé très attentivement." Les trois joueurs restants se sont esclaffés. "Entendu, mon gars, si tu veux vraiment t'y coller, a accepté Coleman, essaie sur un de nos chevaux frais." Les autres joueurs ont ricané, pensant que leur capitaine poussait le jeune homme à se ridiculiser sur le terrain – et jamais Chance ne se verrait offrir un emploi chez eux. "Merci, monsieur, lui a-t-il dit très poliment, je monterai mon propre cheval." "Mais il n'est pas formé pour ce jeu", a objecté le capitaine. "Non, mais je vous assure qu'il apprend très vite."

« Les gars de l'équipe affichaient un sourire d'incrédulité. "J'aurais besoin d'emprunter une de vos cannes, quand même", a jeté Chance. Et les autres de rire franchement. "Cela s'appelle un maillet, fiston, lui a expliqué Coleman." "Très bien, a admis Chance, souriant, lui, avec bonhomie, comme s'il se moquait de lui-même, de concert avec eux. Mais je vois qu'ils ont des manches de différentes longueurs et, comme vous pouvez voir, mon cheval est haut sur jambes. Il me faudrait le plus long que vous ayez."

« Chance est donc monté sur son cheval, on lui a donné un maillet. Il l'a étudié, l'a agité devant les yeux de Lightning et lui a imprimé plusieurs mouvements de va-et-vient, pour bien le prendre en main. "Ouaip, ça ira parfaitement", a-t-il conclu. Coleman s'est alors entretenu avec l'arbitre et le capitaine de l'équipe adverse, leur signalant qu'il désignait un certain Chance Hadley pour remplacer Robert Meers, et qu'il jouerait en quatrième position, laquelle, pour que vous le sachiez, sert plus à la défense qu'à l'attaque.

« Lorsqu'il est revenu l'annoncer à Chance, celui-ci a remarqué : “Eh bien, le joueur blessé tenait la deuxième position, monsieur, alors il me semble que je devrais prendre celle-là, ce qui permettra aux autres de conserver leur place habituelle.” Là, Coleman s'est vexé. “Je suis le capitaine de cette équipe, Hadley. Tu n'as encore jamais pratiqué ce sport, et tu te crois autorisé à me dire où placer mes joueurs ?” “Pas du tout, monsieur, c'était juste une suggestion amicale.” Coleman a longuement dévisagé Chance avant de déclarer : “OK, fiston, puisque tu veux passer pour un crétin, prends la deuxième. Je voulais simplement t'épargner un mauvais moment. Tu vas comprendre que le polo est infiniment plus complexe que tu ne l'imagines.” “Je n'en doute pas, monsieur”, a répondu Chance.

« Les équipes ont pris leurs places respectives sur le terrain. Afin de poursuivre la partie, l'arbitre a lancé la balle le long de la ligne médiane des joueurs et de leurs chevaux. Chance était au bon endroit pour l'intercepter et, donnant son premier coup de maillet, il l'a propulsée assez loin des joueurs, à l'exception de celui qui assure la défense devant ses buts. Bien avant qu'elle retouche le sol, Chance a gentiment éperonné Lightning et l'a poursuivie le long de la ligne, de même que les autres attaquants et le défenseur en face. Lightning étant plus grand qu'un cheval normal de polo, il a réagi un peu moins vite, de sorte que l'attaquant adverse s'était rapproché. Mais Lightning s'est vite repris et, bientôt, les deux cavaliers ont commencé à se marquer, tentant de se dévier l'un l'autre de la ligne de la balle pour préserver celle-ci. Lightning, plus grand et plus puissant, a repoussé le cheval de l'adversaire, à cet instant penché vers lui, donnant à Chance les coudées franches. D'un coup de maillet, Chance a propulsé la balle vers les buts adverses. Il affrontait maintenant l'attaquant de l'autre équipe, qui avait reculé et lui faisait face. Lightning, très rapide, l'a dépassé et Chance, alors seul en bout de terrain, fonçait sur la petite pelote blanche dans l'herbe verte.

« Le terrain mesure trois cents mètres de long sur cent soixante de large, et Chance, encore assez loin des buts, aurait pu jouer la prudence, à savoir pousser la balle plus près de ceux-ci, d'où il aurait été plus aisé de marquer. Mais il a choisi la difficulté… Quand Lightning s'est approché de la balle, Chance l'a frappée de toutes ses forces, au meilleur moment possible. Tandis qu'elle s'envolait très haut, on a entendu les spectateurs étonnés s'exclamer dans les tribunes, puis, quand elle a terminé sa course entre les deux poteaux, ils ont poussé des cris de joie en applaudissant ! Ton homme est un héros, June !

— Ce que j'appelle un compte rendu vivant, Charlie, l'ai-je complimenté. J'ai eu l'impression d'assister au match avec vous, de voir la petite pelote, comme vous dites, décrire un arc de cercle dans les airs. Ne vous avais-je pas prévenu que Chance savait tout faire ? Bravo, mon mari !

— Eh bien, euh… Lightning a tout autant de mérite, a affirmé Chance. Le seul ennui, ma chérie, c'est que j'ai monté le capitaine contre moi. Au fond, Coleman voulait m'embarrasser et, comme je m'en suis bien sorti, il a perdu la face. Du moins, il a dû le prendre comme ça.

— Il ne t'a pas félicité ?

— Il prétend que j'ai eu une chance insolente. Mais on m'accepte comme entraîneur. Ils me l'ont appris ce matin, avant notre départ. Sans doute que les gars de l'équipe, tous des fils de bonne famille, ont plaidé en ma faveur. Ils ont de bons chevaux et n'ont pas l'air de bien savoir quoi en faire. Et puis, franchement, ils ne sont pas très brillants sur le terrain.

— Ils te prendront avec eux ?

— Pour les entraînements, oui, pas pour les compétitions. Je ne suis qu'un employé, ma chérie, je ne joue pas avec ces messieurs. Seulement, on me verse un bon salaire et nous serons logés de l'autre côté de la ville, là où habitent les gens de couleur. C'est une jolie maison, nous l'avons vue ce matin. Et c'est encore la campagne, on peut faire de belles promenades à cheval, par là-bas. Tu as peut-être remarqué, June, mais on n'est pas bien heureux ici, Mo et moi.

— Si j'ai remarqué ? Tous les matins depuis notre arrivée, j'ai peur que vous soyez partis quand je me lève. Et, oui, je connais le quartier dont tu parles. Tu peux médire sur les riches mais, pendant la guerre, les abolitionnistes étaient très actifs à Lake Forest. Plusieurs familles participaient au chemin de fer clandestin[1], et la ville a accueilli nombre d'esclaves échappés des plantations. Dans beaucoup de propriétés, le personnel est noir. La bonne société leur a construit des maisons,

---

1. Réseau de routes et de refuges utilisé par les esclaves noirs fuyant les États du Sud vers le nord (deuxième moitié du XIXe siècle).

emploie les hommes au jardin, les femmes à la cuisine, et leur confie ses enfants. Quand j'étais petite, j'avais une nounou noire, que j'adorais. Elle s'appelait Lucille et, franchement, je l'aimais plus que ma propre mère. C'est une bonne chose de s'installer dans ce quartier parce que les Blancs n'y vont guère. Parfait, vraiment, car je passerai pour une métisse. De plus, je ne risque pas une seconde d'y rencontrer mon père.

Il m'a fallu un moment pour me rendre compte de ce que je venais de révéler devant Charlie, bêtement, sans réfléchir. Levant les yeux, j'ai lu dans les siens que ma remarque ne lui avait pas échappé.

— Écoutez, June, a-t-il jeté, comprenant mon embarras. Ne vous inquiétez pas à mon sujet. Mon ami A. J. et moi avons fréquenté la même école, celle de la discrétion. Il ne m'a pratiquement rien dit de ce qui vous concerne tous les deux, sinon que vous étiez des gens bien et que vous aviez un devoir à accomplir à Chicago. Voilà pourquoi il nous a mis en relation. Il ne m'a pas fourni de détails, je n'ai pas posé de questions et, même si je l'avais fait, il en serait resté là. Nous respectons tous deux la vie privée des autres et nous ne sommes pas du genre à cancaner. Donc, n'ayez crainte, je serai muet comme une tombe. Et si je puis faire quoi que ce soit pour aider votre famille, n'hésitez pas à demander.

— Vous nous avez déjà considérablement aidés, Charlie, lui ai-je répondu. Grâce à vous, Chance a trouvé un emploi et nous avons un endroit pour vivre en dehors de la ville.

— C'est surtout à lui-même qu'il le doit, a assuré Charlie. Bien qu'il reste modeste, comme vous aimez à le répéter, il a été formidable, hier. Il a impressionné tous ceux qui l'ont rencontré et l'ont regardé jouer… à l'exception, peut-être, de John Coleman. John a un caractère revêche, mais Chance finira par gagner ses bonnes grâces.

— Ma chérie, a déclaré celui-ci, maintenant que tu as vendu la mèche et que nous sommes sûrs de pouvoir faire confiance à Charlie, je dois te rapporter une chose que, par précaution, je voulais te dire plus tard dans la soirée. Je suis parfois plus prudent que toi…

— Désolée, vraiment… De quoi s'agit-il ?

— Samedi, après le match, j'ai rencontré un certain James Dodd… Il se trouve qu'il a acheté deux chevaux de prairie qu'A. J. lui a fait livrer par l'intermédiaire de Charlie, et il souhaite que je les lui dresse. Il aimerait aussi que je lui donne des leçons particulières de polo.

— Bon Dieu, ai-je marmonné, j'avais oublié à quel point le monde est petit, ici. Que lui as-tu répondu, Chance ?

— Je n'allais quand même pas refuser son offre. Je ne suis pas encore embauché officiellement. Que voulais-tu que je lui dise ? « Navré, monsieur, c'est impossible parce que j'ai épousé votre fille, qu'elle est ici avec moi et qu'elle a peur de croiser votre chemin… » ?

— Bien sûr que non, ai-je admis en riant. J'avais bien le pressentiment que mon père aurait envie de s'essayer au polo. Il aime la compétition, en affaires comme dans ses loisirs.

— Je connais votre famille, June, nous a confié Charlie. Je lui ai vendu des chevaux pendant de nombreuses années, depuis que vous étiez petite fille.

Même deux sauteurs, un jour, que Dodd avait décidé de vous offrir.

— Ne me dites pas que vous avez su tout de suite qui j'étais ?

— Quand vos enfants sont venus vivre chez vos parents, beaucoup, dans le beau monde, se sont demandé ce que vous étiez devenue. Certains ont parlé de l'asile d'aliénés… En ce qui me concerne, quand je vous ai vue à la gare… eh bien, votre visage avait quelque chose de familier, mais vous avez tout de même changé depuis votre enfance. Et, avec votre tenue indienne, il était difficile de vous replacer ! Pour l'instant, votre anonymat est préservé, je pense. Et, pour ce qui est du quartier où vous résiderez, vous avez raison, votre famille n'y met jamais les pieds. De plus, vos voisins sont des gens discrets qui ne rapportent pas d'informations confidentielles à leurs employeurs. Même si quelqu'un vous reconnaissait, il le gardera pour lui. Personne ne vous trahira. Ils feront même tout leur possible pour vous protéger. Cela étant, vous devez être prudente, ne pas sortir à n'importe quelle heure, ne pas aller n'importe où. En ville, il suffirait qu'une vieille connaissance vous identifie, et tout Lake Forest le saurait en moins de vingt-quatre heures.

— Bien, alors écoutez, *gentlemen*, il nous reste les deux tiers d'une bouteille de vin à terminer avec le fromage et le dessert. Continuons de célébrer la victoire de Chance sur le terrain de polo, et les bonnes nouvelles qu'il m'a annoncées. Au fait, mon ami, quand pouvons-nous emménager ?

— Quand nous voulons. Le club nous propose de prendre nos chevaux dans son écurie, et même l'âne de

Martha, si elle n'y voit pas d'inconvénient. Nous rangeons nos affaires et nous partons quand nous sommes prêts.

Après les incertitudes de ces derniers mois, je ressens ce soir un vif soulagement. Les choses semblent finalement jouer en notre faveur. Nous allons quitter cette ville que Chance et Mo détestent tant, échapper au maudit nuage de poussière qui plane au-dessus de nos têtes, et à la puanteur dégagée par les parcs à bestiaux. Chance tient un emploi décent à la campagne, où Mo l'assistera, tous deux seront dans leur élément – autant qu'il est possible dans ces circonstances. Et me voilà plus proche que jamais de mes enfants.

21 avril 1877

Deux semaines se sont écoulées sans que j'écrive un mot. Notre installation à Lake Forest nous a pris tout notre temps. Nous y sommes la seule famille blanche – ou peut-être devrais-je dire blanche et brune – et nous avons eu l'impression très nette, Chance et moi, de passer pour des intrus. Lors de notre arrivée, nos voisins se sont montrés prudents, sinon méfiants, comme si l'on nous avait envoyés ici pour les espionner. Sans doute étaient-ils intrigués par la curieuse équipe que nous formons… moi et mes vêtements de squaw, mes cheveux teints et le fard que j'applique pour brunir ma peau… Mo, qui est visiblement indien, avec sa longue tignasse qu'il tresse parfois, son pantalon de toile et ses mocassins… et Chance, qui a tout du cow-boy, la tenue et le physique, quoique ses traits ne cachent rien de ses racines. Nous avons cependant tenu à nous présenter poliment dans le quartier. Chance a expliqué qu'il était engagé par l'équipe de polo pour dresser ses chevaux, que celle-ci avait eu l'amabilité de nous fournir un logement sur place, et que notre fils Mo était son assistant. Ses manières franches et directes, sa grammaire imparfaite révèlent suffisamment ses origines ouvrières, et le fait que notre fils ait le teint très mat, sans être franchement noir, ont joué en notre faveur. Nous partageons le même sort que nos voisins, après tout : nous travaillons pour de riches Blancs – même si j'ai grandi entre un hôtel particulier de cette ville et un luxueux appartement de Chicago. Je n'oublie pas pour autant les années plus récentes. Quand je partageais la vie de Harry Ames, je travaillais à l'usine, où je plumais et vidais poulets et tétras. J'ai été internée six mois dans un asile d'aliénés, puis j'ai vécu deux ans chez les Cheyennes et, pendant près de quatre mois, j'ai parcouru la prairie et subsisté en volant et vendant des chevaux. Me voilà à présent mariée à un cow-boy avec qui j'ai adopté un jeune Indien. Tout vestige d'une existence privilégiée a disparu et je n'ai à rougir de rien.

Je me sens tout de même réduite à une sorte d'immobilité. J'hésite à sortir de la maison, à me rendre au marché où les Noirs font leurs courses, de peur de croiser quelqu'un qui me reconnaisse. Et je me demande quoi faire à propos de Harry Ames. La question n'est pas, bien sûr, de renouer avec lui, mais j'ai besoin de connaître la vérité : a-t-il, d'une façon ou d'une autre, aidé mon père à enlever mes enfants et à m'envoyer à l'asile ? Si je le contacte, signalera-t-il ma présence à ce dernier ? Je ressens également le besoin de retrouver ma sœur Hortense, qui doit certainement me croire morte. Nous étions autrefois très proches l'une de l'autre… Est-il seulement possible de lui faire confiance ? Par ailleurs, je suis plus proche physiquement de mes enfants que je ne l'ai été depuis longtemps, mais à quoi bon ? C'est une situation horriblement frustrante, car je ne puis ni les voir ni encore moins les serrer contre moi. Et comment les récupérer ? Je ne sais vraiment pas comment faire et toute tentative en ce sens risquerait de compromettre le peu de stabilité dont nous profitons – le travail de Chance et les efforts que fournit Mo pour s'adapter. De fait, maintenant départis de leur réserve, les voisins se révèlent bienveillants à son égard. Il s'est lié à plusieurs de leurs enfants, qui lui témoignent un intérêt croissant – apparemment ravis de compter parmi eux un vrai Indien des plaines. Pourtant, depuis la bataille de la Little Bighorn, une des rares que les natifs aient remportées contre l'armée américaine (qui se résume pour les Blancs au « massacre de Custer »), les journaux et les politiciens attisent l'animosité à l'égard des Indiens, appelant sans cesse à les anéantir une bonne fois pour toutes. Évidemment, cela n'était pas un massacre pour eux que l'armée attaque notre village d'hiver à l'aube, tirant au ras du sol pour tuer ses habitants dans leur lit, fauchant les femmes, les enfants et les vieillards qui tentaient de s'enfuir. Non, c'était un combat héroïque mené par de courageux soldats… qui m'ont logé une balle dans le dos, alors que je portais un bébé dans mes bras.

Chance m'apprend que plusieurs membres de l'équipe de polo se plaignent de la présence de Mo à l'entraînement, mais aussi, lorsque leurs fils les rejoignent, que ceux-ci se moquent grossièrement de lui. Ils l'appellent Crazy Horse, Sitting Bull ou Geronimo, en s'inspirant certainement de leurs pères. Mo les ignore la plupart du temps, il évite leur regard, comme il est de coutume chez lui, et il s'occupe des chevaux. Mais une petite brute en particulier, un certain Sammy qui a quelques années de plus que lui, l'a attrapé par le col de sa chemise et – ce qui constitue une grave insulte chez les Cheyennes – lui a jeté, les yeux dans les yeux : « Un de ces jours, sale Peau-Rouge, je vais te scalper pour venger Custer ! » Depuis, nous sommes inquiets.

En revanche, les jeunes Noirs du quartier l'ont adopté. Bien sûr, ceux-là ne sont pas admis autour du terrain de polo, et leurs familles n'ont pas accès aux épiceries et aux bars de Lake Forest, réservés aux Blancs. Ils le considèrent comme leur égal et Mo s'est lié d'amitié avec un dénommé Andy Greene, qui l'invite à jouer au baseball dans une friche en bordure du quartier. Ils se servent de bâtons en guise de battes, et d'une balle de caoutchouc dur. Le jeu plaît beaucoup à Mo, qui paraît assez doué. Profitant de la moindre occasion pour sortir de la maison où je me sens souvent recluse, je suis plusieurs fois allée le regarder jouer, sans m'attarder car je l'embarrasse visiblement. Mais cela me réjouit qu'il trouve une place parmi ces jeunes qui le respectent comme un des leurs. Ils en savent plus long sur l'exclusion que n'importe qui, à l'exception, peut-être, des Indiens américains… En quelque sorte, ces gars et leurs familles forment une nouvelle tribu pour Mo qui, comme eux, ne sera jamais accepté par les Blancs.

28 avril 1877

Charlie est passé hier à Lake Forest avec un chargement de chevaux de prairie qu'A. J. lui a demandé de livrer. Dans l'équipe que Chance est chargé d'entraîner, certains membres – y compris mon père – en possèdent déjà quatre. Charlie n'a plus guère le temps de les garder à l'écurie.

— Incroyable ! nous a confié Chance. Ce sont les pires joueurs qui ont les meilleures montures et le plus d'argent pour en acheter. Ils croient que, si nous les dressons comme il faut, Mo et moi, leurs bêtes leur apprendront à mieux jouer, comme par magie. Je m'efforce de leur faire comprendre qu'un bon cheval de polo, même bien formé, sera seulement aussi bon que son cavalier. Mais ils ne veulent rien entendre et, quand ils font des bêtises dans une partie, alors c'est la faute du cheval, et la mienne, comme quoi je n'aurais pas bien travaillé. Ton père est comme ça. Parce qu'il n'avait pas progressé, il a revendu les deux premiers que j'ai dressés pour lui. Il les a cédés à un autre gars de l'équipe, Hunt Eldridge, un des meilleurs éléments, et, avec lui, ils font des merveilles.

— Ça lui ressemble bien. Mon père a toujours raison. Ce sont les autres qui ont tort.

— Au fait, Charlie, a ajouté Chance, vous vous rappellez qu'ils me riaient au nez parce que je parlais de cannes au lieu de maillets ? Aujourd'hui, ils disent tous comme moi, même ceux des autres équipes.

Au cours des deux journées qu'il a passées en ville, j'ai pris un moment pour discuter avec Charlie et je lui ai posé plusieurs questions – connaissait-il Harry Ames et, dans ce cas, avait-il une idée de l'endroit où il travaillait maintenant ? La réponse était oui, il savait que j'avais vécu avec lui, et Harry avait retrouvé son poste de contremaître dans l'entreprise paternelle. Il travaille aux silos à grain. Cela suffisait pour que je renonce à le contacter. Je voyais confirmés les doutes que j'entretenais depuis longtemps. Il avait sûrement participé à l'enlèvement de mes enfants et il était donc, comme mon père, responsable de mon internement. Si j'avais dû aller le trouver quelque part, je lui aurais tranché la gorge… mais voilà que ressort mon côté sauvage, comme si j'avais toujours un pied dans le monde brutal où j'ai vécu deux ans, plutôt que dans celui, prétendument civilisé, des Blancs.

Charlie s'est inquiété de Mo. Je lui ai dit que les enfants des voisins l'avaient adopté et qu'il se passionnait pour le baseball.

— Et je lui apprends à lire. Lorsqu'il rapporte des exemplaires du *Chicago Tribune* qui traînent aux écuries, on lit ensemble les comptes rendus des matchs des White Stockings. Nous avons pensé à une chose,

Chance et moi, et peut-être pourriez-vous nous aider. Les jeunes Noirs jouent dans un terrain abandonné du quartier. Ils taillent des branches sur les ormes, qui leur servent de battes, et ils ont une vieille balle en caoutchouc dur qui ressemble encore un peu à une vraie. Je me promenais le long de West Park, l'autre jour, pour sortir un peu de la maison, et j'ai aperçu les petits Blancs qui s'entraînent là-bas. Évidemment, ils utilisent de vraies battes, eux. Ils portent des tenues adaptées et les chaussures qu'il faut. Pourrais-je vous demander d'acheter une batte décente et une balle neuve en ville, et de nous les apporter ? Nous vous rembourserons, bien sûr.

— Naturellement, a approuvé Charlie.

— Seulement, nous voudrions éviter que les voisins sachent que c'est notre idée. Cela paraîtrait condescendant de notre part. Nous donnerions l'impression que Mo cherche à se faire bien voir. Comment leur donner un peu de matériel sans que l'on devine tout de suite d'où il vient ?

Charlie a réfléchi un instant.

— J'aime beaucoup le baseball, moi aussi, June, a-t-il dit finalement. Et un de mes amis, Oscar Bielaski, joue champ droit avec les White Stockings. C'est un type bien, je devrais arriver à le convaincre de venir ici avec une batte et une balle. Sa famille est d'origine polonaise, ils ont été confrontés au racisme et il est contre toute discrimination. Très jeune, il avait pris parti contre l'esclavage et il a servi dans l'armée du Nord pendant la guerre. Il serait sûrement content de nous rendre service. Ils jouent quel jour, vos gamins ?

— Le dimanche après-midi, parce qu'ils travaillent tous la semaine et le samedi aussi, comme Mo. Et le dimanche matin, ils vont à la messe en famille.

— C'est parfait, parce que les White Stockings ont leurs matchs le samedi matin, et Oscar devrait être libre le dimanche. Nous pourrions venir ensemble dans le même train. Tenez, j'ai une autre suggestion... Pourquoi ne pas proposer à Mo d'emmener lui-même Oscar au terrain ? Comme s'ils étaient copains. On ne favoriserait personne, votre gars aurait l'air d'un héros, il gagnerait l'estime de tout le monde et ça ne lui ferait pas de mal. Pas plus que d'être noir, cela ne doit pas être drôle d'être le seul Indien en ville... Oscar est un type formidable, et les gamins seront enchantés.

14 mai 1877

Charlie a tenu parole. Deux semaines se sont écoulées et il est revenu hier dimanche avec son ami Oscar Bielaski. Oscar ne s'est pas contenté d'apporter une batte et une balle, il avait avec lui une pleine sacoche de matériel – six battes en frêne blanc, de marque Snyder, fabriquées à New York ; un assortiment de balles de compétition ; seize casquettes de différentes tailles, portant l'emblème des Stockings ; un éventail de gants en cuir, pour gauchers et droitiers ; et seize paires des mêmes chaussettes blanches que portent les White Stockings[1], assez grandes pour que les enfants puissent y rentrer leurs jambes de pantalon, à la manière de culottes de golf. Il s'est excusé de ne pas avoir fourni celles-ci, ni de maillots ni de chaussures, car les tailles n'auraient sans doute pas correspondu et les plus petits se seraient peut-être retrouvés sans rien.

1. White Stockings : « chaussettes blanches ».

Bielaski est un garçon jovial, plein d'assurance et un brin fanfaron, comme il sied à un jeune professionnel. Il avait revêtu la tenue de son équipe, ce qui n'a pas manqué d'impressionner les copains noirs de Mo quand ils sont apparus au terrain de jeu. Dès le départ, le pauvre Mo a éprouvé une grande timidité en présence du célèbre joueur dont parlent tous les journaux. Il parvenait à peine à le regarder dans les yeux – cela ne se fait pas, chez les Cheyennes, avec un inconnu. Lorsqu'il a aperçu cette cargaison de battes, balles, casquettes, gants et chaussettes, il est resté muet de stupeur. Cela ne s'est guère arrangé ensuite.

Quant à Chance et moi, nous étions tout d'abord gênés. À l'évidence, nous n'avons pas les moyens de rembourser Oscar. En chef de famille responsable, Chance lui a offert de lui régler un premier acompte, puis d'autres versements au fil des semaines.

Il a feint la surprise.

— Un acompte ? Des versements ? Non, monsieur Hadley, il doit y avoir méprise. C'est l'équipe qui vous offre le tout. Cela ne m'a pas coûté un penny et vous n'avez rien à payer.

— Mais pourquoi faire ce genre de cadeau à une bande de jeunes Noirs ? ai-je demandé. Même s'ils en avaient l'âge, ils ne pourraient jamais intégrer votre équipe, ni d'ailleurs aucune équipe d'aucune ligue.

— Je vais vous le dire, madame Hadley…

— Je vous en prie, appelez-nous June et Chance. Nous avons le même âge, Oscar.

— D'accord, June. C'est justement pour cette raison. Oui, les Noirs sont exclus de la Ligue nationale. Mais ils intègrent des équipes en ville, et nous nous entraînons souvent avec eux. Nous nous entendons bien et nous disputons ensemble des matchs passionnants. Beaucoup de Noirs appartiennent à ces équipes, et ils seraient assez bons pour être classés dans la même ligue que nous. Mais, comprenez-vous, c'est la direction, les propriétaires et parfois même la loi qui les refusent.

Je n'étais pas là pour me rendre compte des réactions quand Oscar et Mo sont arrivés sur le terrain avec leurs trésors, mais Mo nous en fait la description dans sa langue natale. Je vais rapporter ses propos aussi bien que je le peux. Si l'on n'a pas vécu chez les siens, comme Chance et moi, il est parfois difficile à comprendre. Cela tient au fait que les langues indigènes sont seulement orales. Quand les Cheyennes rencontrent une autre tribu, qui ne parle pas la leur, ils utilisent le langage des signes, purement visuel, qui ne comporte pas d'adjectifs. J'ai beaucoup appris durant les deux années que j'ai passées avec eux, sans pour autant devenir totalement bilingue, et bien des nuances m'échappent encore. De son côté, Mo a grandement amélioré son anglais au contact de ses amis noirs et de leurs familles. Cependant il aime toujours parler cheyenne avec moi, une façon, je suppose, de ne pas oublier ses racines. Voilà comment je peux le traduire :

« On sait déjà, Oscar joue champ droit avec les White Stockings. Pourquoi il vient en tenue de son équipe ? En route vers le terrain, il dit je suis son ami, je dis tu es mon ami. Les gars, ils disent toutes ces battes, toutes ces casquettes pour nous, et des gants, et des chaussettes, ils sont contents. Oscar dit qu'il revient et il y en aura encore. Il dit prenez vos positions. Je joue arrêt-court, alors j'y vais. Il prend une batte, une balle, il se met sur la pierre qui sert de marbre. Il lance une balle à chacun, l'un après l'autre. Celle qu'il envoie à l'intérieur, à Rube, Gene, Willy et moi, elle rebondit par terre. Elle est très blanche, on la voit bien, pas comme la nôtre. On la renvoie à Oscar et il l'attrape. Maintenant, il l'envoie en l'air. Elle monte très haut, très haut dans le ciel, elle devient toute petite, mais elle retombe et on se place dessous pour essayer de l'avoir. Ernie l'attrape, puis c'est Gene, mais elle lui tombe des mains, je la ramasse, je la renvoie, et c'est Rube qui l'a. Avec le gant, ça fait moins mal. C'est Andy qui l'a à la fin. Maintenant Oscar envoie une autre balle vers le champ extérieur. À gauche, elle vole comme un oiseau. Jackie, au centre, court pour l'attraper, mais elle tombe et quand elle rebondit il la renvoie. Ensuite Oscar lance vers Minnie, champ droit. La balle s'envole plus loin que Jackie, Minnie court à côté en la regardant bien, et il la reçoit dans son gant. Ensuite Oscar lance encore vers Willie au champ centre, mais il lance beaucoup plus fort et trop loin pour qu'on lui donne un coup de batte. Willie se retourne, il court en regardant derrière lui la balle dans le ciel, il court jusqu'aux broussailles au bord du terrain et, quand elle retombe, il lève le bras bien haut, le gant ouvert, les yeux en l'air, et voilà ! il l'attrape dans son gant et il referme le poing ! Oscar pose sa batte par terre et se met à frapper dans ses mains. Bel attrapé, Willie ! il crie avec sa grosse voix. Puis il nous dit à tous de frapper dans nos mains pour le féliciter, alors on fait comme il dit.

« Après, on essaie toutes les battes, chacun l'un après l'autre. Oscar reste au lancer, et on se relaie sur le terrain. Avec ces battes, la balle repart plus fort, et on a plusieurs battes, des grandes, des lourdes, du beau bois, pas comme nos petits bâtons avec les branches des arbres. Quand elles frappent la balle, ça fait du bruit, comme un tambour, et ça fait plaisir d'entendre ça. Quand on a fini, Oscar dit qu'il doit prendre le train pour Chicago. Il range toutes les battes et les balles dans le sac. Il veut savoir qui est notre capitaine. On se regarde et je dis : Je sais pas, on a pas de capitaine. Il dit : Dans toutes les équipes, il faut un capitaine. C'est le capitaine qui emporte le sac avec le matériel et qui le met à l'abri quand on s'entraîne pas. Mais on peut le garder ? lui demande Willie. Oui, répond Oscar, je vous les donne, c'est un cadeau. Les casquettes, les gants et les chaussettes vous emportez chez vous, mais les balles et les battes, c'est le capitaine qui les garde. Andy répond : C'est Mo qui est venu avec vous et les cadeaux, alors c'est lui le capitaine. Rube dit d'accord, Willie aussi. Minnie et Jackie et Gene ils sont d'accord aussi. Alors, c'est bon, je suis le capitaine, Mesoke. Quand je serai grand, je serai professionnel comme Oscar, mais je jouerai arrêt-court, pas champ droit.

16 juin 1877

Notre nouvelle existence dans la banlieue de Chicago a quelque chose de bêtement satisfaisant, après les temps difficiles et mouvementés que notre petite famille a endurés dans l'Ouest. Elle semble si soudaine, et pourtant le passé s'éloigne lentement, mais sûrement, à la manière d'un rêve… ou d'un cauchemar. Pour la raison, sans doute, que j'ai grandi ici, dans un décor qui me paraît naturel, je n'ai pas pris la peine de le décrire. Lake Forest porte bien son nom : c'est une ville, au bord d'un lac, dans la forêt. Un paysage totalement différent de celui des Grandes Plaines, au point que, lors de notre arrivée, Chance et Mo étaient stupéfaits par l'abondance de la végétation. Ils n'avaient encore jamais vu ça. Ils se sentaient même oppressés, du fait qu'ils ne pouvaient regarder l'horizon, bénéficier d'aucun panorama, sinon aux alentours du lac, dont la présence les rassure. Maintenant que nous sommes installés, nous profitons de sa proximité et nous y rendons fréquemment, pour pique-niquer et pêcher la perche.

J'ai cessé de teindre mes cheveux car ils commençaient à tomber, à cause de la préparation dont je les enduisais. Je laisse ma peau reprendre sa couleur naturelle et je me suis mise à porter les robes simples et les jupes qui ont les faveurs des ouvrières. Je me transforme en une femme blanche respectable – certes, dans un quartier où logent des gens de couleur. Sans doute l'anonymat qui nous protège ici, un endroit où les Blancs ne s'aventurent guère, m'a-t-il poussée à baisser ma garde prématurément. Nos voisins, avec qui nous sommes en bons termes et que nous voyons régulièrement, chez eux ou chez nous, ont observé ma transition sans faire de commentaire. Politesse des opprimés, diront certains. Nous avons tissé des liens avec ceux qui habitent la maison d'à côté, John et Blanche Johnson, qui s'occupent de leurs affaires sans poser de questions.

Je dois souligner que, au lac, la plage est divisée en plusieurs parties, dont une seulement est accessible aux gens de couleur. Cela nous a gênés momentanément, tandis que ma peau redevenait rose ; mais rien de bien grave, car Mo est presque aussi noir que certains de ses amis et lui aussi serait exclu de la section réservée aux Blancs, évidemment plus vaste que l'autre: Nous nous contentons donc de notre portion de plage et, de toute façon, je ne me serais pas aventurée hors de celle-ci, au risque maintenant d'être reconnue. Je m'y sens à l'abri, car les Blancs jamais ne viendraient nager de ce côté. Ils ont bien trop peur d'être contaminés…

23 juin 1877

J'ai finalement décidé de révéler ma présence à ma sœur Hortense. Je ne peux me résoudre à ne pas le faire. En définitive, je ne pense pas qu'elle ait jamais su pourquoi ni comment j'avais disparu ; jamais elle n'aurait laissé mon père me voler mes enfants et me placer à l'asile. Est-elle seulement au courant que je me suis échappée de cet endroit abominable ? Et papa lui aurait-il rapporté dans quelles circonstances ? Peut-être n'en a-t-il pas été informé lui-même et me croit-il toujours en train de moisir là-bas ? Dans ce cas, je crains qu'il n'ait même pas idée de m'y rendre visite…

Ou suis-je d'une extrême naïveté ? Aurait-elle été sa complice dès le départ ? Non, non, c'est hors de question. Hortense est ma grande sœur et, bien que nous n'ayons pas la même conception de l'existence, ni de notre place sur terre, nous nous aimons beaucoup. Elle a veillé sur moi quand nous étions petites, ma fille porte son nom, qui est aussi celui de notre mère. Je lui rendais visite avec les enfants, qui jouaient avec les siens.

Je dois tout lui apprendre, il faut qu'elle sache la vérité. Elle n'irait sûrement pas me dénoncer à papa. Ces questions me hantent depuis assez longtemps comme cela, il est temps d'avoir les réponses.

28 juin 1877

Voilà, c'est fait… J'y suis allée vêtue d'une robe correcte, simple sans être de mauvais goût. Chance, que j'avais averti, avait proposé de m'accompagner afin que je la lui présente. Je lui ai expliqué que, pour le moment, j'avais besoin d'être seule avec ma sœur, ce qu'il a très bien compris. J'ai pris un des trains du matin pour Chicago, en évitant le premier, celui que choisissent les brasseurs d'affaires, tous copains de mon père, et sans doute lui aussi. Une fois sur place, j'ai marché jusqu'à la maison d'Hortense, et j'avais les nerfs à vif en arrivant devant sa porte. C'est Jeannette, la femme de chambre, qui m'a ouvert. Elle a beau avoir la peau noire, j'ai cru la voir blanchir de peur en me reconnaissant. Bouche bée, elle m'a fixée du regard pendant une éternité, incapable de dire un mot.

— Bonjour, Jeannette, lui ai-je dit.

— Doux Jésus… a-t-elle fait d'une petite voix. *Seigneur !*

— Contente de te revoir. Ma sœur est-elle là ?

Toujours muette, elle a fait un bref hochement de tête, s'est retournée et précipitée à l'intérieur de la maison, en laissant la porte grande ouverte. Je me suis permis d'entrer et j'ai attendu dans le vestibule. Un bruit de pas a retenti un instant plus tard.

— Mon Dieu ! s'est écriée Hortense, s'arrêtant brusquement dans le couloir.

À l'évidence, Jeannette ne m'avait pas annoncée par mon nom.

— Mais qui est-ce ? Enfin, ce n'est pas possible ! Que voulez-vous ? a-t-elle continué, avec une pointe d'hystérie dans la voix.

Ce n'était sans doute pas le moment, mais je n'ai pu m'empêcher de rire.

— Eh bien, je suis May, ta petite sœur. M'as-tu complètement oubliée ?

— Que fais-tu là ? a-t-elle demandé en s'approchant finalement. Tu es morte ! Comment es-tu arrivée ici ? Où étais-tu passée ? Que t'est-il arrivé ?

— Ce que je fais là ? Déjà, tu pourrais peut-être me prendre dans tes bras ? Ensuite, m'inviter à entrer, Hortense, je répondrai volontiers à tes questions. Moi, j'en ai une, avant tout : où sont mes enfants ?

Elle s'est mise à pleurer à gros sanglots en m'attirant vers elle.

— Mon Dieu, May, nous te croyions tous décédée, bafouillait-elle dans ses larmes. J'ai porté le deuil pendant plus de deux ans. Entre, entre… a-t-elle dit, relâchant son étreinte. Tes enfants vivent chez papa et maman à Lake Forest.

— Je m'en doutais.

Au cours des quatre heures suivantes, j'ai donc pu tout lui raconter, en commençant par l'enlèvement de mes enfants ; mon internement à l'asile ; le programme FBI ; le voyage en train vers l'ouest ; ma vie avec de nombreuses amies chez les Cheyennes ; la naissance de ma fille Wren ; l'attaque de notre camp d'hiver par l'armée américaine ; ma blessure et ma longue convalescence ; la rencontre inattendue de Chance ; notre mariage… pour finir avec notre installation dans le quartier noir de Lake Forest, avec notre fils adoptif Mo, et les activités de mon mari au club de polo.

Elle ignorait tout. Pour elle, j'étais simplement morte à l'hôpital après une courte maladie. Père lui avait affirmé que l'établissement n'admettait aucun visiteur. Bon Dieu, quel affreux personnage ! Un enterrement a été organisé et il semble que je dispose d'une tombe au cimetière de Lake Forest… Je devrais aller me recueillir sur la sépulture de May Dodd… Hortense paraissait trop troublée, trop désorientée pour assimiler ce long récit, et incapable de mesurer les sombres machinations de notre père.

— Non, non, il y a sûrement une erreur quelque part, répétait-elle. Il faut chercher une autre explication. Père est un homme difficile, nous le savons bien, mais il ne ferait jamais une chose pareille.

— Tu n'aurais pas imaginé qu'il prendrait les enfants de ta sœur et qu'il la ferait interner, n'est-ce pas ? À l'asile d'aliénés de Lake Forest où j'ai reçu pour tout traitement d'immondes actes de torture…

L'après-midi approchait quand Walter, son mari, a fait une courte apparition. Dans son costume froissé, il semblait ivre, épuisé, abattu. Nous ne nous sommes jamais spécialement entendus, lui et moi, mais bizarrement il n'a pas eu l'air étonné de me trouver là. Il n'a pas essayé non plus de masquer le désagrément que ma présence lui inspirait. Sans même s'asseoir, il est monté directement à l'étage.

— Son travail à la banque le fatigue en ce moment ? me suis-je risqué.

— C'est bien pire, ma chérie, m'a répondu Hortense. Il a été licencié, il y a deux mois.

— Pourquoi ?

— On n'était pas satisfait de ses services. Il cherche une autre place depuis, en vain. Le président de la banque a refusé de lui écrire une lettre de recommandation. Walter boit beaucoup trop et, apparemment, la direction a découvert des irrégularités, dont on le tient responsable.

— Quel genre d'irrégularités ?

— Malversations… détournements de fonds. Nous sommes obligés de vendre la maison et d'aller vivre à Lake Forest chez papa et maman. Mais, si l'on considère le bon côté des choses, nous serons voisines.

J'ai réprimé un rire amer.

— Sans doute pas, Hortense. Tu dois me promettre de ne pas dire à papa que je suis ici. Je ne m'attendais pas à ce que Walter soit de retour aussi tôt. Voilà pourquoi j'avais choisi cette heure de la journée, pour ne pas le rencontrer. Maintenant qu'il m'a vue, peux-tu m'assurer qu'il se taira ?

— Comme tu le sais, papa le déteste cordialement. Il soutient qu'il a terni la réputation de la famille et refuse de lui confier un poste dans une de ses affaires. Par conséquent, Walter ne le porte pas non plus dans son cœur. De plus, il est soûl, il n'a pas été surpris de te trouver au salon et, demain, il l'aura probablement oublié.

— Il faut aussi me promettre que tu ne rapporteras rien de mon histoire à ton mari. Jure-le sur la tête de tes enfants.

Elle a posé une main sur son cœur.

— J'en fais le serment, May. Tout ce qui t'est arrivé me désole. J'ai cependant du mal à croire que papa puisse en être responsable. Comme tu le sais, il a des amis puissants en ville… de redoutables ennemis aussi. Peut-être l'un d'eux est-il à l'origine de cette regrettable série d'événements. Un concurrent qui aura voulu se venger à cause d'un contrat qui lui a échappé. Dans ce cas, papa n'aura pas eu le courage de nous dire la vérité.

— Allons, Hortense, vérité ou pas, papa est incapable du moindre sentiment. Pour lui ne comptent que les affaires, et sa famille, il s'en moque. S'il te plaît, parle-moi de mes enfants. Sont-ils traités correctement ?

— Il ne nous prêtait aucune attention quand nous étions petites, mais, contre toute attente, et, comme bien des grands-parents, il se montre attentif et affectueux envers nos enfants, les tiens comme les miens.

Devais-je m'en réjouir ou lui en vouloir davantage de s'être substitué à leur mère ?

— Et maman ?

— Eh bien… Maman, c'est maman ! Tu te rappelles comment nous l'appelions, à l'époque. Le dragon, à cause de sa grande taille et de son caractère dominateur. Elle n'a pas changé, bien au contraire. Mais elle aussi adore tes enfants. Et, comme moi, elle ignore tout de tes malheurs.

J'ai pris congé peu après. Depuis la gare de Lake Forest, j'ai marché jusqu'au cimetière. Celui-ci est sans doute plus agréable que beaucoup d'autres. Il surplombe le lac, la pelouse est parfaitement entretenue, de vieux chênes et ormes projettent leurs ombres sur les allées et on y éprouve un sentiment de calme. Je sais, bien sûr, où se trouve la concession familiale et je m'y suis rendue directement. À ma grande surprise, un homme était agenouillé là, qui venait de poser des fleurs sur une des tombes. Il s'est retourné vers moi en m'entendant approcher. C'était Harry Ames, qui m'a fixée du regard sans se lever. Il a d'abord eu l'air contrarié qu'on vienne le déranger, puis son visage a exprimé l'hébétude et, lorsqu'il m'a reconnue, l'effroi. Il a plissé les paupières en secouant la tête, comme s'il ne parvenait pas à en croire ses yeux.

— Que… que… a-t-il bredouillé avant de se retourner vers ma tombe, cherchant peut-être confirmation que j'étais bien morte. May, May… est-ce vraiment toi ? Bon Dieu… mais alors… ?

Il s'est levé, il a essuyé ses mains sur sa chemise en se demandant visiblement s'il devait embrasser ou pas le fantôme qui se dressait devant lui.

— Que fais-tu là, May, d'où sors-tu ?

— Tu me rends les derniers hommages, Harry ? ai-je relevé d'une voix neutre.

— Je viens chaque semaine te porter des fleurs.

— Touchant ! Tu nous as vendus à mon père, n'est-ce pas, Hortense, William et moi ?

— Non, May, jamais de la vie, je te le jure.

— Il paraît que tu travailles à nouveau pour lui.

— Et alors ? Je suis un bon employé et il m'a repris. Qu'est-ce que cela prouve ?

— Et tu as le droit de voir les enfants ?

— Oui, je suis leur père.

— Et moi, leur mère, mais je n'en ai pas le droit.

— Nous te croyions morte. On nous a dit que tu étais décédée à l'hôpital.

— Qui ça, « on » ?

— Ton père. Nous étions tous à ton enterrement. Je suis là chaque semaine avec de nouvelles fleurs.

— Mais pourquoi ?

— Parce que je t'aimais… parce que je t'aime.

— Eh bien, tu as fait ton devoir, Harry. Maintenant j'aimerais que tu me laisses en paix… devant ma tombe.

— Bon sang… c'est tellement étrange. Où étais-tu pendant tout ce temps ?

— Va-t'en.

— Où puis-je te voir ?

— Va-t'en.

— Pourquoi es-tu si dure ?

— *Va-t'en !*

Ce qu'il a fini par faire.

Je me suis assise en tailleur devant ma sépulture et j'ai lu l'inscription sur la pierre :

À la mémoire de
MAY DODD
23 MARS 1850 – 17 FÉVRIER 1876
Un esprit libre, touché par la grâce

TROISIÈME PARTIE

DISPARUE

8 juillet 1877

Sous cette date, l'écriture presque illisible de May suggère qu'elle a rédigé ces lignes en toute hâte.

Chance, il y a des hommes dehors qui sont venus me chercher. Je ne peux m'enfuir nulle part, je ne sais qui ils sont ni où ils vont m'emmener. C'est sans doute mon père qui les a envoyés. Renseigne-toi à l'asile. Préviens A. J. et Charlie. Retrouve-moi vite, je t'en supplie.

11 juillet 1877

Récit de A. J. Bartlett :

Chance m'a envoyé un télégramme avec ces simples mots : « C'est le moment de tenir parole, venez tout de suite à Chicago. » J'avais promis à ce jeune couple de lui apporter mon aide si un obstacle insurmontable se dressait sur son chemin, et j'ai donc pris le premier train. Mon ami Charlie Armour m'attendait à la gare. Sa famille, qui est très riche, possède plusieurs usines d'abattage, mais il a préféré suivre une autre voie et s'occupe essentiellement de chevaux, qui sont sa passion. Il en vend, en achète, ce qui lui réussit très bien. Non qu'il ait jamais été à court d'argent. Nous sommes amis et collègues depuis bien longtemps.

Ces quelques mots à son sujet pour indiquer que son nom et ses relations dans la haute société lui confèrent une certaine influence. Chance m'a confié le journal de son épouse afin qu'en le parcourant j'aie une idée précise de ce qu'ils ont vécu ces derniers mois, et surtout depuis leur arrivée à Chicago. Ce jeune cow-boy est un garçon intelligent, un cavalier remarquable, plein de flair et d'intuition, mais il manque parfois d'à-propos. Il n'a pas l'esprit vif des citadins. Par ailleurs, je ne suis pas sûr qu'il sache très bien lire, c'est pourquoi il a tenu à ce que je consulte le journal de June. Nous espérons tous deux qu'il contient des informations qu'elle ne lui aurait pas rapportées, des indices qui nous permettraient de la retrouver. Comme June l'a noté dans ses pages, nous avons noué, elle et moi, des liens étroits, presque familiaux, lors de leur séjour à Laramie. Chance n'en a pas pris ombrage, bien au contraire, et il se fie à mon jugement.

À l'évidence, nous devons débuter nos recherches à l'asile d'aliénés, comme elle l'indique dans les lignes qu'elle a griffonnées rapidement. Charlie connaît le Dr Sidney Kaiser, qui dirige l'établissement. Avant mon arrivée, il avait déjà pris rendez-vous là-bas. Je n'ai pas oublié ce que m'a révélé June à propos du « traitement » qu'on lui a infligé dans cette maison, sous la recommandation de ce monsieur, et j'ai des sueurs froides à l'idée qu'elle soit revenue dans cet endroit épouvantable. Chance, Charlie et moi nous y rendons ensemble dans l'après-midi.

Chose faite. Charlie avait réservé un buggy et nous étions sur place avec une bonne demi-heure d'avance. L'asile d'aliénés se trouve au bout d'une longue allée dans un coin de forêt isolé. C'est un bâtiment sombre et imposant, de style gothique, doté d'une série de gargouilles qui vous observent en saillie sous le toit. Il s'en dégage une atmosphère sinistre, de nature à terroriser les pauvres arrivants.

Le concierge nous accueille à la porte et nous fait entrer. L'intérieur n'est guère plus engageant. Quelques appliques murales fournissent un éclairage discret, l'air paraît immobile et l'on a l'impression d'une carcasse vide qui n'abrite personne. La secrétaire à la réception nous apprend que le médecin nous recevra dans un instant et nous prie d'attendre dans le vaste hall qui occupe tout le rez-de-chaussée. Une dizaine au moins de canapés en cuir et de fauteuils clubs y est disposée, ainsi que des tables de jeu, dotées de chaises à dos droit, de tapis de cartes, damiers et échiquiers. Les lieux ont quelque chose d'un luxueux hôtel, ce qui fut peut-être leur vocation première. Au-dessus de nous, sous le haut plafond doré, des galeries mènent aux chambres des deux étages, dont les portes sont toutes fermées. Nous excepté, il n'y a personne et pas un bruit ne retentit. Le silence est total.

Deux minutes avant l'heure, exactement, un bruit de pas rapides retentit dans le hall. Le Dr Kaiser, un petit homme tatillon, vêtu d'un costume noir, nous prie de l'accompagner dans son bureau. Charlie fait les présentations : je suis un de ses collègues, ami de la famille Hadley, et Chance est le mari de June Hadley, la femme que nous recherchons. Nous avons des raisons de penser qu'elle a récemment été internée ici.

— À ma connaissance, nous n'avons pas reçu de nouveaux patients, répond le médecin d'un air étonné. Donnez-moi un instant, je vais vérifier auprès de mon assistante.

Il revient cinq minutes plus tard et déclare :

— Non, messieurs, j'ai consulté les registres moi-même, nous n'avons aucun pensionnaire répondant au nom de Hadley… June Hadley.

— Et au nom de May Dodd, docteur ? demande Charlie.

Le visage de Kaiser se crispe brièvement.

— Pardon, monsieur Armour ? dit-il. Je crains de ne pas comprendre. Cette question n'a pas de sens. Vous n'ignorez tout de même pas que Mme Dodd, cette pauvre femme, est morte à l'hôpital il y a plus d'un an.

— Fort bien, conclut Charlie. Sachez que M. Hadley, ici présent, a déclaré la disparition de sa femme auprès de la police. Au cas où une personne portant l'un ou l'autre des noms que nous vous avons soumis est retenue chez vous, vous vous rappellerez qu'un mari a droit à toute information concernant son épouse et qu'il peut lui rendre visite à tout moment. Nous nous reverrons bientôt, je pense.

— Oui, bien sûr, lâche le médecin, légèrement embarrassé.

— Messieurs ? dit Charlie, nous invitant à nous lever, et nous prenons congé.

Dans le Hall, Chance murmure entre ses dents :

— Ce pantin est un fieffé menteur. June est quelque part ici, j'en suis sûr, je le sens.

Il marque un temps et pousse un cri de guerre comanche à vous déchirer les tympans. Il y a de quoi vous figer le sang. Sa voix se réverbère partout sur les murs de pierre, s'élève telle une colonne d'air vers les étages. Dans le silence qui suit, on perçoit de vagues chuchotements, des plaintes étouffées derrière les portes closes – certains doivent essayer de reproduire son cri. Les « pensionnaires », comme dit le Dr Kaiser, pensent certainement qu'un nouvel aliéné est arrivé parmi eux.

13 juillet 1877

Nous suivons les derniers déplacements de June, comme notés dans son journal, qui nous emmènent chez sa sœur Hortense à Chicago. June avait réussi à préserver son anonymat jusqu'à sa visite chez elle, et cela ne peut être une coïncidence qu'elle ait disparu quelques jours après.

La bonne nous a ouvert la porte, nous avons décliné nos noms et elle nous a conduits au salon. Charlie, qui connaît Hortense depuis sa plus tendre enfance, l'a embrassée quand elle nous a rejoints. Lorsqu'il lui a présenté Chance, elle a paru surprise et inquiète à la fois.

— May m'a beaucoup parlé de vous, a-t-elle déclaré. Pourquoi n'est-elle pas là ? Quelque chose lui est-il arrivé ?

— Les hommes de votre père sont venus la chercher pendant que j'étais au travail, a-t-il répondu.

— La chercher ? Comment cela ?

— Que puis-je vous dire d'autre ? Ils l'ont emmenée et elle est introuvable. Je crois que votre père l'a de nouveau fait interner. June vous a raconté son histoire quand elle est venue ici, n'est-ce pas ? Elle vous a même dit où nous habitions, puisque vous avez pensé à lui rendre visite. Maintenant, elle n'est plus là. Vous avez vendu la mèche ?

— Non, non ! J'ai juré sur la vie de mes enfants que je me tairais. Je n'ai rien dit à personne.

— Alors, qui est-ce ? a insisté Chance.

Hortense lui a brusquement tourné le dos.

— Bon Dieu, a-t-elle murmuré. Oh non, non, non…

Elle a quitté le salon et nous l'avons entendue appeler son mari à l'étage.

— Walter ! a-t-elle crié d'une voix autoritaire. Descends tout de suite ! Des messieurs sont là qui veulent te poser des questions.

Nous avions lu dans le journal de June qu'il était présent, le jour de son apparition chez eux. Un instant plus tard, un homme échevelé, pas rasé, est entré au salon. Il sentait l'alcool et paraissait désespéré. Il a pris un air plus abattu encore quand Hortense, sans même faire les présentations, lui a demandé :

— As-tu dit à mon père que May était revenue ?

Sans le laisser répondre, elle a ajouté :

— Oui, je le lis dans tes yeux. Mais pourquoi ? Je t'ai formellement demandé de ne pas le faire !

— J'espérais qu'il change d'avis et qu'il me donne un travail. J'ai pensé qu'il serait content de savoir que sa fille était rentrée, qu'il me revaudrait ça.

— Et alors ?

— Il a semblé très perturbé par la nouvelle et il m'a remercié.

— Il t'a fourni un emploi ?

Walter a semblé plus démoralisé que jamais.

— Pas encore… Mais il y veillera… Je crois… Il s'est montré très reconnaissant. Je l'ai fait pour nous, Hortense.

— Tu es pitoyable.

Le pauvre homme a péniblement hoché la tête.

— Allez voir votre père, Hortense, a conseillé Chance à celle-ci, tandis que nous nous levions. Dites-lui que May vous a raconté en détail ce qu'elle a enduré à cause de lui. Forcez-le à vous révéler où elle se trouve.

Nous n'avions aucune raison de rester plus longtemps. Chance souhaitait mettre Martha au courant de la situation. Comme elle avait travaillé à l'asile, elle serait peut-être capable d'imaginer un moyen d'en sortir June. Nous nous sommes donc rendus chez sa cousine où, sitôt informée, Martha a préparé son sac, puis, tous quatre, nous avons repris le train pour Lake Forest.

Quand nous sommes arrivés chez May et Chance, une missive attendait ce dernier dans la boîte aux lettres, l'informant que le club de polo se passerait désormais de ses services, et que sa famille avait trois jours pour quitter la maison.

Enfin, il devait retirer des écuries ses chevaux et l'âne de Martha dans les vingt-quatre heures, faute de quoi ils seraient donnés ou envoyés à l'abattoir.

— Les nantis serrent les rangs autour de leur pair, a observé Charlie. Une montagne d'ennuis se dresse devant toi, Chance.

— Oui, mon ami. Mais June et moi, on en a autant derrière nous. On finit par s'y habituer au bout d'un moment. Il nous manquerait quelque chose si la poisse ne nous collait pas au train. Pour l'instant, Martha et moi allons chercher nos bêtes, avant que ces enfants de salaud nous les volent ou les fassent tuer. On prend Mo au passage. Il est à côté chez les voisins, on aura besoin de lui aussi.

— Je vous accompagne, leur ai-je offert.

— Bonne idée, a approuvé Charlie. A. J. vous conduira à ma ferme de Libertyville, au nord-ouest de Chicago. Il y a des écuries, vous pourrez y loger vos bêtes. De mon côté, je ferais mieux d'aller voir Jim Dodd sans vous. D'autant plus que vous êtes sur les nerfs, Chance, je crains que vous ne réagissiez mal en sa présence.

— Vous avez raison, Charlie. Je le tuerais, ce sagouin et, comme il sait où se trouve June, il vaut mieux que je m'abstienne. Quand même, je ne me gênerais pas pour le lui faire cracher. Dites-lui qu'il ne perd rien pour attendre. En plus, il me doit de l'argent pour ses leçons de polo. Il croit peut-être pouvoir me rouler, seulement, ça ne marche pas comme ça.

— Je ne manquerai pas de lui dire, Chance.

Pendant que Charlie repartait en train à Chicago, Martha, Mo, Chance et moi nous sommes rendus directement aux écuries. Nous n'étions pas dimanche, aucun match n'était prévu, et pourtant voilà que nous tombons sur James Dodd en personne ! C'est un gars trapu, pas très grand, mais sa corpulence et sa grosse tête ont quelque chose d'imposant. Il était en train de seller Lightning, l'appaloosa de Chance, dont le sang n'a fait qu'un tour.

— Doucement, ai-je dit au jeune cow-boy. Laissez-moi intervenir.

— C'est mon cheval, c'est à moi de m'en occuper.

— Si vous agressez cet homme, Chance, on vous jettera en prison. Et, quand vous serez à l'ombre, vous ne pourrez rien faire pour June.

— Je ne veux pas l'agresser, je veux seulement récupérer Lightning.

Il s'est avancé vers Dodd et je lui ai emboîté le pas. Sans donner à Chance le temps d'ouvrir la bouche, Dodd lui a ordonné de quitter les lieux, précisant que le club l'avait licencié et que l'accès aux écuries lui était interdit. Il était prêt à appeler les gardiens.

— Que faites-vous avec mon cheval, espèce de chien galeux ?

— Pas votre cheval, non, il m'appartient à présent. Il réussit très bien avec vous, contrairement à ceux que vous avez dressés pour moi.

— Ce qui vous donne le droit de me le voler ? La vérité, c'est que vous jouez mal. Vous êtes sûrement le plus mauvais élément de l'équipe.

Piqué au vif, Dodd a encaissé la remontrance.

— C'est ce qu'on verra, gamin. Je dispute un match amical, tout à l'heure, et je jouerai avec mon nouveau cheval.

La réponse de Chance m'a surpris.

— Très bien, monsieur, allez-y. Je viendrai vérifier si vous vous en sortez mieux avec votre nouveau cheval, comme vous dites.

— Entendu. Après quoi, vous ne mettrez plus les pieds ici et on n'en parlera plus.

Mo et Martha étaient en train de sortir leurs montures de l'écurie, toutes deux sellées. Ils ont attaché leurs rênes sur la barre de métal à l'extérieur, puis ils sont rentrés chercher Lucky, la jument de June, et Brutus, le cheval de bât. Il avait ses paniers sur le dos, ils lui avaient mis son licou et sa longe. Dapple suivait derrière.

— A. J., m'a demandé Chance, venez avec moi sur le terrain, s'il vous plaît, et on emmène Lucky avec nous. Je serai plus à l'aise avec les rupins si vous êtes là, parce qu'ils vous connaissent et qu'ils vous aiment bien. Il va se passer des choses, mais ne vous inquiétez pas, personne ne court aucun risque. À moins que certains fassent les imbéciles, et, dans ce cas, ce sera leur faute, on ne pourra m'accuser de rien. D'accord ? On peut y aller ?…

Chance s'est ensuite adressé à Martha et Mo.

— Tous les deux, vous partez tout de suite à cheval, et vous emmenez Brutus. Vous suivez la piste qu'on prend d'habitude en promenade, vers l'ouest, jusqu'à Libertyville. On vous rattrapera, A. J. et moi.

À l'évidence, Chance avait pour projet de récupérer Lightning, mais je ne savais pas comment et je n'étais pas rassuré. Une altercation avec Jim Dodd aurait pour lui des conséquences désastreuses. Je le lui ai fait remarquer tandis que nous marchions vers le terrain, et il m'a répondu simplement :

— J'ai reçu une lettre du club qui me donne vingt-quatre heures pour emporter mes bêtes. Je respecte les délais et j'ai encore largement le temps. On n'arrête pas un homme qui volerait son propre cheval, A. J.

Ce que je ne pouvais contester. Sur le terrain, à l'exception de Jim Dodd, tous les joueurs m'ont salué chaleureusement. Cela fait un moment qu'ils nous achètent des chevaux, à Charlie et à moi, et ceux que leur a dressés Chance sont particulièrement appréciés. Ils paraissaient regretter – sauf Dodd, bien sûr – qu'il ait été licencié, et certains étaient même franchement embarrassés. La décision avait été prise par un membre plus puissant qu'eux et, bon gré mal gré, ils étaient obligés de la respecter. La plupart ont serré la main de Chance et certains n'ont pas osé le regarder dans les yeux. Sur la ligne latérale, Dodd tenait les rênes de Lightning bien serrés dans son poing, juste sous le menton de l'animal. L'appaloosa essayait de balancer sa tête vers Chance, mais Dodd l'en empêchait à chaque fois. De son côté, sans leur prêter la moindre attention, Chance poursuivait sa conversation avec l'équipe.

Au début du match amical, les joueurs sont montés sur leurs chevaux avant de gagner leurs positions respectives. Dodd tenait celle du milieu de terrain offensif. L'arbitre a jeté la balle et la partie a commencé. Je m'y connais en matière de cavaliers et j'ai compris tout de suite que Dodd n'était pas fait pour l'équitation. Il était mal assis sur sa selle, les genoux trop écartés, ses pieds glissaient dans ses étriers et il tirait sur les rênes tout en éperonnant Lightning qui, le pauvre, avait les plus grandes difficultés à comprendre ce qu'on lui demandait. Un joueur s'est approché de la balle et, d'un coup de maillet, l'a propulsée sur le terrain. Instinctivement, Lightning s'est élancé vers elle au petit galop, si brusquement qu'il a failli désarçonner Dodd. Sans réfléchir, celui-ci a relâché les rênes, permettant à l'animal de prendre de la vitesse. Dodd avait un pied hors de son étrier et tentait vainement de l'y remettre. Il rebondissait maladroitement sur sa selle, tandis que le cheval continuait d'accélérer. Chance a laissé faire un instant, puis il a émis un sifflement, fort, aigu et curieusement mélodieux, qui a semblé trouer l'air embaumé de l'été. Aussitôt, Lightning, maintenant au plein galop, a freiné des quatre fers, glissant sur ses sabots postérieurs avant de faire un virage à presque cent quatre-vingts degrés, tandis que Dodd partait en vol plané en poussant un cri strident. Reprenant de la vitesse, le cheval trottait maintenant vers son maître.

— Il est temps de rentrer, A. J., m'a dit celui-ci.

J'avais anticipé le résultat de l'opération et je prenais déjà place sur Lucky.

Chance marchait à la rencontre de Lightning, qui a légèrement ralenti, et son habituel cavalier lui a sauté sur le dos, d'un mouvement parfaitement coordonné que, à l'évidence, il avait perfectionné au fil des années. Sur la ligne latérale, quelques hommes qui attendaient leur tour pour jouer se sont mis à rire et à applaudir. L'arbitre a prononcé un arrêt de jeu et Dodd, à moitié assommé, s'est relevé maladroitement. Pendant que nous nous éloignions, je l'ai entendu protester mollement :

— Arrêtez cet homme, il a volé mon cheval !

14 juillet 1877

Charlie nous a retrouvés le lendemain à sa ferme de Libertyville. La veille étant un jour de semaine, il avait pensé que Dodd se trouvait au travail à Chicago, et non à Lake Forest où il avait organisé en vitesse son match amical, dans le but de s'emparer de Lightning sans laisser à Chance le temps d'en reprendre possession. Je dois ici revenir sur l'opinion que j'ai émise au sujet de Chance – eh bien, non, il ne manque certainement pas d'à-propos. Bien au contraire, il sait jauger les hommes, estimer leurs limites et, en l'occurrence, il a déjoué les plans de Jim Dodd avec une grande habileté, sans un instant se mettre lui-même en danger. Les bêtes, quant à elles, sont à l'abri ici et la propriété est bien gardée.

Cela étant, June demeure prisonnière quelque part et elle n'est pas près de retrouver ses enfants – la raison initiale pour laquelle elle est revenue à Chicago. Chance et Mo n'ont plus d'emploi ni de maison, même si Charlie leur offre le gîte et le couvert, ainsi qu'un salaire pour s'occuper de ses chevaux. De plus, si nous arrivons à nous rapprocher de June et à la libérer, il sera bien trop dangereux pour le couple de rester dans la région. Jim Dodd a une revanche à prendre et il n'est pas du genre à renoncer avant d'avoir assouvi sa vengeance. Il a peut-être perdu la première manche contre Chance, mais, d'une façon ou d'une autre, il détient toujours June et il exerce ici un pouvoir considérable, tant en ville qu'à Lake Forest. Comme le démontre le sort qu'il a réservé à sa fille, rien n'arrête cet homme impitoyable.

Charlie est revenu de Chicago avec une idée à creuser. Comme il n'a pu contacter Dodd et qu'il avait une soirée devant lui, il est allé au théâtre voir la pièce d'un certain William Cody. Cody, un ancien scout de l'armée qui a été messager pour le Pony Express, fait partie d'une compagnie qui présente des versions exagérées de ses prouesses, sous forme d'une série de scènes dans lesquelles il joue sous le nom de Buffalo Bill. Son spectacle est présenté en ville pendant quelques jours et, Charlie étant l'un des principaux mécènes de Chicago, il s'est arrangé pour le rencontrer, lui et ses imprésarios, après la représentation.

Il le décrit comme un personnage attachant, coquet, quoique imbu de lui-même, un rien vaniteux, cependant sans illusion sur ses dons d'acteur. Charlie a confirmé qu'il n'avait rien d'extraordinaire, de ce point de vue. Mais lui et sa troupe nourrissent le projet ambitieux de réunir chevaux, bisons, cavaliers émérites, tireurs d'élite, ainsi que de vrais Indiens, choisis dans les réserves, pour créer un spectacle itinérant qui se produirait en extérieur dans tout le pays. Ils cherchent actuellement un soutien financier pour réaliser leur projet. Charlie, qui serait prêt à y contribuer, a invité Cody et sa troupe à dîner dans un de ses restaurants préférés. Bien sûr, Charlie, voyant plus loin, a pensé que Chance, June et Mo y trouveraient leur place, le cas échéant. Ils seraient dans leur élément.

Charlie leur a parlé d'eux, glissant quelques mots sur l'histoire extraordinaire de May chez les Cheyennes, sur sa rencontre avec Chance, un cow-boy accompli, excellent cavalier et dresseur, et sur Mo, le jeune Indien qu'ils ont pris sous leur aile. Bien que les journaux de May aient pour la plupart été perdus, malheureusement, Cody l'a écouté d'une oreille attentive. Issu d'un milieu fort modeste, il a grandi sur la Frontière, au Kansas, et, si ce n'est pas un homme très instruit, il ne manque pas d'imagination pour autant. Les différentes parties de son spectacle se basent sur ses aventures, toutefois il confie la rédaction des dialogues à de vrais professionnels. Au dire de Charlie, le tout, souvent stéréotypé, use et abuse de lieux communs. Cody voyait donc tout l'intérêt de confier à May l'écriture de nouvelles scènes, dans lesquelles elle mettrait son expérience à profit. Il a demandé à Charlie s'il était possible de la rencontrer, avec son fils et son mari. Sans trop donner de détails, Charlie lui a répondu que la situation ne s'y prêtait pas pour l'instant. Mais il lui a promis d'investir dans son projet et de garder le contact.

16 juillet 1877

Depuis notre arrivée ici, Martha et Chance tiennent de petits conciliabules et sont fréquemment rejoints par Mo. Ils complotent certainement quelque chose, ne s'en ouvrent ni à Charlie ni à moi, ce qui me paraît inquiétant.

Quand je leur ai posé la question, cet après-midi, devant les corrals, ils n'ont pas cherché à le nier.

— Dites-moi, m'a demandé Chance, vous et Charlie, avez-vous un plan en tête pour retrouver June et la libérer ?

— Charlie est en pourparlers avec les autorités, tant à Chicago qu'ici. Il essaie d'obtenir un mandat pour faire une perquisition à l'asile.

— Il arrive à quelque chose ?

— Cela va prendre du temps, Chance. Le juge dont c'est la juridiction a rejeté sa première requête, faute de preuves ou d'indices permettant d'établir que June est détenue là-bas. C'est seulement une supposition, et cela ne suffit pas. On ne peut même pas démontrer qu'elle a été enlevée.

— Je connais cet endroit, a déclaré Martha. Je sais comment on y traite les patients et ce qu'ils ont fait à May, la première fois. Chance pense qu'elle y est enfermée et je le crois, que la justice soit de cet avis ou pas. Plus longtemps nous la laisserons là-bas, plus elle va en baver.

— Je m'inquiète tellement que je n'en dors plus la nuit, a reconnu Chance. Elle affirme dans son message qu'elle a besoin de moi. Cela fait cinq jours maintenant. On ne va pas attendre cent ans que ce maudit juge se décide.

J'ai voulu leur expliquer que, s'ils se substituaient à la justice, ils étaient passibles de prison, et que Mo finirait à l'orphelinat. Mais je n'ai pas réussi à les dissuader d'intervenir eux-mêmes. Mes arguments ne les feraient pas changer d'avis.

— Il ne faut pas compromettre Charlie, ai-je malgré tout insisté. Il vous a été utile à tous trois.

— Nous ne voulons pas l'impliquer, ni vous non plus, A. J., a assuré Chance. C'est la raison pour laquelle Martha et moi ne vous avons rien dit. Mais voilà : nous allons faire un tour là-bas à cheval, ce soir, et, quoi qu'il arrive, nous ne reviendrons pas ici.

— Martha, vous avez un fils à Chicago. Vous n'allez quand même pas l'abandonner ?

— Je ne suivrai pas Chance et June, m'a-t-elle répondu. A. J., vous ne me connaissez pas mieux ? Bien sûr que je ne l'abandonne pas. Je retournerai en ville quand nous aurons fini.

— Martha m'aidera simplement à entrer, a révélé Chance. Après quoi, elle nous quitte.

— Et toi, Mo ? lui ai-je demandé.

— Mo ne nous suivra pas non plus, a répondu Chance à sa place, jetant un regard bienveillant au jeune homme. C'est lui qui l'a décidé. Explique-leur, mon garçon.

— J'en ai assez de fuir, a annoncé Mo. J'ai passé ma vie à ça. Je me plais ici, j'ai des amis. Les parents de Green parlent de m'adopter. Je m'entraîne avec Oscar. Quand je serai grand, je veux jouer au baseball en professionnel. Plutôt courir sur un terrain que pour échapper à des hommes armés.

Chance lui a ébouriffé les cheveux.

— Et pourquoi pas, tiens ! Il a ses rêves à lui, il fait son trou. Il ne rentrera pas dans l'asile non plus. Mo veillera à ce que les bêtes restent tranquilles, c'est tout. Puis il s'en ira sans un bruit, comme un vrai Cheyenne qu'il est.

— Je ne peux vous laisser agir seul, Chance. À votre départ de Laramie, je vous ai dit, à vous et à June, qu'en cas d'obstacle insurmontable il fallait me demander. Ce que vous avez fait, et je suis là. Laissez-moi vous accompagner.

— Mo, Martha et moi formons une équipe, A. J. Nous avons l'habitude d'agir ensemble. Je regrette, mais vous risquez seulement de nous ralentir.

Chance a embrassé la propriété du regard – la ferme, les verts pâturages, la grange, les étables, le tout soigneusement entretenu. Au-delà, les herbes hautes de la prairie indigène, où les chevaux paissaient avec leurs poulains, l'ensemble formant un tableau idyllique.

— Ça me plairait de travailler ici, a-t-il admis d'une voix pleine de regret. June et moi rêvons de posséder un endroit comme celui-ci, un jour. Nous aussi, on en a assez d'être toujours en fuite. Voilà ce qu'il nous faudrait.

— Si vous la retrouvez, Chance, et que vous parvenez à la libérer, où avez-vous l'intention d'aller ?

— Aussi loin que possible, A. J. Rien de bien précis. On s'arrange au fur et à mesure…

Le petit groupe a informé Charlie qu'il partait à minuit. Inutile de lui dire où ni pourquoi, il le savait déjà. Comme je m'y attendais, lui aussi a proposé de les accompagner, et Chance a simplement décliné d'un signe de tête. Charlie a acquiescé silencieusement. Sans poser de questions, il leur a souhaité bonne chance. Sachant également qu'il ne reverrait pas June et Chance dans un avenir proche, ni peut-être même jamais, il a demandé à Chance de lui accorder un instant, seul à seul, et lui a décrit sa rencontre avec Bill Cody.

— Vous pourriez vous joindre à sa troupe, un de ces jours, lui a-t-il expliqué. Pour l'instant, ils ne jouent que de petits mélodrames, avec une distribution restreinte. Cela n'est pas du grand théâtre, mais de courtes pièces dans lesquelles Buffalo Bill, comme il se fait appeler, vole à la rescousse de jolies jeunes femmes, prisonnières des Indiens…

Ce genre de chose. Mais ils projettent de monter de grands spectacles en extérieur, avec des cavaliers émérites, des courses de chevaux, de vrais Indiens, de vrais bisons et des tireurs d'élite. Ils ont déjà Annie Oakley. Vous y seriez à votre place, vous verriez du pays, et ce serait un bon moyen de préserver votre anonymat. Vous seriez des acteurs comme les autres.

— Je crois qu'en matière de mélodrame, je suis servi, Charlie. J'ai déjà une jolie jeune femme à secourir. Il est peut-être un peu tôt pour y penser.

— Je comprends. Mais je n'aurai peut-être pas d'autre occasion de vous en parler. Gardez cela dans un coin de votre tête. Vous n'aurez pas de mal à trouver ce Buffalo Bill.

Charlie a sorti de sa poche une enveloppe cachetée et l'a tendue à Chance.

— Je voulais aussi vous donner cela, à l'abri des regards. Un petit coup de pouce pour vous remettre sur pied, le moment venu.

— Vous êtes vraiment quelqu'un de bien, Charlie. Je ne suis pas en mesure de refuser.

— Non, non, ne refusez pas.

— Vous veillerez sur Mo à notre place.

— Bien sûr, je n'y manquerai pas.

Charlie a averti les gardiens que le groupe partait au milieu de la nuit. Peu avant l'heure dite, nous sommes allés aux écuries, lui et moi, aider Mo, Martha et Chance à seller leurs montures. Chance, en mocassins et vêtements de daim, s'était entièrement fardé le visage de noir, à l'exception d'un éclair rouge au milieu. On aurait dit le diable en personne. De même, et comme son nom l'indique, Lightning[1] avait un éclair rouge peint sur le poitrail. Brutus, le cheval de bât, avait ses paniers sur le dos en prévision du voyage.

1. *Lightning* : éclair.

Minuit

Ce seront mes dernières lignes. Je rends à Chance le journal de June, en espérant qu'il reviendra entre les mains de celle-ci.

Que Dieu les aide !

A. J. Bartlett

17 juillet 1877

Je rouvre mon journal et je reprends la plume… pour revenir sur les événements d'hier. C'est encore le présent pour moi, et c'est ainsi que j'y repense. Je ne vis d'ailleurs que l'instant présent, faute de quoi je me serais effondrée à l'asile. Par les minuscules fissures de la fenêtre, si haute au-dessus de mon lit que je ne peux la voir, j'entends leurs chevaux approcher. Ils se déplacent tels des fantômes et je suis seule à les entendre. C'est comme une langue que je possède… Je compte trois cavaliers… Chance, Martha, Mo, un cheval en sus des leurs… Brutus… et un âne, Dapple. Je ne crie pas pour signaler ma présence ici, car je suppose que Chance a mis un plan au point.

Franz fait ses rondes le soir, passe dans chacune des chambres, vérifie qu'il ne manque personne, puis il vient dans la mienne. J'ai les mains et les chevilles attachées aux quatre pieds du lit, bras et jambes écartés. Ils me maintiennent ainsi des nuits entières, pour parer à toute éventualité, puisque j'ai tenté cinq fois de m'enfuir, ou peut-être six... Je ne parviendrai sans doute pas à quitter cet endroit, mais j'essaie de toute façon. Lorsqu'il arrive, Franz s'assied aussitôt sur moi. Sans me pénétrer, il se frotte sur mon ventre jusqu'à ce qu'il éjacule. Cela va très vite, j'ai compté vingt-sept secondes. Il dégage une odeur épouvantable qui me fait parfois vomir. Ce soir, avant qu'il monte sur le lit, je lui demande :

— Franz, pourquoi ne me dis-tu jamais rien ? Parlons un peu !

— De quoi ?

— Eh bien, de nos relations.

— Quelles relations ?

— Celles que nous aurons quand nous serons loin d'ici, tous les deux.

— Nous ne partirons pas ensemble.

— Si, tu vas m'emmener chez toi et je vais t'apprendre à faire l'amour. Tu es vierge, n'est-ce pas ?

— Non, non... Oui, si... Je reste pur et j'en suis fier.

— Si tu me libérais une main seulement, je pourrais t'apprendre quelque chose tout de suite. Je pourrais te caresser, c'est quand même mieux que se frotter sur mon ventre.

— Encore une de tes ruses ! Tu me prends pour un imbécile ?

— Pas du tout, je te trouve très intelligent. Sensible, même. Pourquoi penses-tu que je te laisse chaque soir te frotter contre moi ?

— Parce que tu es attachée, voilà pourquoi. Si je te libère une main, tu vas me faire du mal.

— Je suis une faible femme sans défense, Franz, alors que tu es grand et fort. Je ne pourrais pas te blesser avec une seule main. Détaches-en une seulement et baisse ton pantalon, que je voie ton membre viril.

— Tu m'excites en disant ça.

Il se déboutonne et laisse son pantalon lui tomber sur les chevilles.

— Tu as une sacrée érection, Franz ! Coupe un de mes liens, que je puisse te toucher.

Il se baisse et retire un couteau de sa poche.

— Si tu continues comme ça, je vais décharger.

— Non, pas tout de suite ! Coupe la corde et laisse-moi t'aider.

Les mocassins de Chance chuchotent à présent sur le sol, derrière la porte.

— Tu ne le regretteras pas. Jamais tu n'auras eu autant de plaisir.

— Tais-toi ou je vais éjaculer.

Il se rapproche de moi et coupe les liens de la main gauche.

La clé tourne sans bruit dans la serrure – une clé fantôme. Quand la porte s'ouvre, Franz est si près de moi que je n'ai plus qu'à tendre le bras, lui attraper les testicules et les serrer de toutes mes forces. Il a à peine le temps de pousser un cri que Chance lui tranche la gorge. Nous percevons une courte vague de murmures, de chuintements, de rires, émanant des autres chambres, mais très vite le silence revient. Chance sectionne tous mes liens. Nous quittons la pièce, refermons doucement la porte derrière nous, descendons l'escalier jusqu'au rez-de-chaussée et sortons par l'entrée principale. Martha nous attend sur le seuil et déclare à voix basse qu'elle a neutralisé le veilleur de nuit. Nous ne demandons pas comment… Un gros croissant de lune éclaire la nuit. Sans un mot, nous quittons le parc immaculé qui entoure l'asile, entrons dans la forêt, suivons une coulée de gibier jusqu'à atteindre une petite clairière que borde un étang. Mo est là avec les bêtes. Pieds nus, je n'ai que ma blouse d'hôpital sur le dos. D'un panier de Brutus, Chance retire un ballot contenant une serviette, un morceau de savon, ma tenue de femme blanche et mes bottes de cheval. Il me les tend et récupère ensuite ses vêtements de cow-boy. Toujours sans un mot, nous gagnons la rive de l'étang, où je me débarrasse de ma blouse. Chance se déshabille, plie soigneusement sa tunique et ma blouse dont il enveloppe ses mocassins. Nous nous glissons dans l'eau froide. Il se frotte vigoureusement le visage pour retirer le fard, puis me donne le savon. Je me lave des pieds à la tête, laissant là l'odeur nauséabonde de Franz et de l'asile. Chance et moi nous embrassons sans échanger une parole. Nous aurons le temps de parler plus tard, de dire ce qu'il faudra et de taire certaines choses. Puis nous nous séchons et nous habillons. Cela fait, nous voilà redevenus un jeune couple respectable, prêt à occuper une place dans le monde. Retour aux chevaux. Je serre dans mes bras ma vieille amie Martha.

— Quand je pense que nous nous sommes rencontrées ici… et à tout ce qui nous est arrivé ensuite, lui murmuré-je. La boucle est bouclée.

— Nous nous séparons maintenant, peut-être pour de bon, May. Je dois retrouver mon fils à Chicago, où une nouvelle vie nous attend. June, il faut que tu partes le plus loin possible.

Nous nous embrassons encore une fois, puis j'attire Mo contre moi. Il a les larmes aux yeux.

— Je te quitte aussi, Mesoke, me dit-il. Je ne veux plus jamais fuir. Je vis chez Andy Green maintenant, ses parents m'ont adopté. Je veux être un grand joueur de baseball.

— Bien sûr, mon petit Indien américain, tu réussiras, j'en suis certaine.

Tous ensemble, nous remontons sur nos chevaux et repartons dans la forêt, aussi silencieusement que possible. Chance s'arrête au bout d'une demi-heure. L'aube point.

— Tu sauras retourner chez Charlie ? demande-t-il à Mo.

— Oui.

— Bien. Parce que c'est le moment.

Il lui fait signe d'y aller, puis à Martha. Qui me regarde. Nous avons le cœur trop lourd pour un dernier mot. Mo se réfugie derrière son masque impassible, là où plus rien ne l'atteint. Puis Chance et moi nous détachons du groupe et entraînons Brutus au bout de sa longe.

Nous ne nous retournons pas.

Nous cheminons depuis une quinzaine de minutes quand je tire sur mes rênes et me décide à poser la question.

— Où allons-nous ?

Chance s'arrête lui aussi et répond.

— Au nord.

— À quel endroit ?

— Je ne sais pas. On verra bien.

— Chance, nous avions fait ce long voyage depuis le Wyoming pour que je puisse retrouver mes enfants.

Nous les avions pour voisins et je n'ai pas pu les approcher. J'ai besoin de les voir, ne serait-ce qu'une fois, je t'en prie…

— D'accord, June, mais cela implique de retourner chez ton père et, le temps qu'on arrive, tout le monde saura ce qui s'est passé à l'asile. On va se fourrer dans la gueule du loup et on n'en ressortira pas. Tu seras de nouveau internée et on me jettera en prison pour meurtre.

Je lui ai expliqué que, après avoir rendu visite à ma sœur Hortense, j'étais allée au cimetière sur la tombe de May Dodd, et que Harry Ames était là, en train de la fleurir. Quelle impression étrange j'avais eue… C'était le matin du jour où l'on m'avait enlevée pendant qu'il travaillait au club. Les six nuits que j'avais passées ensuite, attachée à un lit, m'avaient donné le temps de considérer les choses sous un angle fort différent.

— Selon la version officielle, May Dodd est morte et enterrée, Chance. On peut supposer que le Dr Kaiser n'avait rien dit du programme FBI à mon père, et que celui-ci n'en avait entendu parler qu'en recevant la lettre de l'armée lui annonçant ma mort. Tel que je le connais, il n'aura pas avoué à ma mère et au reste de la famille qu'il avait, sans le savoir ou le vouloir, envoyé sa fille copuler avec les sauvages. C'est pourquoi, avec la complicité du Dr Kaiser – qui, lui, le savait –, il a prétendu que j'étais décédée à l'hôpital. Je me doute également que Kaiser lui a fait croire que son établissement ressemblait plus à un hôtel de luxe qu'à un centre de torture. Mon père aura donc organisé un enterrement et rempli un cercueil de terre ou d'autre chose. De nouveau, il aura eu besoin de Kaiser, mais aussi des pompes funèbres et peut-être même de l'église. Alors imagine le scandale qui éclaterait si je me montrais bien vivante et que je racontais mon histoire ?

« Ensuite, personne ne t'a vu à l'asile, cette nuit, et on ne pourra pas prouver que tu y étais. Ils n'auront pas trace d'une patiente décédée depuis longtemps, qui s'en serait échappée… Mon père s'est résolu à me faire enfermer à nouveau, car c'était le moyen le plus simple de me réduire au silence. Cette fois encore, il aura eu besoin de Kaiser.

— June, le moyen le plus simple de nous réduire au silence, toi et moi, c'est de nous faire tuer. Tu sais mieux que quiconque qu'il en a les moyens. Tu ne manqueras à personne, puisque tu es déjà morte. Quant à moi, je ne représente rien pour ces gens. Si je devais disparaître, qui s'en soucierait ?

— Sauf que Charlie et A. J. connaissent maintenant toute la vérité, et Hortense également. Mon père est sans pitié, mais je ne crois pas que ce soit un assassin, encore moins qu'il irait jusqu'à éliminer sa propre fille. La laisser dépérir à l'asile, oui. Mais la tuer… Il ne s'en prendrait pas non plus à Charlie, à A. J. ou à son autre fille.

— Donc ce qu'on aurait dû faire dès le départ, si nous avions su que tu étais enterrée là-bas…

— C'était y aller ensemble et affronter mon père devant le reste de la famille. Il sera seul contre tous et, quand ma mère saura ce qu'il a fait, il subira un enfer. Hortense et moi l'avions surnommée le dragon, et nous avions de bonnes raisons. Pour autant, je ne tiens pas à ce qu'il aille en prison et je ne veux pas mêler mes enfants à un scandale qui les marquerait à vie. De toute façon, aucune loi n'interdit d'enterrer un cercueil vide. De plus, mon père a légalement le droit de me faire interner. Donc, au mieux, la situation est figée de chaque côté. C'est un pat, comme aux échecs, et il faut que la famille garde le secret. De leur côté, Charlie et A. J. se tairont et nous serviront de rempart. May Dodd restera morte pour Lake Forest et pour l'armée américaine. J'aime autant n'y rien changer.

« Évidemment, May étant enterrée, June Hadley doit aussi disparaître. Toi et moi ne sommes pas en mesure de voyager en ce moment avec mes enfants, qui sont trop jeunes. J'exigerai cependant de pouvoir leur rendre visite dès que nous serons installés quelque part, et de prendre part à leur éducation, dans la mesure de mes moyens. Ma sœur y veillera et elle s'occupera d'eux à ma place. Je connais Hortense et je sais que c'est Walter, le coupable. C'est un ivrogne, ils ont de terribles problèmes d'argent, ils vont perdre leur maison, et la banque dans laquelle il travaillait va le poursuivre pour détournement de fonds. Elle avait juré de ne pas dire à papa que j'étais venue la voir, et elle avait fait jurer Walter également. Hortense ne supportera pas qu'il l'ait trahie. Elle s'installera chez papa et maman avec nos quatre enfants, sans lui, et elle demandera le divorce. Elle m'a assuré qu'ils faisaient de merveilleux grands-parents, et mes petits grandiront avec leurs cousins. Depuis toujours, j'ai tenu mon père pour responsable de mon sort… et, de fait, il y a des reproches à lui faire. Cependant il est possible qu'on ait comploté contre lui. J'ai accusé Harry malgré moi, car j'avais du mal à croire qu'il ait été le complice de papa. Mais, au cimetière, j'ai conclu qu'il était aussi une victime, un homme sincère et bienveillant qui portait le deuil de la femme qu'il aimait et qui lui a donné deux enfants. "Tu es devenue si dure", m'a-t-il dit, sans amertume, sans reproche, mais tristement, comme on énonce un fait. Suis-je devenue si dure que cela, Chance ?

— Chérie, tu n'aurais pas survécu à l'asile, ni chez les Indiens, ni dans la grotte avec une balle dans le dos, si tu n'avais pas été solide dès le départ. Les épreuves t'ont endurcie, sûrement. Mais il faut t'en réjouir, car tu es toujours là. Et puis, envers moi, tu n'es jamais dure.

— Et toi, tu es un sacré costaud, Chance. Je ne connais pas d'homme aussi résistant que toi. Pourtant, tu es d'une grande douceur et tu sais garder ton calme en toutes circonstances. Je ne t'ai jamais vu t'effondrer comme cela m'arrive parfois.

— C'est une chose que m'a apprise mon grand-père, quand j'étais petit. « Le pire qui puisse arriver, disait-il, ce n'est pas que tu te fasses tuer, mais que ta famille disparaisse. Ton devoir sera de la protéger à chaque instant et, pour cela, il faut que tu sois d'humeur égale, vigilant, attentif, prêt à affronter le destin. »

— Eh bien, voilà notre ligne de conduite quand nous serons dans la gueule du loup.

Nous sommes remontés en selle et nous avons rebroussé chemin vers le sud.

Heureusement, Chance, prévoyant, avait emporté de la nourriture, gentiment offerte par la cuisinière de Charlie – du pain, du rôti de bœuf froid, une salade de pommes de terre – et nous nous sommes arrêtés en chemin pour manger. Quand, en milieu d'après-midi, nous avons passé le portail de l'hôtel particulier des Dodd, j'ai eu l'étrange sensation d'être à nouveau une petite fille. Les souvenirs d'enfance qui remontaient à la surface n'étaient finalement pas si lointains. John, le majordome et homme à tout faire du logis, est venu à notre rencontre. Il était muet de stupeur en me reconnaissant.

— Ne t'inquiète pas, l'ai-je rassuré. Je ne suis pas un fantôme, je ne reviens pas de chez les morts. C'est bien ta petite May qui est là, en chair et en os.

Il m'a prise dans ses bras et nous nous sommes mis à pleurer.

— Seigneur, m'a-t-il murmuré à l'oreille, cela me réchauffe le cœur de te revoir. Tu n'as pas idée du chagrin que nous avons éprouvé, Blanche et moi.

Blanche est son épouse, mais aussi la couturière, gouvernante et cuisinière en chef – celle à qui j'allais confier mes malheurs quand j'étais petite.

— Ah, John, tu as toujours eu la larme facile…

En desserrant son étreinte, il a ri de ce bon rire communicatif que j'aimais tant.

— Et toi, toujours la petite futée, hein ? J'ai hâte d'annoncer à Blanche que tu es de retour. Je vais lui demander de s'asseoir, d'abord, car elle risque de se trouver mal.

— Je ne suis pas vraiment de retour, John. Je ne fais que passer et, Blanche mise à part, tu ne dois dire à personne que tu m'as vue. C'est promis ?

— Bien sûr. As-tu des ennuis, ma chérie ?

— En aucune façon. Père et mère sont-ils à la maison ?

— Oui, m'dame. Ta sœur est là également.

— John, je te présente mon mari, Chance.

Ils se sont serré la main.

— Vous prenez bien soin de cette petite, n'est-ce pas ?

— Je fais de mon mieux, monsieur.

— Comme je fais partie de la famille, tu n'as pas besoin de m'annoncer. J'entre directement.

— Comme tu veux, ma fille, mais tu vas leur faire une peur bleue !

— J'y compte bien !

— J'emmène vos chevaux à l'écurie, a-t-il proposé. Ils auront à boire et à manger.

— Merci, lui a dit Chance. Surveillez bien l'appaloosa, votre patron a déjà tenté de me le voler.

— Voilà qui ne m'étonne pas ! N'ayez crainte, mon garçon, personne ne vole rien tant que je suis là, pas même le patron.

Cela fait un drôle d'effet de revenir, tant d'années après, dans la maison de son enfance. Il me semblait rêver les yeux ouverts. J'avais le sentiment que rien n'y avait changé et, d'une certaine façon, c'était le cas. J'ai conduit Chance au salon, où je m'attendais à trouver ma mère assise à son petit secrétaire… et c'est là qu'elle était. Hortense était en train de lire un livre dans un fauteuil. Toutes deux ont levé les yeux à notre arrivée.

— Me revoilà, leur ai-je annoncé, jouant le rôle que je m'étais préparé. J'espère que nous ne sommes pas en retard pour le thé.

Hortense a souri, comme si ma soudaine irruption en ces lieux n'avait rien d'anormal. En revanche, ma mère paraissait avoir les plus grandes difficultés à comprendre la situation. Elle m'a observée pendant une éternité, avant de lâcher finalement :

— Est-ce encore une de tes vulgaires plaisanteries, ma chère ?

— Pardon ?

— Tu disparais pendant trois ans, tu fais semblant d'être morte et tu reviens nous faire une surprise ?

— Navrée que tu trouves mes plaisanteries vulgaires. À propos de farces douteuses, je peux te jurer que passer une année à l'asile d'aliénés ne m'a pas amusée du tout. Pas plus qu'y être de nouveau internée, la semaine dernière, par des voyous au service de ton mari. Où va-t-il chercher ces crapules ?

— Tu ferais mieux de raconter à maman toute cette affreuse histoire, m'a conseillé Hortense. Du début jusqu'à la fin, et papa doit t'écouter aussi. Il est dans son bureau, je vais le prier de venir.

— Qui est ce jeune homme silencieux que tu as introduit chez nous ? a demandé ma mère, comme plongée dans une transe, tandis qu'Hortense s'exécutait.

Chance s'était discrètement assis dans un coin de la pièce.

— Chance Hadley, enchanté, a-t-il dit en se levant.

— C'est mon mari, maman.

— Ah, non seulement elle est vivante, mais en plus elle est mariée ! J'aurais tout de même aimé recevoir une invitation.

— Maman, as-tu tous tes esprits ?

— Mais oui, pourquoi ?

— Tu as un comportement étrange.

— Vraiment ?

— Tu ne m'as pas revue depuis trois ans, tu affirmes que je suis morte et tu t'étonnes de ne pas avoir reçu de faire-part ?

Ma sœur est revenue au salon avec mon père. Il a pâli et flageolé sur ses jambes en nous apercevant, Chance et moi. Ce dernier s'était rassis et il s'est de nouveau levé. Hortense a pris papa par le bras et l'a guidé vers un fauteuil. Il tremblait visiblement et paraissait très âgé, très amoindri.

Nous nous sommes tous rassis.

— May va nous raconter son histoire, a déclaré Hortense. Une assez longue histoire, alors évitons de l'interrompre avant la fin.

J'ai donc entamé mon récit, depuis le jour où l'on est venu me chercher dans l'appartement de Harry, en passant par l'asile où mon père m'a fait enfermer, jusqu'à la deuxième fois où j'ai été enlevée, pour finir avec ma fuite – encore – de cet odieux établissement. Je n'ai omis *aucun* détail au milieu. À mesure que je parlais, père a paru sans cesse plus anxieux, ébranlé, affaibli.

— Je l'ignorais, je l'ignorais, murmurait-il de temps à autre.

Ma mère était horrifiée. Quand je suis arrivée au bout, elle pleurait comme une enfant inconsolable. Jamais, jamais, Hortense et moi n'avions vu le vieux dragon dans un tel état. Elle s'est levée et s'est dressée devant mon père.

— TU... TU AS FAIT ÇA, MISÉRABLE BRUTE ! a-t elle hurlé devant lui, projetant sur son visage ses postillons et ses larmes.

Lorsqu'il a voulu protester, elle lui a assené une gifle d'une force prodigieuse, manquant tout juste de le faire tomber de sa chaise.

— SORS DE CHEZ MOI IMMÉDIATEMENT ET NE REVIENS PLUS JAMAIS ! John jettera dans la rue tes vêtements, tes affaires, le contenu de ton bureau et toute trace de ta vie ici. Je demande le divorce et je te garantis que tu en sortiras ruiné, ESPÈCE DE MONSTRE !

Père pleurait également, ce qui était aussi une première.

— Je ne savais pas, je le jure devant Dieu, pardon… gémissait-il.

Hortense et moi ne l'avions jamais vu réduit à l'impuissance, au point que c'en était embarrassant. J'aurais cru qu'il adopterait ce ton impérieux, véhément, qu'il employait chaque fois qu'on l'accusait de quelque chose. Qu'il nierait tout en bloc, en reportant la faute sur une autre personne. Mais non, il pleurnichait comme un gamin pris la main dans le sac.

— Où sont mes enfants ? ai-je demandé, de peur qu'ils aient entendu les hurlements de ma mère et qu'ils fassent irruption dans le salon.

— Ils jouent avec les miens au second étage, a répondu ma sœur. Comme nous, jadis, avec nos cousins, si tu te rappelles.

— Bien sûr que je me rappelle. En un sens, j'ai l'impression de n'être jamais partie.

Me levant, je suis allée m'agenouiller devant le fauteuil de mon père.

— Reprends-toi, s'il te plaît, l'ai-je prié. Ton attitude est franchement inconvenante. Et, pour l'amour du Ciel, mouche ton nez. Ensuite, il semblerait que tu doives emballer tes affaires.

— Je le jure devant Dieu, May. Je n'ai été informé de ce programme pour femmes blanches qu'en recevant la lettre de l'armée. Je ne savais pas que tu y participais, je ne savais pas non plus que l'on te malmenait à l'asile.

Kaiser m'affirmait que son traitement te réussissait. Puis il m'a annoncé que tu étais tombée malade, que les médecins interdisaient les visites, car ils craignaient que ton mal soit contagieux.

— Cela n'excuse pas que tu m'aies fait interner, de toute façon, ni que tu m'aies privée de mes enfants. Tu m'as laissée croupir un an dans leur chambre de torture. Es-tu jamais venu me voir avant que je tombe prétendument malade ? Pas une fois. Je n'avais pas besoin de traitement, j'avais besoin de mes petits. Mère a absolument raison. Quoi qu'on t'ait dit, tu es à l'origine de tout, toi et ton misérable ego… Le répugnant personnage que tu es se révèle aux yeux de tous. Après le spectacle que tu viens de nous offrir, je me rends compte que je ne te pardonnerai jamais, au grand jamais.

« Maintenant, Hortense, je veux voir mes enfants. Et toi, mère, une fois que je serai partie, tu dois comprendre que je ne reviendrai pas. Ta fille, May, est morte et tu peux te recueillir sur sa tombe autant que tu voudras. Autant éviter que le scandale éclabousse la famille. Tu as toutes les raisons de divorcer de cet homme et de l'acculer à la ruine… Toutes les raisons, tant que je reste en dehors de cela. Excuse-le si tu préfères. Cependant vos relations, quelles qu'elles soient, seront forcément de ton côté. À toi de décider. Quand nous serons établis quelque part, Chance et moi, tu voudras bien m'envoyer les enfants, périodiquement, et me consulter à propos de leur éducation. Il faudra donc me donner régulièrement de leurs nouvelles. Le temps qu'il faudra, ils me prendront pour leur gentille tante June, un peu excentrique, mais si affectueuse.

— Tu viens seulement de réapparaître, a objecté ma mère, ne pouvez-vous pas rester un peu ?

— Non, maman, plus longtemps nous resterons, plus je risque de rencontrer quelqu'un qui me reconnaîtra, et ce n'est pas une façon d'étouffer le scandale. Cela suffit de John qui m'a vue, et je vais prier Blanche de se taire avec lui.

J'aurais aimé retrouver mes enfants dans l'intimité, mais il fallait bien qu'Hortense nous présente… Chance a proposé de tenir compagnie à ma mère, tandis que papa quittait le salon à la recherche d'un mouchoir et, peut-être, d'arguments pour lui demander grâce. Nous sommes donc montées au second étage, ma sœur et moi. Je n'avais que ce moment en tête depuis trois ans, et je le redoutais en même temps. Bien sûr, je ne pouvais m'attendre à ce que les petits se souviennent de leur mère. Hortense, ma fille, n'avait que trois ans quand ils l'ont emmenée. Se rappelle-t-elle seulement qu'elle a eu une maman ? Sûrement pas Willie. Âgé d'un an et demi, c'était encore un bébé. Quoi qu'il en soit, je deviens leur tante June… ce qui me brise le cœur. Sans doute, lorsqu'ils seront plus grands, pourrai-je leur apprendre la vérité. Serait-ce déplacé de ma part, moi, une inconnue, de les prendre dans mes bras ? Trouveront-ils cela étrange ? Auront-ils peur et me rejetteront-ils ? Peut-être reconnaîtront-ils mon odeur… Bon sang ne saurait mentir, dit-on. Tant de pensées m'assaillent dans l'escalier qu'en arrivant en haut j'ai perdu mes moyens. Le second étage est en réalité un grenier aménagé, que personne n'appelle plus ainsi, car le mot suggère un endroit sombre et plein de toiles d'araignées. Un endroit au plafond en pente où étaient entreposées les affaires de ma grand-mère, dans d'antiques malles aux fermoirs et cadenas brisés qui sentaient le moisi, comme elle, à la fin de sa longue vie. Quand j'étais petite, maman avait engagé un architecte afin de le transformer en salle de jeux pour Hortense et moi. Cela impliquait de surélever une partie du toit et d'installer un nouvel escalier, dans lequel nous pourrions éviter de nous rompre le cou. Des torrents d'images me submergent tandis que nous en gravissons les marches. Nous avions vu le grenier se transformer peu à peu… L'odeur de ma grand-mère me revient en mémoire et l'enfant que j'étais est aujourd'hui maman.

— Que vais-je leur dire ? demandé-je à ma sœur lorsque nous atteignons la porte.

— Ce qui te vient naturellement à l'esprit, répond Hortense. Laisse les enfants te guider. Tu trouveras la réplique, comme nous disions à l'époque où tu voulais devenir comédienne. Maintenant, vas-y, frappe : Mme Bond va t'ouvrir.

— Mme Bond, notre nourrice ? m'étonné-je. Elle est toujours en vie ? Elle paraissait déjà vieille quand nous étions petites.

— Tu exagères, May. Elle avait cinquante et quelques années. Si elle te semblait âgée, c'est que nous étions très jeunes. Elle avait pris sa retraite, mais maman l'a rappelée quand elle a recueilli tes enfants.

— Tu te rappelles le jour où j'ai demandé à voir ses seins ? Ils étaient tout fripés. Quand je les ai touchés, j'ai eu peur d'en avoir d'aussi vilains qu'elle. Et elle m'a dit : « Tu auras des seins, bien sûr, mais pas aussi jolis… » Je m'étais mise à pleurer, car j'étais sûre qu'avec une poitrine pareille, je ne réussirais jamais au théâtre.

— Il faut y aller, ma chérie. On ne va pas éternellement repousser le moment.

Hortense frappe elle-même à la porte et, de fait, c'est Mme Bond qui nous ouvre. Elle est fidèle à mon souvenir, bien que beaucoup plus frêle, petite et maigre, comme si elle allait continuer de rétrécir jusqu'à la fin de sa vie.

— Eh bien, qui revoilà ! s'exclame-t-elle en souriant. Notre comédienne en herbe !

Quand je la prends dans mes bras, j'ai l'impression d'être la nounou, et elle l'enfant.

— Je n'ai pas vraiment fait carrière, sais-tu ? dois-je admettre en riant.

— Peut-être que si, mais tu ne t'en doutes pas. Tu as été très convaincante, par exemple, dans ton rôle de disparue.

Je ris de nouveau.

— Si tu le dis…

Nous entrons dans la pièce. Les enfants jouent ensemble aux billes sur la moquette et nous prêtent à peine attention. Sont là les trois fils de Walter et d'Hortense : Jason, qui a sept ans, gracieux avec des cheveux châtains ; Fred, huit ans, blond et potelé ; Albert, qui en a onze, plus grand et plus mince, avec des cheveux brun roux ; ainsi que leur fillette, Clara, neuf ans, jolie avec ses cheveux noirs et ses joues roses. Puis je reconnais Willie, mon petit gars, qui a tout juste cinq ans et qui, de par son teint et son visage, tient beaucoup de son père. Il surveille sa sœur Hortense, six ans aujourd'hui, qui se concentre sur ses billes. C'est à elle de tirer et, en s'appliquant, elle pointe le bout de sa langue sur sa lèvre supérieure – une mimique que je n'ai pas oubliée et qui me fait monter les larmes aux yeux.

— Respire profondément, May, chuchote ma sœur.

La petite Hortense tire et affiche un grand sourire lorsque sa bille atteint son but. Elle lève alors la tête et, quand son regard croise le mien, une question se lit dans ses yeux. Se redressant, elle s'approche de nous.

— Bonjour, tante Hortense, lui dit-elle.

— Bonjour, ma chérie. Je voudrais te présenter June, une autre de tes tantes. Elle vit dans l'ouest des États-Unis et elle nous rend visite quelques jours.

Ma fille me fait la révérence et répond :

— Bonjour, tante June. Ravie de vous rencontrer. Mon nom est aussi Hortense, mais tout le monde m'appelle Tensie pour qu'on ne nous confonde pas. Pourquoi pleurez-vous, vous êtes blessée ?

— Non, ma chérie, pas du tout, l'assuré-je en essayant désespérément de me maîtriser. Je suis simplement heureuse de te connaître. Cela t'embêterait que je te prenne dans mes bras ?

— Pas du tout, j'adore les câlins !

En étouffant un sanglot, je m'agenouille sur le tapis pour serrer ma fille contre moi.

— Je suis désolée, Tensie.

Elle m'embrasse gentiment.

— Il ne faut pas, tante June. Pourquoi êtes-vous si triste ?

— Je ne suis pas triste, ma jolie. Je suis, au contraire, très, très contente de te rencontrer. Cela ne t'arrive jamais de pleurer quand tu es très heureuse ?

Je relâche mon étreinte et elle réfléchit un instant.

— Peut-être… parfois. Moi aussi, je suis contente de vous connaître, mais je n'ai pas envie de pleurer pour autant.

Sa réponse me fait rire et je me ressaisis.

— C'est bien, Tensie.

— Je crois que nous serons de très bonnes amies.

— Moi également. Et si tu me présentais ton frère ?

— Avec plaisir. Mais, si vous pleurez, il va avoir peur.

Je ris de bon cœur.

— Je n'ai plus de larmes, maintenant. Je te promets que c'est fini.

17 juillet 1877

J'ai été soulagée de voir que mes parents élevaient mes enfants correctement, avec l'aide d'Hortense, de Mme Bond et, paraît-il, de Harry Ames, leur père. Comme je l'espérais du fond du cœur, Tensie et Willie sont de bons petits, sensibles, aimables, et je crois qu'ils deviendront des adultes responsables, appliqués… avec ou sans moi. Que puis-je leur souhaiter de mieux ?

Il commençait à se faire tard, nous avions atteint le but de notre visite, et nous avons décidé, Chance et moi, de passer la nuit dans une des nombreuses chambres d'amis. J'ai pensé que je dormais pour la dernière fois dans cette maison. À ce stade des choses, le personnel savait qui j'étais et je craignais que notre secret soit difficile à garder. Cependant, tous les employés sont noirs, habitent le même quartier et évitent d'émettre des commentaires au sujet de leurs employeurs. Je suppose qu'ils continueront de faire ce qu'ils ont toujours fait depuis qu'ils ont été emmenés de force dans ce pays, à bord de vaisseaux négriers, pour être vendus au plus offrant. Ils se serrent les coudes, restent discrets, évitent les regards, parlent seulement lorsqu'on leur adresse la parole et ne livrent pas leurs secrets – ce qui est d'ailleurs la nature des secrets.

Comme je m'en doutais, père a réussi à convaincre maman de lui donner une seconde chance. Il a organisé un dîner en hâte pour mon unique soirée en ces lieux, auquel il a invité Harry Ames. D'abord, il m'a demandé de venir dans son bureau pour un entretien seul à seul. Il m'a affirmé que, dès le départ, il savait qu'il agissait mal en me retirant mes enfants et en me faisant interner. Oui, c'était immoral, mais, une fois qu'il s'était engagé dans cette voie, il n'avait eu d'autre choix que de continuer. Quelqu'un de notre milieu aurait-il eu vent de ses actes monstrueux, il n'aurait pu supporter la colère de ma mère ni sa propre humiliation.

— Et pourtant tu as recommencé, lui ai-je fait remarquer. Tu m'as renvoyé dans ce maudit asile. Combien de temps étais-je censée y moisir, cette fois ? Et pourquoi prendre la peine de me dire tout cela, comme si je n'avais pas compris toute seule ?

— Je ne te demande pas de me pardonner.

— Tant mieux car, comme je te l'ai déjà dit, il n'en sera jamais question. Tu as brisé mon existence pour satisfaire ton minable amour-propre. Aujourd'hui, mère s'est provisoirement réconciliée avec toi. Ta fortune et tes affaires sont intactes. De ton côté, rien n'a changé, n'est-ce pas ? Par contre, moi, j'ai tout perdu.

— C'est le sujet que je voulais aborder. Je voudrais vous allouer des fonds pour vous établir ailleurs... Non, pas seulement vous établir... plutôt de quoi vous permettre de vivre confortablement pendant un moment.

Même jusqu'à la fin de vos jours, si mes investissements portent leurs fruits.

— Seul l'argent compte donc pour toi ? Réserve tes fonds pour un legs à l'intention de mes enfants et fournis-moi un document légal à ce sujet. Tu en donneras copie à maman et à Hortense. Je n'ai que faire de tes indemnités – ni moi ni Chance qui, contrairement à toi, est un homme honorable. Pour commencer, tu vas lui payer ses leçons de polo. Espèce de minable voleur : il n'y a même pas de quoi se payer un de tes bons whiskys ! Je te déteste et j'ai honte d'être ta fille. Puisque tu veux te racheter, continue d'élever mes enfants avec maman. Apparemment, ils ne s'en portent pas mal. Maintenant, j'ai une dernière question à te poser et j'attends une réponse sincère. Après quoi, c'en sera fini de nos relations. Me fais-je bien comprendre ?

Incapable de soutenir mon regard, il a tout juste hoché la tête.

— Harry était-il au courant de tes machinations ? Était-il avec tes voyous quand ils sont venus me chercher, moi et les petits ?

— Non. Je lui ai servi les mêmes mensonges qu'à ta mère. Je lui ai raconté qu'à cause d'un contrat que j'avais résilié, on t'avait enlevée et qu'on exigeait une rançon. Ensuite, évidemment, que tu étais tombée malade et que tu étais morte à l'hôpital. Il était profondément affligé, torturé par la culpabilité, il se reprochait son alcoolisme et ses débauches. Harry m'a supplié de le laisser voir les enfants. Je l'ai repris à mon service et lui ai assuré qu'il pourrait leur rendre visite autant qu'il le souhaiterait. N'oublie pas, ma fille, que je n'avais pas de raison de douter de l'armée américaine quand j'ai reçu la lettre qui annonçait ton décès. L'armée, en général, ne commet pas ce genre d'erreur… sauf cette fois-là, apparemment. Moi aussi, j'étais effondré et, crois-moi, je m'en suis voulu. Je m'en veux encore affreusement de tous les torts que je t'ai causés.

Harry est venu dîner et nous avons pu nous parler seul à seul, tandis que Chance gagnait discrètement notre chambre. Je l'ai prié d'excuser ma conduite grossière au cimetière et les soupçons que j'avais entretenus à son égard. Je l'ai remercié aussi de s'être occupé des enfants. De son côté, il m'a demandé de lui pardonner son penchant pour la boisson et ses absences répétées à la fin de notre relation. Il regrettait vivement de ne pas avoir été là quand les hommes de mon père sont venus avec une infirmière bouleverser nos vies. Harry, qui est aujourd'hui abstinent, a voulu savoir si j'envisagerais de revenir avec lui et de former à nouveau une famille. Il m'aime toujours, m'a-t-il dit. Je lui ai répondu que j'étais capable de le revoir, mais que cette époque-là était terminée. J'étais à présent l'épouse de Chance, que j'aimais et avec qui je projetais de vivre toute mon existence. Chance lui semblait être quelqu'un de bien et Harry m'a demandé en riant si je n'aurais pas un penchant pour les hommes de la classe ouvrière, moyennement instruits, ce qui nous a fait rire tous deux. Il m'a promis de garder le contact, d'envoyer régulièrement des nouvelles des enfants et de me rendre visite avec eux quand nous serions installés quelque part. Mon père et ma mère ne s'y opposeraient pas, car il leur serait bientôt difficile d'entreprendre de longs voyages. J'ai embrassé Harry avant qu'il prenne congé et j'ai éprouvé un brin de nostalgie lorsqu'il m'a serrée une dernière fois dans ses bras. Je n'avais pas totalement oublié ce corps solide et vigoureux. Mais rien de plus – tout désir pour lui avait disparu.

Dans notre chambre, Chance était couché mais ne dormait pas. Je me suis déshabillée et glissée auprès de lui.

— Merci, mon amour, lui ai-je chuchoté.

— Mais de quoi ?

— D'être qui tu es, de m'aimer, de croire en mon amour.

— Pas besoin de me remercier. Qui d'autre voudrais-tu que je sois ?

— Voilà exactement ce qui me plaît chez toi.

— Quelle journée, n'est-ce pas ?

— J'ai crevé l'abcès, en quelque sorte.

— Plus qu'un abcès, c'est la peste qui règne dans cette maison. Rappelle-moi de ne jamais fâcher ta mère. Je sais de qui tu tiens ton aplomb.

— D'accord, mais je ne suis pas un dragon. À propos, elle s'est déjà réconciliée avec lui.

— Pour la seule raison qu'elle va lui rendre la vie impossible.

— C'est sans doute vrai, et il le mérite. Elle n'en a pas fini avec lui, non. Ce soir, elle s'amusait à jouer l'aimable maîtresse de maison.

Blottie contre Chance, j'ai doucement caressé les muscles noueux de ses bras, de son torse, de ses jambes fermes de cavalier.

— Ne parlons plus de mes parents.

— Il y a longtemps que nous n'avons pas dormi dans le même lit.

— Oui.

— Le type que j'ai tué, là-bas, il t'a fait du mal ?

— Moralement, oui… mais rien de ce que tu penses. Ne parlons plus de cet endroit non plus.

Chance m'a rendu mes caresses et j'ai retrouvé avec plaisir le contact de ses mains légèrement calleuses sur mon cou, mes épaules, mes seins. Lentement, il effleurait mes tétons, mes bras, mes fesses, mes cuisses écartées.

— Quel bonheur, cow-boy, quel bonheur…

Il s'est endormi avant moi et j'ai enfin pu considérer la situation avec un esprit détendu. Je venais de passer en revue – et presque de revivre – une longue suite d'événements, dans ce cercle de vie[1] qui, selon le savoir traditionnel des natifs, permet à chacun de se situer dans le monde. Les difficultés, les conflits, les horreurs auxquels j'avais été confrontée au cours des trois dernières années avaient été largement compensés par l'amour, l'amitié, la joie, les plaisirs et, je dois l'admettre, la vengeance. Mon père avait pris une décision qui devait profondément affecter mon existence et celle des autres autour de moi, mais sans laquelle je n'aurais pas connu Martha et bien d'autres amies. Nous n'aurions pas traversé toutes ces aventures ensemble, avec leur lot de tragédies et de bonheurs. Je n'aurais pas rencontré John Bourke, ni donné naissance à Wren, ma fille bien-aimée que j'espère retrouver un jour. Je ne saurais rien des Cheyennes, n'aurais pas loué des liens avec Little Wolf, Feather on Head, Quiet One, Horse Boy, pour n'en nommer que quelques-uns. J'ignorerais tout de l'odeur particulière des tipis, ce mélange de senteurs humaines

1. Également appelé la Roue de la médecine.

et de peaux d'animaux, alliées à la fumée du feu et à la nourriture. J'ai parfois curieusement l'impression de la sentir en me réveillant. Martha et moi n'aurions pas tué ce monstre de Jules Seminole, sauvant ainsi la vie de nombreuses femmes qui seraient tombées sous ses griffes. Je n'aurais pas rencontré non plus l'homme solide et intelligent qui dort près de moi. Évidemment, nous n'avons que peu d'influence sur notre destin, nous n'avons pas le pouvoir de supprimer la mort et le malheur, de mener éternellement une existence paisible. Mais Chance et moi sommes encore jeunes, nous aurons d'autres défis à relever. D'autres joies et d'autres plaisirs nous attendent et, avec un peu de chance, nous les découvrirons ensemble.

18 juillet 1877

Chance et moi avons petit-déjeuné ce matin avec Willie, Tensie, Hortense et ses enfants. Mes parents étaient également à table avec Mme Bond. Le personnel ne prend jamais ses repas avec la famille, mais j'ai insisté pour qu'elle nous rejoigne. Qu'importent les convenances et, que cela lui plaise ou pas, ce n'est pas mon père qui va me tenir tête. Quand nous avons terminé, il a confié une enveloppe à Chance, contenant le règlement tardif de ses leçons de polo, mais aussi ce qu'il a appelé un pourboire, le mot cadeau ne faisant pas partie de son vocabulaire.

J'ai à peine parlé ici de mon petit Willie, qui est un enfant très calme, beaucoup moins expansif et sociable que sa sœur. C'est un garçon éveillé et sensé, qui, s'il écoute attentivement ce que disent les autres, engage rarement lui-même une conversation. Quand Tensie nous a présentés la veille, je me suis efforcée de ne pas pleurer. Bien que l'apparition d'une « nouvelle » tante éveillât sa curiosité, j'ai tout de même perçu une certaine réticence quand je l'ai pris dans mes bras. J'ai eu le sentiment qu'il me jaugeait et qu'il ne serait pas long à me juger vraiment. Mais lorsque j'ai évoqué son père, il a affiché un large sourire qui m'a enchantée. À l'évidence, il est en adoration devant Harry. Comme j'ai hâte de pouvoir révéler ma vraie identité, d'avoir mes enfants avec moi… Malheureusement, cela n'est pas pour tout de suite. Cela semble être mon destin d'être toujours séparée d'eux, par la force ou les circonstances. Je leur donne la vie, mais je suis obligée ensuite de les confier à d'autres, ce qui me donne l'impression de les abandonner, manquant ainsi à mon devoir le plus élémentaire.

En prévision de notre départ, John avait pris soin de brosser et de seller nos chevaux, et Brutus était bâté. J'avais rendu visite à Blanche, la veille, et m'étais copieusement épanchée auprès d'elle, comme lorsque j'étais petite. Ils sont tous les deux si attachants. Elle est sortie dans la cour pour nous dire au revoir, à Chance et moi, tandis que John ouvrait le portail. Le reste de la maisonnée, y compris Mme Bond et les enfants, nous a salués sur les marches du perron. On aurait dit une grande famille heureuse. Comme ils savent tous que je ne les reverrai sans doute plus – mes enfants exceptés, j'espère –, j'ai eu comme la sensation d'une deuxième mort. Je me suis retournée sur ma selle pour les regarder une dernière fois, tandis que des larmes silencieuses coulaient sur mes joues. Chance ne m'a pas imitée. Sans s'arrêter, il a simplement retiré son chapeau pour l'agiter au-dessus de sa tête.

C'était une belle journée de fin d'été, l'air était doux, la rosée du matin luisait encore sur le feuillage des grands arbres. Nous avons cheminé un moment sans échanger une parole.

— Eh bien, mission accomplie, a-t-il finalement dit. Comment te sens-tu, ma chérie ?

— À la fois triste et heureuse, et reconnaissante envers toi. Tu as accompli tant de choses avec moi, sans jamais un mot pour te plaindre. Pourtant les occasions n'ont pas manqué. Une question, tout de même… as-tu parfois regretté le baiser que je t'ai donné, la nuit où je t'ai volé Lucky ? C'est avec lui que tout a commencé.

— Pas une seconde, June. On en a vu de belles, c'est certain, mais je n'ai rien à regretter. Au contraire, je me félicite que nous soyons ensemble, et je ne demande qu'à être utile.

— Utile ? Mais je n'aurais rien réussi sans toi, mon amour.

— Ce n'est pas terminé. J'ai comme l'impression que le diable nous prépare encore quelques bons tours.

— Où allons-nous ?

Songeur, il a plissé les yeux et réfléchi un instant.

— À dire vrai, je n'ai pas d'idée précise… Vers l'inconnu, sûrement.

— Ouvre la voie, cow-boy.

QUATRIÈME PARTIE

NOUVEAUX ET ANCIENS TERRITOIRES

1er septembre 1877

Je n'ai pas touché à mes crayons depuis quelque temps, sans doute à cause de la tristesse qui m'habite depuis que nous avons quitté mes enfants, dans cette maison où je me suis brièvement sentie chez moi. Et je ne parle pas des six jours que j'ai encore passés à l'asile.

Il est naturel que, dans un journal, nous écrivions pour nous-mêmes et que nous y parlions surtout de nous. Inévitablement, nous rapportons notre interprétation partiale des événements, notre avis sur ceux qui nous entourent, et nos propres émotions. J'ai dédié un grand nombre de mes carnets à mes enfants, pour qu'ils apprennent un jour qui était réellement leur mère, quels chemins elle a dû prendre, quel genre de personne elle était. J'ai cependant noté des choses trop personnelles, brutales ou féroces, pour qu'ils puissent les lire. Je n'ai rien caché d'un tempérament parfois violent, d'actes qui le furent aussi, ni de mes appétits charnels. Pour cette raison, le fait que la plus grande partie de mes journaux se soit perdue a quelque chose de rassurant.

Tensie et Willie ont-ils besoin de savoir que j'ai tué des gens ? D'être confrontés à mes passions amoureuses ? Quand j'étais petite, à l'école, j'aimais bien qu'à la fin d'une leçon on me demande d'effacer le tableau noir. Aujourd'hui adulte, j'y vois une juste métaphore de l'existence.

Chance et moi nous sommes constamment déplacés depuis notre départ de Lake Forest. Nous avons suivi la rive du lac Michigan vers le nord, le plus souvent possible sur la plage elle-même, où nous avons souvent dormi. Puis nous avons mis le cap à l'ouest, à travers la forêt ou de vastes étendues de terre défrichée, où nous demandons parfois aux fermiers la permission de bivouaquer sur leur domaine. Nous leur achetons les fruits et les légumes de leur potager, de l'avoine et du foin pour les chevaux.

Ce soir, nous nous sommes arrêtés à l'extérieur de Prairie du Chien, une ville située dans une large plaine au bord du Mississippi, sur un promontoire élevé au nord-est depuis lequel nous avons une vue d'ensemble. Dans les bois et les clairières, Chance chasse le cerf, la grouse, la dinde, quelques écureuils, et des lapins sur les terres agricoles. Quand nous manquons de denrées de base – du café, de la farine, du sucre –, nous faisons halte dans des villages. Certains sont peuplés d'immigrés allemands, d'autres de Canadiens dont les familles comptaient autrefois de nombreux trappeurs, à l'âge d'or du commerce des peaux, avant que les castors et autres animaux à fourrure aient complètement disparu. Ils auront eux-mêmes détruit leur moyen de subsistance.

10 septembre 1877

En reprenant la route vers le nord, nous commençons à croiser de petites bandes de ce qui reste de la population indienne du Wisconsin – Ojibwés, Potéouatamis, Ho-Chunks, Onneiouts, Menominees. Par différents traités, leurs terres ancestrales ont été acquises par l'État américain ou achetées par les magnats du bois. Pour survivre, certaines tribus ont dû céder aux compagnies forestières de vastes parties des réserves qui leur avaient été allouées. Il n'y avait plus assez de gibier, victime d'une chasse excessive et d'un habitat dégradé, pour qu'elles puissent se nourrir et pratiquer le commerce des peaux. Un désastre qui date d'un bon quart de siècle. Aujourd'hui, ce sont les grands troupeaux de bisons des plaines qui sont en train de disparaître.

De très nombreux indigènes sont obligés de participer à l'abattage forestier, pour un salaire minime que leur versent les compagnies mêmes qui les ont délogés. Il s'agit pourtant d'arbres anciens qu'ils considèrent comme sacrés et qu'ils vénèrent. Le déboisement dénude la terre, qui prend un aspect désolé. Puis le fruit de leur travail part à Chicago, dans ces immenses entrepôts et scieries que nous avons vus, et dont les profits permettent aux magnats de se faire construire de somptueuses maisons en ville et à Lake Forest.

8 octobre 1877

Nous étions repartis cette fois en direction de l'est, toujours dans le Wisconsin, où nous avons rencontré d'autres bandes d'Indiens, parfois réduites à de simples familles. Leurs guerres sont terminées depuis longtemps et c'est un peuple qui, bien que dépossédé, se montre amical et généreux. Nous montons parfois notre camp près du leur ou de leurs misérables villages. Chance rapporte du gibier de la chasse, que nous mangeons ensemble. Leurs différentes tribus parlent un dialecte appartenant à la famille de l'algonquien, et elles se comprennent toutes. Curieusement, les Cheyennes et les Arapahos des Grandes Plaines pratiquent des dérivés de l'algonquien, mais qui, se transformant au cours des siècles, n'ont plus grand-chose à voir avec la langue mère.

Bien que je ne puisse tenir une conversation entière avec nos nouveaux amis, certains mots sont faciles à reconnaître et je me repère grâce à leur accent et au rythme des phrases. Ils s'amusent – et se réjouissent, je pense – qu'une Blanche connaisse une langue plus proche de la leur que l'anglais, et ils saisissent souvent ce que je leur dis en cheyenne. Les anciens exceptés, ils font partie de ce que les Blancs appellent les « semi-civilisés », à savoir que les jeunes parlent anglais, couramment pour certains, qu'ils s'habillent comme les Américains, et, comme je l'ai expliqué, sont forcés d'accepter les emplois ingrats que leur offrent les grands patrons.

Il est impossible de voyager dans ce pays sans trouver un camp de bûcherons sur son chemin, près de vastes étendues de forêt défrichée. Nous suivons souvent les pistes que les chariots ont imprimées sur le sol, car il faudrait autrement s'aventurer entre des monceaux d'écorces et de résidus, et les chevaux risqueraient de se casser une jambe. Tout autour, la terre est laide, plate, sinistre.

Récemment, alors que le soir tombait, nous avons dû bivouaquer près d'un de ces camps que nous évitons généralement. Bruyants et tapageurs, la plupart des bûcherons sont de jeunes hommes grossiers, originaires de Chicago. Privés de compagnie féminine depuis le début de l'été, ils m'ont lorgnée d'un œil lubrique quand je suis passée à proximité d'eux. Chance garde le fourreau de son fusil bien en évidence devant sa selle, toujours prêt à en retirer son arme.

— À votre place, je ferais très attention, messieurs, les a-t-il prévenus. Je ne supporte pas que l'on manque de respect à ma femme.

À quelque distance campaient plusieurs familles d'Ojibwés. Les hommes et les garçons suffisamment développés travaillent avec les bûcherons, et la bande voyage ensemble d'un lieu d'abattage à un autre, faute d'un endroit sûr où laisser femmes et enfants pendant une longue période. Leur camp est établi au milieu d'une petite clairière que nous avons découverte au crépuscule. Nous avions déjà rencontré certains d'entre eux, même partagé un repas et, dans la langue des signes – à peu de chose près, c'est la même qu'utilisent les Indiens des plaines –, nous avons demandé aux aînés si nous pouvions dormir près d'eux cette nuit, car nous serions plus à notre aise que dans le voisinage des bûcherons. Ils ont accepté volontiers et, pour les remercier, Chance leur a offert un cerf qu'il avait rapporté de la chasse, dépouillé et préparé, mais aussi plusieurs dindes qu'il transportait dans les paniers de Brutus. L'automne est frais et le gibier se conserve aujourd'hui plus longtemps.

Du fait que, depuis plusieurs siècles, les Ojibwés entretiennent des relations avec les Français, ils leur ont parfois emprunté leurs noms de famille. Les Gauthier, qui nous ont invités à dîner, ont deux beaux garçons qui travaillent avec leur père : Omagakiins et Petit Caribou, ainsi qu'une fille adorable qui s'appelle Folle Avoine. Ils ont belle allure et, nous l'avions déjà remarqué, ne se plaignent jamais de leur déplorable situation. Les Blancs se sont approprié leurs terres ou les ont détruites dans de telles proportions que le mode de vie natif n'est plus envisageable.

Parmi tant d'autres, un absurde programme gouvernemental, destiné à assimiler les Indiens, a divisé le nord du Wisconsin en parcelles agricoles qui leur ont été attribuées, afin qu'ils se transforment en paysans. Il aurait cependant fallu que la terre, à cet endroit, soit suffisamment fertile pour cela, or ce n'est pas le cas : rien n'y pousse.

— C'est tous les jours un déchirement de déraciner des arbres pères et des arbres mères, nous confie le chef de famille, Nimkii, après le dîner. Nous commettons chaque fois un crime, un meurtre… et le temps viendra où nous serons durement châtiés.

Chance et moi nous retirons dans notre coin de la clairière. La nuit est fraîche, noire, et nous nous réchauffons tranquillement dans les bras l'un de l'autre.

— Mon Dieu, murmure-t-il, ce qu'on a fait à ces gens… Il n'y aura pas de solution, n'est-ce pas ? Je me suis demandé, ces derniers temps…

Il ne termine pas sa phrase.

— Oui, tu es songeur en ce moment. À quoi penses-tu, mon amour ?

— Je crois que nous ferions mieux de repartir dans le Sud. Il ne faudrait pas que nous soyons bloqués ici en plein hiver. Cette région… je n'ai vraiment pas l'habitude, June. J'ai besoin de voir l'horizon, la plaine au loin. Autour du lac, ça allait, j'avais au moins quelque chose à regarder. Mais j'ai l'impression d'être enfermé dans ce pays. C'est trop plat, cela me pèse. Est-ce que… tu aimerais faire un tour par chez moi ?

— Chez toi au Texas ?

— Oui.

— Bien sûr que j'aimerais. Je n'arrive jamais à te faire parler de ta famille, sinon un mot ou deux à propos de ton grand-père et de ton arrière-grand-père. Pour ce qui est de ta mère et de ton père, à chaque fois tu changes de sujet. Maintenant que tu connais mes parents, et leur folie, tu ne peux guère avoir honte des tiens…

— Ils sont fous, eux aussi, à leur façon. Ou ils l'étaient… Je n'en ai pas honte, j'ai seulement choisi de ne pas vivre avec eux et je n'avais pas l'intention de revenir. Mais notre séjour à Lake Forest m'a fait réfléchir. Je suis tout de même curieux de savoir où ils en sont chez moi, ce qu'est devenu notre modeste ranch…

— Je suis aussi curieuse d'en savoir un peu plus. Il y a longtemps que j'aimerais que tu m'en parles.

— Ce sera pour demain. Nous aurons tout le temps en chemin, ma chérie. Pour l'instant, on devrait s'occuper de nous… Ce qu'on ne peut pas faire à cheval pendant la journée, si tu vois ce que je veux dire…

— Tu changes encore de sujet, cow-boy. Mais je crois comprendre. Voyons, nous partageons la même couche, nous sommes à peu près nus et je sens comme un frémissement entre nous, c'est à cela que tu penses ?

— Tu y es, et ça s'appelle l'amour.

Tard dans la nuit, presque au petit matin, nous avons entendu des cris. Les sens en alerte, aiguisés par une longue habitude, nous nous sommes réveillés tels des animaux sauvages, prêts à nous battre ou à fuir. Nos vêtements étaient pliés à nos côtés, nous étions habillés en un rien de temps. Nous sommes sortis de la tente, revolvers et couteaux accrochés à nos ceinturons.

— C'était Folle Avoine, me semble-t-il, a dit Chance.

— Oui, j'ai reconnu sa voix.

Tout le monde était agité dans le camp des Ojibwés et nous nous sommes rendus directement à la loge des Gauthier, où l'on nous a appris que Nimkii et ses deux fils étaient partis chasser au point du jour, bien avant de rejoindre leur équipe. Au même moment, Feuille, la mère, ainsi que plusieurs autres femmes étaient allées remplir leurs outres pour la journée, à la petite source qui alimente le lac et se trouve à moins d'un mile. Folle Avoine était donc seule à la loge pour préparer le repas du matin. Chance et quelques voisins ojibwés ont étudié les empreintes sur le sol et en ont déduit que trois hommes avaient enlevé la jeune fille et s'étaient dirigés vers la forêt.

— Ils ne peuvent pas être loin, a conclu Chance.

Nous avons suivi leurs traces avec un ancien, Goose, rompu à ce genre d'exercice, et un jeune Ojibwé, dont le nom était Petit Jour Beaulieu. Au bout d'une cinquantaine de mètres, de nombreuses autres empreintes venaient s'ajouter aux premières et, de plus, la piste se dédoublait. Avec tout le bois mort qui encombrait le sol et cette multitude de traces, il était impossible de deviner dans quelle direction Folle Avoine avait été emmenée. Comme Chance et moi étions armés, Goose est parti avec lui, et moi avec Petit Jour, qui était muni d'un couteau.

— Je n'ai pas besoin de vous le dire, mes amis, a conseillé Chance, ni à toi, June, mais marchez aussi silencieusement que possible. Si vous apercevez des hommes et que Folle Avoine n'est pas avec eux, faites demi-tour et essayez de nous rejoindre. J'en ferai autant si je ne la trouve pas. La petite va passer un sale moment si nous n'arrivons pas à temps. Vous me comprenez ?

— Parfaitement, l'ai-je assuré. Sois prudent, cow-boy.

— Je suis toujours prudent, surtout avec tous ces arbres qui nous bouchent la vue.

Nous nous sommes donc séparés en deux groupes, chacun suivant une piste. J'étais contente d'avoir Petit Jour avec moi, tenu pour être l'émule de Goose, le fin limier. Nous marchions depuis environ une demi-heure quand Petit Jour, en langage des signes, m'a priée de ralentir, me faisant comprendre que les Blancs n'étaient plus très loin. Quelques minutes plus tard, toujours par signes, il m'a demandé de ne plus bouger. J'ai beaucoup appris de Wind, mon amie cheyenne, mais je n'aurai jamais l'aptitude des natifs – ni de Chance, qui tient ses dons de son grand-père – à me déplacer sans bruit. J'admets que c'était particulièrement difficile, en raison des nombreux débris qui encombraient le sol. J'ai donc obéi. Un quart d'heure a passé et, Petit Jour ne se manifestant plus, j'ai commencé à prendre peur. Bêtement car, soudain, il s'est dressé devant moi – je ne l'avais même pas entendu revenir… Il a simplement secoué la tête, signifiant que nous avions fait fausse route, puis il a tendu l'index, m'invitant à rebrousser chemin. J'étais à la fois soulagée, déçue et inquiète pour Chance. J'aurais préféré libérer la jeune femme avec Petit Jour, car je sais d'expérience à quoi mènent ces enlèvements, et il est essentiel, en pareil cas, d'intervenir aussi rapidement que possible. N'est-il pas suffisant que nous expropriions les indigènes, faut-il en plus que nous ravissions et violions leurs femmes ?

Revenant en vitesse sur nos pas, nous avons retrouvé et suivi la piste que Chance et Goose avaient prise. Il faisait maintenant jour et il devenait plus simple de se repérer. Au bout d'une dizaine de minutes, des bruits ont retenti, de grosses voix d'hommes qui semblaient fêter quelque chose. Petit Jour ne m'a pas arrêtée, cette fois.

D'un air affolé, il m'a enjointe d'avancer derrière lui. Nous avons quitté la piste et décrit un grand cercle dans la forêt, tout en nous rapprochant des voix. Sans pouvoir les identifier, nous avons alors aperçu des hommes dans une clairière dont nous distinguions à peine les contours. Lentement, nous nous sommes approchés encore. Mon cœur battait à tout rompre et, soudain, mon sang s'est figé… J'ai reconnu Chance, attaché à un arbre, la tête baissée et le visage en sang. Apparemment mort, Goose était allongé par terre à un mètre de lui. Deux Blancs se dressaient devant Folle Avoine, qui était assise sur le sol, les mains liées derrière le dos et les chevilles attachées. Un troisième Blanc, accroupi, portait à la taille le ceinturon de Chance avec son arme, près de deux Indiens qui, compte tenu de leurs vêtements, appartenaient à une autre tribu que Goose. Il leur tendait une bouteille de whisky à moitié vide, et le petit groupe paraissait déjà très enivré.

J'ai tenté de me calmer et de réfléchir. Petit Jour, qui est bien plus jeune que moi, m'a regardée d'un air implorant, comme s'il perdait courage et me demandait de prendre la situation en main. Les deux premiers Blancs se sont agenouillés, l'un pour détacher les mains de la jeune fille, l'autre pour la maintenir pendant ce temps. Elle s'est débattue farouchement avec ses mains libres en poussant des cris. Pendant qu'ils essayaient de la maîtriser, en lâchant force jurons, Petit Jour et moi avons rampé sans bruit vers l'orée de la clairière. Quand je lui ai indiqué son couteau de chasse à la ceinture, il a hoché la tête et l'a sorti de son fourreau, ce qui a paru le rassurer. De l'index, je lui ai montré les deux Indiens avant de glisser celui-ci sous mon menton. Petit

Jour a compris qu'il fallait leur trancher la gorge. J'ai retiré mon Colt de sa gaine, j'ai levé cinq doigts avec l'autre main, puis le pouce, pour lui dire que je disposais de six balles. Il était nécessaire que je vise bien, sans rater mes quatre premières cibles, et qu'il vienne à bout d'un des deux Indiens au moins. Je n'aurais pas le temps de recharger…

Deux Blancs nouaient des lanières de cuir aux bras de Folle Avoine pour les relier à des pieux, plantés dans le sol de chaque côté d'elle. Ils lui ont ensuite délié les chevilles, mais elle donnait des coups de pied si violents que le troisième Blanc, se redressant en riant, leur a dit :

— Je vais vous donner un coup de main, les gars.

Il a tenté de se lever en chancelant.

Il y avait deux autres pieux pour les jambes, l'ensemble étant destiné à immobiliser complètement la pauvre fille, une position que je connais malheureusement bien.

C'était le moment d'intervenir. Les deux Indiens accroupis se repassaient la bouteille de whisky et riaient aux éclats en regardant leurs complices tenter de maîtriser Folle Avoine, qui ne se laissait pas faire. J'ai donné le signal à Petit Jour et nous nous sommes précipités. L'homme qui avait pris le ceinturon de Chance, encore à genoux, s'est tourné vers moi, éberlué. Je lui ai logé une balle dans la tête. D'un air contrit, les deux autres ont rampé à reculons, comme s'ils se lavaient les mains de l'affaire… Je les ai atteints successivement en plein cœur. Les deux Indiens étaient trop ivres pour se lever. L'un après l'autre, Petit Jour leur a tiré la tête en arrière et tranché la gorge. J'ai récupéré le ceinturon de Chance et je suis allée le détacher. Sans me laisser le temps de parler, il m'a avertie :

— Recharge vite ton colt, June. Il y en a encore quatre qui se dirigent par ici, par différentes pistes. Ils se sont donné rendez-vous. Mais peut-être les coups de feu les ont-ils éloignés.

— Contente de te revoir, cow-boy, lui ai-je dit en coupant la corde qui le retenait à l'arbre.

Il a bouclé son ceinturon et vérifié combien de balles contenait le barillet de son revolver.

— Goose est mort, n'est-ce pas ? lui ai-je demandé.

— Oui... je suis navré... c'est ma faute.

Je relate si froidement la façon dont j'ai tué ces hommes... En me relisant, j'ai peine à croire que j'ai réellement agi de la sorte, sans aucun scrupule. Harry avait raison, je me suis endurcie, et voici comment les choses se sont passées. Je suis entrée volontairement dans une sorte de transe, ne gardant en tête que plusieurs objectifs, à l'exclusion de toute autre pensée. D'abord, abattre l'homme qui s'était emparé du colt de Chance. Ensuite, tirer sur ses deux complices, tant qu'ils étaient à terre – j'allais viser le sol, il fallait prendre garde à ne pas toucher Folle Avoine – et surveiller les deux Indiens au cas où Petit Jour ne parviendrait pas à les supprimer. Enfin, reprendre l'arme de Chance et le libérer, pendant que Petit Jour détachait la jeune fille.

Pourtant, quand Chance a confirmé que Goose était bien mort, je me suis effondrée. Tombant à genoux, je me suis mise à pleurer sans pouvoir m'arrêter. Les larmes se succédaient aux larmes, par vagues, tandis que la tension se relâchait... J'avais tout de même eu très peur de prendre les devants, et j'étais soulagée d'avoir triomphé, d'être sortie vivante de cet épisode. Folle Avoine, maintenant saine et sauve, pleurait elle aussi de soulagement. Je pleurais également la perte de Goose, cet homme bienveillant qui s'était proposé pour relever les pistes et qui était hostile à toute forme de violence – la raison pour laquelle, comme je l'apprendrais plus tard, Chance avait choisi de faire équipe avec lui, me confiant aux bons soins de Petit Jour. Il savait que le jeune homme me serait plus utile si cela tournait mal.

— Pourquoi serait-ce ta faute ? lui ai-je demandé quand j'ai réussi à articuler quelques mots.

— J'ai commis une erreur, a-t-il répondu. Nous avions compris qu'ils n'étaient plus très loin, et le vieil homme a décidé de me précéder. Il avait remarqué de nouvelles empreintes, laissées selon lui par des Sioux dakotas. Ce sont de vieux ennemis des Ojibwés et il a reconnu la forme de leurs mocassins. Je l'ai donc suivi. Les Dakotas devaient savoir qu'on les talonnait et, brusquement, leurs traces ont disparu. Goose s'est arrêté… il avait deviné. Il a levé les yeux au moment où deux Dakotas, cachés dans un arbre, lui sont tombés dessus. J'ai pourtant sorti mon arme en le voyant… puis je me suis réveillé, attaché à un arbre, et Goose gisait par terre à côté de moi. Les Dakotas l'avaient lardé de coups de couteau. Un des Blancs était sans doute en embuscade et, avant que je puisse tirer, il m'a assommé avec un gourdin. J'ai commis une erreur… a répété Chance. Je faisais trop attention à Goose, sinon j'aurais remarqué le bûcheron planqué au bord de la piste. Une erreur… J'ai manqué de vigilance et Goose est mort à cause de moi.

— Il ne faut pas t'accabler de reproches, Chance.

— Mais qui d'autre est en faute ? Comme toujours, il suffit d'une seconde d'inattention. C'est ce que disait mon grand-père.

— Peu importe. On ne maîtrise pas toujours tout. Si tu n'avais pas surveillé Goose, tu n'aurais pas vu tomber les deux Sioux et tu te serais défendu contre ton agresseur. Dans les deux cas, ils l'auraient tué. Ce n'est pas une erreur, Chance. Tu veillais sur ton compagnon, comme à ton habitude, et tu as failli y perdre la vie.

En traversant la clairière, nous avons compris qu'elle était spécialement aménagée pour leur sale besogne. Les quatre pieux, la corde, les lanières de cuir... Combien d'autres jeunes femmes ces hommes avaient-ils emmenées là, ravies dans les différents camps indiens, violées à tour de rôle et sans doute relâchées aussitôt après ? Couvertes de honte, elles n'en auront sans doute rien dit à leurs familles et, si celles-ci s'en étaient aperçues, elles auront préféré garder la chose secrète. Cela n'aurait servi à rien de se plaindre auprès du contremaître blanc de l'équipe, car il aurait tout nié en bloc et fait comme si de rien n'était. De plus, les familles auraient été accusées de semer la zizanie et elles risquaient de perdre leurs emplois. Les pauvres jeunes femmes n'avaient plus qu'à tenter d'oublier.

Nous avons dû rapporter le corps de Goose chez les siens. Après avoir démonté le sinistre matériel de la clairière, nous nous en sommes servis pour assembler une sorte de travois qu'un homme pouvait traîner derrière lui. Évidemment, pour faire pénitence, Chance s'est acquitté lui-même de la tâche. Quand nous sommes arrivés au camp ojibwé, Nimkii et ses fils étaient partis au travail. La mère de Folle Avoine a pleuré de soulagement en voyant revenir sa fille. Nous n'avons rien dit de ce qui s'était passé, seulement que nous l'avions retrouvée dans les bois et que nous l'avions raccompagnée.

Chance savait que, au moment où les corps des trois bûcherons seraient découverts, nous serions considérés comme suspects, lui et moi, puisque nous étions blancs, étrangers, et que nous campions chez les Ojibwés. Il a pensé que nous ferions mieux de plier bagage au plus vite. De toute façon, il était comme moi prêt à quitter cet endroit et nous n'étions pas loin de la frontière du Minnesota. Nous avons rassemblé nos quelques affaires, sellé les chevaux, fait nos adieux et pris la direction du sud-ouest.

11 octobre 1877

Après avoir cheminé pendant deux jours et demi, nos chevaux commençaient à souffrir de la faim, faute de pâturages à proximité des forêts que nous avons traversées. Nous nous sommes arrêtés dans un village au bord de la rivière Sainte-Croix, un affluent du Mississippi qui marque la frontière entre le Wisconsin et le Minnesota. La magnifique vallée qui le borde offre enfin un véritable paysage. Les arbres à feuilles caduques portent les couleurs de l'automne, orange, rouge et jaune, bien que leurs branches se dénudent à l'approche de l'hiver.

Nous aurions pu poursuivre vers le sud, mais nous avons trouvé dans le village une écurie pour loger nos chevaux. Nous y ferons provision d'avoine et de foin quand nous repartirons. Les bêtes ont maigri, comme nous. Nous avons pris une chambre dans une auberge, dont les propriétaires, Stefan et Hannah Maier, sont allemands. Nous avions tous deux besoin d'un bon bain, d'un repas correct, de laver nos vêtements et de dormir dans un lit. Nous avons à peine touché à nos économies depuis le début du voyage, et nous méritons un petit peu de confort.

Le premier soir, nous avons bu une très bonne bière en grignotant des bretzels, avant de déguster une choucroute – du chou blanc fermenté, servi avec du rôti de porc et du lard fumés, différentes sortes de saucisses et des pommes de terre – en buvant une bouteille de riesling. Je connaissais déjà ce plat, car il existe un quartier allemand dans le nord de Chicago où Harry m'emmenait parfois dîner. Chance n'y avait jamais goûté, mais il mange de tout et il a dîné avec appétit. Rassasiés, à moitié soûls, nous sommes montés dans notre chambre et nous sommes vite endormis, trop fatigués pour faire l'amour.

12 octobre 1877

— Cela doit être la bière et le vin, a pensé Chance en se réveillant le lendemain matin. J'ai rêvé toute la nuit que nous suivions la carte que j'ai en tête. Depuis la rivière Sainte-Croix vers le sud-ouest, nous traversons le territoire du Dakota par le sud, nous gagnons le Nebraska quelque part entre Ogallala et North Platte et nous passons sur l'autre rive de la Platte River. De là, nous atteignons rapidement le Colorado, et direction plein sud par les plaines où vivaient autrefois les Cheyennes – à mon avis, il ne doit pas en rester beaucoup. Je connais le coin, car c'était sur notre chemin quand nous menions du bétail au Montana. Après le Colorado, on file vers l'est du Nouveau-Mexique et, au sud toujours, on arrive à la Pecos River, qu'on longe jusqu'au Texas. Il faut que je te dise, June, c'est franchement sauvage par là-bas, mais c'est chez moi et je sais m'y diriger. C'est en plein territoire comanche, et je ne sais pas non plus combien il en reste, de ceux-là. Si on en croise quelques-uns, je me ferai reconnaître et ils nous ficheront la paix. Peut-être même qu'ils nous proposeront de voyager avec eux. D'une façon ou d'une autre, nous finirons sur un haut plateau dans le désert de Chihuahua, c'est là que se trouve le ranch… du moins, qu'il se trouvait.

— Bon sang, Chance, rien qu'à t'écouter, je suis déjà fourbue ! Et tout ça en dormant… Mais, si j'ai bien suivi ton itinéraire, il n'y aura plus de forêt sur notre route et nous reviendrons dans les plaines. Je te l'ai dit, cow-boy, je serai contente de visiter ton pays.

— L'ennui, ma chérie, c'est que l'hiver approche et qu'il va nous poursuivre jusqu'au bout… On aura peut-être envie de descendre au moins jusqu'à North Platte et de nous mettre à l'abri tant qu'il fera froid. Il y aura bien une écurie quelque part pour les bêtes et une chambre à louer pour un prix modique. Nous pourrions même chercher un emploi, toi et moi, pour quelques mois. Tiens, je veux bien faire le palefrenier et curer les box, s'il le faut.

Cela semblait être une bonne idée. Pour l'instant, après ces longues journées de voyage, nous voyons bien que nous sommes épuisés. Les chevaux le sont aussi. Avant de nous remettre en route, nous avons décidé de séjourner ici quatre journées entières, le temps de reprendre des forces. Selon qu'il fera beau ou pas, il faut compter de vingt à trente jours pour atteindre North Platte, avec quelques moments de répit, en espérant que l'hiver ne nous tombe pas dessus trop tôt, ce qui est beaucoup demander à cette époque de l'année.

Il nous reste donc trois soirées pour profiter de la taverne, de ses bières, de ses bretzels, de ses dîners au riesling… Le deuxième soir, Stefan et Hannah nous ont proposé des *schnitzel* – de fines tranches de porc, panées et frites, accompagnées de pommes de terre –, le troisième, un *sauerbraten*, du bœuf cuit dans sa marinade, avec des beignets de pomme de terre, et, le quatrième, des *schwenkbraten* – côtelettes de porc grillées, servies avec des *spaetzle*, qui ressemblent à des nouilles épaisses. C'est à chaque fois délicieux, et je ne parle pas des desserts, dont un merveilleux gâteau au chocolat qui nous a ravis hier soir.

— Nous allons engraisser et finir alcooliques, si nous restons ici, a commenté Chance.

Stefan et Hannah ont à peu près notre âge et forment un couple charmant. Ils sont arrivés d'Allemagne et ont ouvert leur auberge il y a moins d'un an. Comme c'est le début de la morte-saison, ils nous ont offert un rabais pour la chambre et le prix des repas est très raisonnable. Lorsqu'ils ont peu de clients le soir, ils s'assoient avec nous quand nous avons terminé de manger et nous buvons du schnaps en parlant de nos vies, sans rentrer dans le détail.

La journée, nous partons nous promener le long de la rivière ou suivons des pistes toutes tracées à travers les arbres, pour éliminer un peu de ces excès de nourriture auxquels nous ne sommes pas habitués. Nous visitons également le village et faisons le tour des magasins. Les nuits sont déjà fraîches, signe que l'hiver nous guette, et nous avons acheté d'épais manteaux ainsi que des vêtements neufs, certains des nôtres étant usés jusqu'à la corde. Chance a fait ressemeler ses bottes chez le cordonnier.

— N'as-tu pas l'impression d'être en vacances ? lui ai-je demandé.

Il a réfléchi un instant avant de répondre :

— Je ne sais pas vraiment ce que c'est, ma chérie. Je travaille depuis l'âge de dix ans et, à part un jour de congé de temps en temps, je n'en ai jamais pris. Et toi, June ? C'est l'impression que tu as ?

— Oui, et c'est bien agréable, même si cela ne durera pas.

16 octobre 1877

Nous avons fait nos adieux ce matin à Hannah et Stefan. Ils nous avaient préparé un pique-nique, bien enveloppé dans des torchons propres, que nous avons rangé dans un panier de Brutus.

— On aura besoin d'une bonne sieste quand on aura mangé tout ça, leur a dit Chance et ils ont ri de bon cœur.

Il me semble qu'en peu de temps nous sommes devenus amis, et sans doute étaient-ils aussi tristes de nous voir partir que nous l'étions nous-mêmes. J'ignore ce qu'en pense Chance de son côté, mais je crois que nous nous sommes reconnu une certaine parenté, car, s'il existe ici une communauté germanique bien établie, ils nous confiaient, après quelques verres de schnaps, qu'ils étaient encore considérés comme de nouveaux arrivants et n'étaient pas tout à fait acceptés par celle-ci. Ce qui me rend songeuse… Tant de mes connaissances ont pris d'autres chemins, quand elles n'ont pas disparu, et nous-mêmes avons dû quitter de bons amis, comme

A. J. et Charlie. Tout cela pour une existence vagabonde qui ne paraît pas avoir de fin ni d'objectif en soi, et promet de longues journées de solitude. Alors ces éphémères compagnons étaient les bienvenus et nous espérons en rencontrer de nouveaux. Cela étant, mon mari et moi avons tout de même la chance de pouvoir compter l'un sur l'autre.

J'en viens à aborder le sujet avec lui, plus tard dans la matinée.

— Tu ne me parles jamais de ta famille, mais encore moins de tes amis. Tu en as bien eu quelques-uns ?

Comme à son habitude, il médite sa réponse.

— J'étais copain avec les petits Comanches. Je les voyais quand mon grand-père rendait visite à la tribu et qu'il m'emmenait. On allait chasser ensemble ou on jouait à la guerre. Comme j'avais la peau plus claire qu'eux, j'étais toujours la tunique bleue qu'ils faisaient prisonnier… Quand je n'étais pas tué ou scalpé, alors je tremblais de peur…

— Voilà des jeux charmants, constaté-je avec ironie. Et au ranch, tu n'avais pas d'amis ?

— Nous n'avions pas de proches voisins, June. On ne fréquentait pas grand monde. De plus, les gens avaient peur de mon grand-père, parce qu'il était à moitié comanche.

— Commençons par le commencement… Tu ne m'as jamais dit son nom.

— Il en avait deux. Son nom indien était Pahayoko… Cela signifie « amoureux » en anglais. C'est qu'il a commencé très jeune à courir après les filles, mon grand-père. Son prénom américain, c'était Théodore et la plupart des gens l'appelaient Théo.

— Sa mère était comanche, alors ?
— Oui.
— Et elle, comment s'appelait-elle ?
— Topsannah, ce qui veut dire « fleur de prairie ».
— Et son propre père était blanc ?
— Exact. Comme c'est le cas chez les Cheyennes et dans la plupart des autres tribus, quand on est l'enfant d'une Indienne, on le reste pour la vie. Mais on est libre d'aller chez le père quand on veut, à savoir le ranch, pour nous.
— Et le nom de son père à lui ?
— Albert.
— Qui avait épousé Topsannah ?
— Pas exactement… Ce que nous racontait mon grand-père, c'est qu'Albert, son père à lui, avait sauvé une jeune Comanche qui venait d'être enlevée par les Apaches, qui sont les ennemis des Comanches. Il avait rapporté la fillette dans leur village, et c'était la fille d'un des grands chefs, qui s'est montré très reconnaissant. Les guerriers de la tribu ont admiré le courage d'Albert, qui n'avait pas eu peur de venir jusqu'à leur camp, la petite fille sur sa selle devant lui. En son honneur, ils ont célébré une grande fête, ce soir-là, et, pour le récompenser, le chef lui a offert son meilleur cheval et l'aînée de ses filles, Topsannah, pour qu'il l'épouse. Albert en savait assez sur les Comanches pour comprendre qu'on trouverait grossier qu'il refuse. La femme du chef avait déjà monté un tipi à la limite du village pour leur nuit de noces. Ça se passe comme ça, le mariage, chez les Indiens. Et voilà comment grand-père est arrivé sur terre…
— Topsannah s'est installée au ranch avec Albert ?

— Pas bien longtemps. Le lendemain, elle est venue sur le cheval que le chef avait donné à Albert. Mais son peuple lui manquait et elle n'a pas voulu rester. Elle a mis grand-père au monde dans le village comanche. Pour eux, Albert était un ami et un membre de la famille, car il leur témoignait le plus grand respect et leur rendait de petits services. Ils l'ont protégé jusqu'à la fin de sa vie. Il était au camp pour la naissance de l'enfant. Puis, quand grand-père a été sevré, Albert l'a pris au ranch avec lui. Il ne s'est jamais remarié, mais il revenait souvent voir Topsannah avec Pahayoko. Il y avait aussi un couple mexicain, Rocio et Alejandro, qui habitait au ranch avec ses enfants. Alejandro et ses fils s'occupaient des bêtes et des cultures ; Rocio faisait la cuisine et le ménage. Pendant qu'il grandissait, grand-père a continué de rendre visite aux Comanches, mais pas toujours au même endroit, car c'était un peuple nomade qui se déplaçait souvent. C'est leur grand chef, le père de Topsannah, qui lui a enseigné à vivre comme eux. Il les accompagnait parfois quand ils menaient des raids. Dans ce cas, il s'absentait du ranch un certain temps, ce qui ennuyait Albert, qui souhaitait éduquer son fils comme un Blanc. Il voulait aussi que grand-père prenne les rênes du ranch et apprenne le travail.

— Quand s'est-il marié, Théo, ton grand-père ?

— C'est ici que cela devient un peu confus… Le jeune Pahayoko, son autre nom, a épousé au moins trois filles comanches dont il m'a parlé. Mais c'était peut-être bien plus, pour ce qu'on en sait… La première fois, la fille et lui avaient seulement douze ans ! Il avait envoyé un de ses cousins à la loge de la famille, avec un cheval en cadeau, pour faire connaître ses intentions.

C'était l'usage, à l'époque, et la fille avait le droit de refuser. Comme chez les Cheyennes, un guerrier pouvait avoir plusieurs épouses, seulement, s'il en avait beaucoup, il devait multiplier les raids pour rapporter des chevaux ou des objets de valeur, afin de subvenir aux besoins de leurs familles. Ce qui posait des problèmes à grand-père, parce qu'il tentait de vivre à la fois chez les Blancs et chez les Indiens. Quand il revenait au ranch avec le visage peint, comme tu m'as vu, parfois, Albert n'aimait pas du tout ça et le lui faisait payer.

« S'il y avait peu d'autres ranchs autour du nôtre, c'est que le pays était dangereux. Mais les rares voisins que nous avions savaient que grand-père menait deux vies. Tu vois, il n'est pas allé à l'école comme tout le monde. C'est Albert qui lui donnait des leçons à la maison… du moins, il essayait, à condition qu'il soit là. Grand-père était finalement un peu plus comanche que blanc, alors les quelques fermiers du coin préféraient éloigner leurs filles de ce sang-mêlé. N'empêche, certaines n'avaient pas peur et lui trouvaient du charme, quand elles le voyaient au magasin général. Et c'était un beau parleur. Il ne s'est jamais étendu là-dessus, mais je sais qu'il a eu des liaisons aussi avec des Blanches. Peut-être même quelques enfants.

— Et ta grand-mère, quel genre de femme était-ce ?

— Ah… Alors… Lors d'un raid avec d'autres guerriers, Pahayoko, mon grand-père, a attaqué un convoi de colons dans leurs chariots, près de la frontière de ce qui est maintenant le territoire du Nouveau-Mexique. Ils ont tué et scalpé les hommes, fait prisonniers les femmes et les enfants. Comme il s'est particulièrement distingué, ce jour-là, on l'a laissé choisir une des Blanches avant tout le monde. Il y en a une qui lui plaisait, Madeline, qu'il appelait Maddy et qui prétendait avoir treize ans. Je ne suis pas tout à fait sûr, mais il devait avoir le même âge. Évidemment, il n'était pas encore marié, à l'époque, et il en a fait son esclave. Je n'ai pas besoin de t'expliquer ce que ça implique. Seulement, ils sont tombés amoureux l'un de l'autre, et quand elle s'est retrouvée enceinte, comme elle était souffrante, il l'a emmenée accoucher au ranch. Tu imagines la scène… Grand-père qui débarque un beau jour avec une jeune Blanche, habillée en Indienne, et dont il a sûrement massacré les parents… Le vieil Albert avait perdu la santé, et ça l'a achevé. Rocio avait été sage-femme, mais elle n'a pas réussi à sauver Maddy, qui est morte en couches. En revanche, le bébé, un minuscule brin de fille, a survécu grâce à elle. Et c'est ma maman, Florence. Albert a rendu l'âme peu après. Grand-père adorait la petite et il a plus ou moins renoncé à sa vie de Comanche pour l'élever, tout en s'occupant du ranch. Rocio et Alejandro ont veillé sur elle, eux aussi. C'était des gens bien. Les Mexicains, et les Espagnols avant eux, avaient mené la guerre contre les Comanches, mais la tribu n'a jamais touché au ranch, parce que, comme je t'ai dit, ils avaient de l'estime pour Pahayoko et sa fille Flo.

— Et ton père ?

— Mon vrai père s'appelait Tom Hadley. Il est mort quand j'avais quatre ans.

— Oh, je suis navrée. À cause de quoi ?

— La grippe, à ce qu'il paraît.

— Ta maman s'est remariée ?

— Ouais… avec une peau de vache, Jack Mosby, un ranger du Texas. Une rosse comme on n'en fait pas beaucoup. Mais il était souvent en mission, alors on ne le voyait pas trop, ce qui m'allait très bien. C'était vraiment un salaud. Il haïssait les Indiens, quels qu'ils soient, et surtout les Comanches, puisque c'était ceux de la région… Comme il haïssait tout autant les Mexicains, il a renvoyé Rocio, Alejandro et leurs fils. On était bien embêtés sans eux, mais enfin ils sont revenus plus tard. Il détestait forcément grand-père, qui était à moitié comanche. Quand il rentrait d'une patrouille, il l'obligeait à quitter le ranch, où il était pourtant chez lui ! Sinon, il menaçait de lui tirer dessus. Ce qu'il aurait fait, d'ailleurs. Non seulement c'était un crétin, mais en plus un soûlard, et, quand il était cuit, il nous battait comme plâtre, maman et moi. Bien sûr, moi aussi j'avais du sang comanche… Il ne m'a jamais appelé par mon nom, j'étais le « petit Peau-Rouge ». J'aurais pu rejoindre grand-père au village comanche lorsque Jack était là, mais il aurait été encore plus dur avec ma mère. Et puis, sans la famille d'Alejandro au ranch, je devais maintenant travailler. Jack, lui, ne fichait strictement rien, naturellement. Alors je restais là, pour lui servir de souffre-douleur et qu'il laisse Flo tranquille. Pourtant grand-père était un sacré Peau-Rouge, lui aussi… Même sur ses vieux jours, il ne craignait personne. Cent fois, il a proposé à Flo de le descendre, son Mosby, et elle répondait toujours la même chose… Non, non, elle l'aimait et, cette fois, il allait changer, il avait promis d'arrêter de boire et de ne plus lever la main sur elle, ou sur moi… Flo adorait son père et ne voulait pas qu'il lui arrive mal. Chaque fois que Jack revenait, elle suppliait grand-père de s'en aller. Finalement, et là je devais avoir onze ans, mais j'étais assez grand pour m'occuper des bêtes, grand-père m'a montré comment me défendre quand Jack était soûl et qu'il nous rouait de coups. On avait une cachette pour se retrouver quand Jack était là. Grand-père était parti dans les montagnes, au milieu du Nouveau-Mexique, pour me couper une grosse branche d'un sapin de Douglas, qu'il a écorcée et laissée sécher pour en faire un bâton. Il m'a appris à me battre avec, si je voulais assommer Jack, lui casser une jambe ou autre chose, et même le tuer. Il pensait que, s'il le faisait lui-même, sa fille le haïrait, mais que, si c'était moi, elle me pardonnerait. De plus, à condition que Jack soit vraiment ivre, il ne se rappellerait pas ce qui lui était tombé dessus quand il se réveillerait, si d'ailleurs il se réveillait…

« L'occasion s'est présentée assez vite. Il avait rapporté du mescal. Il n'aimait pas les Mexicains, mais leurs alcools, ça lui allait. Le mescal, ça rend fou et, si on en boit trop, on en meurt. Il aggrave aussi les mauvais penchants et, comme Jack était déjà méchant comme une teigne… Il en buvait un jour sur la véranda, en sirotant une bière en même temps, une bière mexicaine… et ça lui est vite monté à la tête. Quand on fréquente les ivrognes, on devine à quel moment ça va se mettre à chauffer. "Où est ta mère, Peau-Rouge ?" il me demande. "Je sais pas, Jack", je lui dis. "Alors va la chercher. Et appelle-moi monsieur, saleté de sang-mêlé !" "Bien, monsieur, je lui réponds, je crois qu'elle est dans la grange." Donc je vais dans la grange, où mon bâton est rangé dans un coin… En fait, c'est plus gros qu'un bâton, ça ressemble plus à une perche, et je reviens avec. “Tu devais appeler ta mère, Peau-Rouge, où est-elle, nom de Dieu ? Et qu’est-ce que tu as dans les mains, là ?”, il râle. “C’est un cadeau pour toi, Jack, approche, tu verras”, je lui explique. “Tu me parles pas comme ça, morveux. D’accord, il fait, j’arrive, et tu vas prendre une bonne correction.” Il est tellement soûl qu’il a du mal à se lever de la banquette. Il titube en descendant les trois marches et il tombe sur ses fesses. “Debout, Jack”, je lui ordonne. Il parvient à se mettre à quatre pattes, puis il se redresse. “Donne-moi ton bâton, Peau-Rouge”, il me dit. “D’accord, attends un peu”, je lui réponds. Je le fais tournoyer trois ou quatre fois au-dessus de ma tête, comme grand-père m’a montré, et ensuite je frappe. Jack le prend sur un coin de la figure, bam ! C’était un peu le même bruit quand Oscar Bielaski renvoyait la balle aux gamins avec sa batte. Jack s’écroule et, un instant après, il est encore sonné quand trois jeunes Comanches, le visage peint, font irruption à cheval dans la cour. Grand-père n’est pas avec eux. Je sais où se trouve maman, elle a rampé sous le plancher de la grange pour échapper à Jack et elle ne m’a pas vu l’assommer. Un des guerriers descend de cheval, attache les pieds de Jack avec une corde, remonte en selle et ils repartent, tous les trois, en le tirant derrière eux. Maman les a entendus, elle sort de sa cachette et se met à les poursuivre. Bien sûr, ils lancent leurs bêtes au petit trot et elle ne peut pas les rattraper. Mais il finit par se réveiller, parce qu’il rebondit sur le sol comme un vieux sac de pommes de terre. Et voilà qu’il pousse des cris, qu’il braille comme un bébé, le grand ranger du Texas qui bat sa femme et son beau-fils… C’est plutôt calme dans la région, et ses cris trouent le silence une bonne dizaine de minutes, pendant qu'ils s'éloignent avec lui. Après ça, on n'aura plus de nouvelles de Jack Mosby. Je n'ai jamais su ce que les Comanches lui ont fait... même si je n'ai pas de mal à deviner.

« J'ai dû expliquer à maman que grand-père n'était pour rien dans l'affaire... que ces jeunes guerriers enlevaient des Blancs pour s'amuser à leurs dépens. Quand j'ai reconnu que j'avais frappé Jack à la mâchoire, elle ne s'est même pas mise en colère. Elle a admis qu'il le méritait. Maintenant, le fait qu'ils déboulent juste après, c'était un peu... Ah, tu emploies un mot compliqué pour ça, June... Voyons, extravagant ? Mais je pense que maman voulait y croire. Au fond d'elle-même, elle était contente de ne plus l'avoir dans les pattes.

« Ensuite, la vie a repris son cours normal. Grand-père est revenu au ranch, puis Rocio et Alejandro. Ils commençaient à se faire vieux, tous les deux, mais leurs fils, Santiago et Angel, se sont installés avec leurs épouses dans le petit bâtiment et ils ont pu me prêter main-forte. Environ quinze jours plus tard, cinq autres rangers du Texas sont arrivés sur leurs chevaux. Évidemment, ils venaient chercher Jack, puisqu'il n'avait pas rejoint leur unité. On leur a dit la vérité, qu'il avait été capturé par les Comanches et qu'on ne l'avait pas revu depuis. Dans la région, à l'époque, c'était courant, ces choses-là. Mais ces gars avaient fait un bon bout de chemin, depuis Austin, et ils ont demandé très poliment à rester quelques jours. Il n'y avait pas d'hôtels autour de chez nous. Ils avaient de l'argent et ils proposaient de nous payer si on les logeait et les nourrissait. Alors maman et Rocio leur ont aménagé un coin de la grange.

Leur chef nous a appris que Jack aurait dû toucher des arriérés de salaire. De plus, l'État allait verser à maman une coquette somme pour compenser sa disparition, puisqu'elle avait eu lieu, sans doute, dans l'exercice de ses fonctions. Mais il fallait qu'elle se rende à Austin pour signer des papiers avant que le pays débourse quoi que ce soit.

« Elle y est allée. Au bout de quelques semaines, elle est revenue avec un gars de l'unité, un de ceux qui étaient venus chercher Jack. J'ai d'abord pensé qu'il l'avait escortée pour s'assurer qu'elle arriverait à bon port. Mais elle a fait les présentations et... voilà que cet Earl Buttons était mon nouveau beau-père. Apparemment, ils s'étaient mariés en ville et il avait démissionné des rangers pour prendre la direction du ranch. Ma mère est une jolie fille et ce n'est pas simple de vivre là-bas pour une femme seule. J'ai compris sa décision et je ne lui en ai pas voulu.

« "Ton grand-père et nous deux, elle m'a dit, on a réussi à joindre les deux bouts. Mais il est vieux maintenant, comme Rocio et Alejandro, et va savoir si Santiago et Angel auront envie de rester ici avec leurs familles. Tu es trop jeune pour tenir le ranch tout seul, s'il devait arriver quelque chose à l'un d'eux. Earl a été fermier, éleveur, et il a de grands projets pour nous."

« Tu sais, June... Moi, j'ai grandi là-bas et je me suis demandé ce qu'Earl pourrait bien faire d'un petit ranch délabré, au milieu d'un coin désertique de la prairie. C'est vraiment très plat. Il y a quelques collines isolées, ici ou là, des montagnes tout au nord... À perte de vue, l'horizon est dégagé dans les quatre directions. On avait un corral près de la grange pour garder les chevaux, mais nos quelques têtes de bétail vivaient pratiquement à l'état sauvage et se débrouillaient toutes seules. Elles allaient paître là où elles trouvaient un peu d'herbe et elles devaient parfois aller assez loin. Elles se rendaient aux mêmes points d'eau que toutes les bêtes de la région. Il y avait de petites bandes de bisons, à l'époque… peut-être sont-ils encore là aujourd'hui, va savoir ? Parfois leurs mâles s'accouplaient avec les vaches, c'est un peu la même famille, ces races-là. Deux fois par an, on partait à cheval rassembler nos têtes. Enfin, les nôtres… Les autres fermiers laissaient les leurs en liberté dans la prairie, comme nous, et les bêtes se reproduisaient dans la nature, sans être marquées au fer. Alors chacun était libre de dire que c'était les siennes. Voilà comment on formait nos troupeaux, on rassemblait ce qu'on pouvait et ce qu'il nous fallait pour vivre. Ensuite, on les emmenait à la foire aux bestiaux de Valentine, une petite ville du coin, et on les vendait au prix courant. En général, ça nous rapportait juste de quoi tenir jusqu'à l'année suivante. Donc, notre Earl Buttons, je ne savais pas quels projets il avait en tête, mais il suffisait d'un coup d'œil pour comprendre que le Rancho pequeño… c'est comme ça qu'il s'appelait… resterait ce qu'il était.

« Mais il avait l'air d'un bon gars. Au moins, il ne tapait pas sur ma mère. Seulement, j'ai bientôt appris qu'elle avait mis notre titre de propriété à son nom. Et, quand elle avait ouvert un compte bancaire pour y verser l'argent de l'État, ils l'avaient pris à leurs deux noms. Alors, ensuite, je n'ai pas eu envie de continuer là-bas. Je ne voulais pas obéir aux ordres du nouveau patron, qui ne connaissait rien au métier. J'en ai parlé à grand-père, qui m'a conseillé de m'engager dans les transhumances, ce qui me permettrait de voir un peu de pays. J'ai suivi son conseil. On était très proches, lui et moi, il était comme un père. J'avais douze ans, bientôt treize, et on a pleuré un peu quand je lui ai dit au revoir, parce qu'on savait qu'on ne se reverrait sûrement pas.

« Ce n'était pas difficile de décrocher un emploi dans les migrations. Les éleveurs cherchaient toujours de jeunes cow-boys qu'ils pouvaient payer moins cher que les vieux et qui se tapaient les corvées. On était bons à tout faire. Va chercher ci, ramasse ça… Mais je savais m'y prendre avec les chevaux et, assez vite, j'ai pris du grade jusqu'à devenir le bras droit du chef. Ma première transhumance, c'était vers La Nouvelle-Orléans, où les anciens m'ont emmené au bordel… c'était nouveau, ça aussi. Ensuite, on a conduit d'autres migrations au Nouveau-Mexique, au Colorado, au Kansas…

Je l'ai interrompu en riant :

— Mais tu en avais, des choses à raconter ! Dans la journée, ou sur l'oreiller, tu ne m'as jamais fait autant de confidences…

— Eh bien… une fois que j'ai quitté le ranch, je n'ai plus voulu y penser. Ce n'est pas une période heureuse de ma vie et j'ai préféré mettre tout ça derrière moi. Mais maintenant que tu m'as lancé, c'est comme si je ne pouvais plus m'arrêter. J'ai l'impression d'être un cheval qui s'emballe.

— Il faut se libérer un jour de ce qu'on a sur le cœur. Comme je l'ai fait moi-même, devant ma famille. Mais, s'il te plaît… ton cheval, laisse-le galoper encore un peu. Parle-moi de cette maison close où ils t'ont emmené à La Nouvelle-Orléans.

Chance a ri à son tour.

— Quand même, c'est le genre de sujet qu'on aborde avec ses copains cow-boys, pas avec son épouse… J'ai eu mes treize ans au cours de cette migration, et c'était leur cadeau d'anniversaire.

— Pas de copains ici, Chance. Mais je suis là, moi, ta copine cow-girl. Alors, comment s'est-il débrouillé, ce jeune homme ?

— Tu es curieuse comme une petite chatte, toi, hein ?

— Si tu ne le savais pas encore…

— Bon, je vais te raconter. Tu l'auras voulu… La fille était très jolie. Plus mûre que moi, bien sûr, même si elle ne m'a pas dit son âge au début. Je lui donnais quinze, seize, peut-être dix-sept ans. J'ai toujours eu du mal à deviner l'âge des gens. Tu sais, dans ces endroits, les filles ne s'amusent pas beaucoup. J'étais le plus jeune de notre bande, et les autres, pour la plupart, se sont mis à boire. Une fois qu'ils étaient soûls, certains devenaient méchants, bagarreurs, et maltraitaient les prostituées. Moi, quand un de nos gars, celui qui m'invitait, me l'a présentée au comptoir pour être honnête, j'avais un peu peur. Je n'avais jamais mis les pieds dans un bar, encore moins dans un bordel. Elle, elle semblait toute contente de me voir. Les collègues voulaient m'offrir un whisky, aussi, mais j'avais essayé une fois avec grand-père, qui cachait une bouteille dans la grange, et ça ne m'avait pas plu. Alors ils m'ont payé une bière et ça allait très bien. La fille s'appelait Sunrise, c'est drôle, non ? Je n'ai pas cru que c'était vrai, mais elle disait que oui, et que la plupart des gens la surnommaient Sunny. On a parlé au bar pendant que je buvais ma bière. Elle avait l'air très gentille. Quand j'ai fini, elle m'a demandé si je voulais monter dans sa chambre. "Oui, bien sûr", j'ai dit. C'est pour ça qu'on m'avait emmené là, quand même ?

« Donc on y va et on s'assoit sur le lit. "Tu es vierge, n'est-ce pas ?" elle a pensé tout de suite. Je ne voyais pas l'intérêt de mentir, alors je l'ai reconnu. "J'aimerais bien l'être encore", elle a ajouté. Ça m'a un peu désarçonné. Une fille, employée dans un bordel, qui regrette de ne plus être vierge… Mais sans doute qu'elle en avait assez, de son drôle de travail. Alors je lui ai proposé : "Tu sais, Sunny, on n'a pas besoin d'aller plus loin. On peut juste discuter un moment, si tu veux ? Et puis, quand je redescendrai, je ferai comme si on l'avait fait." "Mais, en bas, ils vont te poser des questions et, si tu ne sais pas comment c'est, que vas-tu leur répondre ?"

« "Qu'on l'ait fait ou pas, ça ne les regarde pas, je n'ai rien à leur dire", je lui ai répondu. Et elle : "Tu es vraiment un gentil garçon, ça t'embête si je t'embrasse un peu ?" Pour être franc, je n'avais jamais embrassé une fille non plus, mais j'ai été d'accord, bien sûr. "Tu dois savoir qu'on n'a pas le droit d'embrasser les clients sur la bouche, elle m'a expliqué. Le règlement l'interdit. Mais parfois ils nous collent leur grosse langue entre les dents, et c'est dégoûtant. Ils sentent l'alcool, le cigare, et quand certains ont vomi leur whisky, c'est encore pire."

« Je dois reconnaître, June, qu'à partir de ce moment, ça commençait à m'ennuyer, cette affaire. Je n'avais même pas envie de l'embrasser. Mais elle m'a demandé : "Tu n'as jamais embrassé une fille, pas vrai ? Tu es sain, tu as de bonnes dents, tu te comportes comme un vrai gentleman. Ils ne sont pas tous comme ça, vois-tu ? Alors j'aimerais t'embrasser comme si tu étais mon petit ami, et moi ton amoureuse… Tu comprends ? Comme si on était vierges, tous les deux, qu'on apprenait à se connaître. Je sais déjà que tu seras doux et gentil. Moi aussi, je suis saine, j'ai toutes mes dents, et je n'ai eu que toi, ce soir. On pourrait juste s'allonger et s'embrasser un petit peu, si tu as envie. On se déshabille, on se met sous les draps et on se prend dans les bras, comme si c'était la première fois."

« Eh bien, quand on parle comme ça à un jeune de treize ans… il aurait bien du mal à refuser. Alors on a fait comme elle a dit. Bien sûr, comme on était tout nus, qu'on s'est câlinés… le reste a suivi. Et c'est ainsi que j'ai perdu ma virginité.

— C'est une jolie histoire, cow-boy. Un peu triste également. Cette pauvre petite avait besoin d'affection. Elle avait compris que tu étais un garçon correct et elle aurait aimé sortir de sa condition, imaginer autre chose, comme si elle recommençait sa vie avec toi. Ça me brise le cœur d'entendre ça. Elle devait être très douce, elle aussi. Tu dois te demander ce qu'elle est devenue.

— L'histoire ne s'arrête pas là, ma chérie.

— Eh bien, je suis tout ouïe.

— La dame qui tenait la maison, la maquerelle, ça s'appelle, voilà qu'elle frappe à la porte. On était là depuis trop longtemps, et d'autres clients voulaient monter avec Sunrise. Alors on s'est levés, on s'est rhabillés et on est descendus. Quelques-uns de mes copains cow-boys étaient en haut avec des filles, mais d'autres qui avaient fini étaient revenus au bar. Ils m'ont dit que ça leur coûtait cher, comme cadeau d'anniversaire, parce que j'avais bien profité de Sunny… Mais ils ne me reprochaient rien, ils plaisantaient. C'était de bons gars, pour la plupart, qui me traitaient correctement. Soudain, un cow-boy d'une autre équipe attrape Sunny par le bras, brutalement, dit qu'il en a assez de l'attendre et qu'il va le lui faire payer. Moi, tu me connais, June, j'ai vu rouge tout de suite. Je lui ai balancé mon poing dans la figure. Tu te souviens, j'étais grand pour mon âge, j'avais déjà de la force. Je lui ai cassé le nez et le sang a giclé partout. Au bar, ils étaient tous plus ou moins soûls, mais ça les a réveillés, et une bagarre générale a éclaté. C'était une équipe contre l'autre, et certains étaient trop ivres pour savoir contre qui ils se battaient. J'en ai encore arrangé un ou deux qui me collaient trop près. Le gars au nez cassé gémissait par terre.

« Quand j'y ai vu un peu plus clair, j'ai pris Sunny par le bras et je lui ai dit : "Fichons le camp d'ici." Le plus beau, c'est qu'elle m'a suivi. "Il faut que je revienne demain prendre mes affaires, elle a pensé dehors. Si la patronne ne me met pas à la porte." "Comment, tu t'en vas pour de bon ?" je lui ai demandé. "Je n'en peux plus, Chance, elle m'a expliqué. Mais tu n'es pas obligé de t'occuper de moi. Je suis assez grande pour le faire toute seule. Tu sais, je… je crois que c'est sérieux, entre nous. Tes gestes, ta délicatesse… c'est ce dont j'ai toujours rêvé, c'était vraiment comme la première fois. Et puis il y a autre chose, depuis que je suis ici, c'est aussi la première fois que… j'ai… j'ai… je ne sais pas le dire poliment."

« Je n'étais pas sûr de bien comprendre, June, mais je me suis rappelé qu'à la fin elle poussait des petits cris en se tortillant un peu. En tout cas, je ne pouvais pas lui dire non, parce que je ressentais les mêmes choses pour elle. Alors, voilà, maintenant j'avais une femme à protéger, même si on n'était pas mariés devant le juge, comme toi et moi. Seulement, ils ne veulent pas de femmes dans les transhumances. Ce n'est pas leur faute, mais il y a des raisons. Il suffit qu'il y en ait une, et jolie comme Sunny, pour que les autres cow-boys perdent leur sang-froid, ça leur monte à la tête. Ils se disputent, ils en viennent aux mains, et on ne veut pas de ça quand on mène un troupeau. Nous avions déjà rendu le nôtre, nous allions rentrer au Texas après un peu de repos, et notre chef, Clarence Stephens, a refusé que Sunny et moi repartions avec l'équipe. On devait se débrouiller tout seuls. Cette région-là, c'était dangereux, à l'époque, pour deux cavaliers solitaires, et sans doute ça l'est toujours. Je ne voulais pas qu'elle coure de risque, Sunny, elle en avait assez vu comme ça. Alors j'ai dit au chef qu'il aurait besoin de moi pour les chevaux, et qu'avec l'équipe on serait en sécurité. C'était un gars bien, Clarence, et comme j'étais le plus jeune, il s'est senti responsable de moi et il a fini par accepter. Évidemment, les autres savaient tous d'où elle venait, Sunny, et certains se sont dit qu'elle allait vendre ses charmes pendant le voyage de retour. Je leur ai fait comprendre que c'était terminé, que nous étions comme mari et femme. Il y en a qui m'ont ri au nez. Des gars plus âgés, plus costauds que moi, plus nombreux aussi, et j'ai commencé à me demander si nous n'aurions pas mieux fait de partir de notre côté. Après quoi, on n'aura été tranquilles que deux jours.

— Arrête-toi là, Chance. Si ton histoire finit mal et que la petite n'en sort pas intacte, je me passe de la suite. Je connais les hommes… Ils se croient tout permis parce qu'ils sont plus forts que nous.

— Ce n'est pas mon cas, June, tu le sais bien. Et, je te le promets, cela ne finit pas mal.

— Dans ce cas, d'accord. C'est un soulagement.

— Nous campions un peu à l'écart du groupe, là où les chevaux étaient attachés pour la nuit. Quand je les avais brossés auparavant, Sunny était avec moi et je ne la laissais seule nulle part. Avant de quitter La Nouvelle-Orléans, comme nous ne mangerions pas avec les autres, j'avais fait des provisions pour quelques jours qui tenaient facilement dans nos sacoches. Sunny avait des parents créoles, elle avait vécu dans le bayou et elle avait l'habitude de cuisiner dehors.

« Cette nuit-là, nous avions allumé un petit feu, préparé à dîner et mis le café à chauffer quand trois de mes collègues nous ont rejoints. Clarence nous interdisait d'emporter de l'alcool, mais, visiblement, ils avaient bu. L'un d'eux m'a dit : "Tu n'as pas le droit de la garder pour toi, gamin. Il faut partager avec tes amis. Après tout, on te l'a offerte pour ton anniversaire, alors il faut nous remercier, chacun à son tour." "Ça n'est pas très loyal, Jackson", je lui ai répondu. "Moi, je trouve que si, fiston, il a insisté. Si tu ne nous laisses pas faire, on se servira quand même." "Enfin, asseyez-vous, messieurs, a proposé Sunny. Parlons-en plutôt autour d'un café. Apparemment, cela ne vous ferait pas de mal. Chance, si tu rinçais quelques tasses ?"

« Elle paraissait si calme et je me demandais ce qu'elle avait en tête. Cherchait-elle à gagner du temps ? J'ai essayé d'imaginer un stratagème pour nous débarrasser d'eux, mais je ne voyais vraiment pas comment.

Ils étaient trois et, même s'ils étaient un peu ivres, je n'aurais pas été capable de les maîtriser. J'ai donc fait ce qu'elle me disait et rincé nos tasses avec l'eau de ma gourde, avant de les lui donner. "Voilà qui est mieux, a commenté Jackson pendant qu'ils prenaient place par terre. Elle est bien aimable, la petite dame. C'est qu'elle a appris les bonnes manières chez les filles. On sait comment traiter les clients. J'attends mon tour avec impatience."

« Sunny m'a tendu les tasses pour que je les remplisse. Le café était brûlant et, bien sûr, j'avais compris le but de la manœuvre. Elle s'est avancée vers les trois cow-boys en présentant une tasse à Jackson, et l'autre à Wayne, assis à côté. Ils se sont penchés pour les saisir et, sans leur en laisser le temps, elle leur a jeté le café brûlant à la figure. "Voilà comment une bonne fille traite ses clients", a-t-elle corrigé. Les deux gars ont hurlé de douleur. J'ai ramassé la poêle à côté du feu et, tandis que le troisième, Dirk, se levait, je lui en ai donné un bon coup sur le crâne. "Je n'y vois plus rien, salope !" gueulait Jackson qui, les mains sur les yeux, se tortillait comme un ver.

« Au même moment, Clarence est arrivé, braquant son fusil sur nous. "Je savais que cela se terminerait comme ça, a-t-il grogné. Pas besoin de me faire un dessin. Je suis navré de t'imposer ça, Chance, mais vous allez continuer sans nous, toi et la fille. Il n'y a pas d'autre solution." "Oui, monsieur, lui ai-je répondu. Je comprends." Le lendemain matin, avant que le groupe se réveille, Sunny et moi étions déjà en selle et loin d'eux.

— J'aime mieux cette fin-là, Chance. Elle avait l'air d'une pauvre fille, mais c'était une sacrée dure à cuire, en somme ?

— Tu n'as pas idée à quel point, June. Tu me fais un peu penser à elle.

— Et vous êtes restés ensemble un moment ?

— Pas longtemps, malheureusement. Nous étions fous amoureux, comme des gamins à cet âge, et nous n'avions qu'une envie, nous retrouver sous les couvertures. Nous étions encore en Louisiane. Elle m'a appris que son vrai nom était Soleil, qui est un mot français, je crois.

— Oui, c'est plutôt joli, comme prénom.

— Elle ne voulait pas qu'on le sache chez la maquerelle. La plupart des clients n'auraient pas su ce que cela voulait dire, lorsqu'ils venaient d'un autre État, comme nous, mais surtout elle craignait de salir son nom à cause de son travail. Mais elle m'a demandé de l'appeler comme ça.

« Soleil connaissait bien la région, et elle nous a emmenés dans un endroit sûr où camper quelques jours, le temps de décider de ce que nous allions faire. Nous n'avions pas beaucoup d'argent. Sa patronne avait refusé de payer ce qu'elle lui devait, sous prétexte qu'elle était partie sans prévenir. C'est tout juste si elle lui a permis d'emporter quelques affaires. Les autres filles étaient jalouses d'elle, car elles rêvaient toutes qu'un homme les sorte un jour du bordel. Elle m'a raconté comment elle avait échoué là. Soleil avait un oncle dans le bayou, qui la maltraitait. Il a commencé quand elle avait dix ans. Elle a quitté sa famille lorsqu'elle en avait treize, pour lui échapper. Puis elle a trouvé un emploi dans un restaurant de La Nouvelle-Orléans et elle s'est inscrite à un cours du soir pour recevoir un peu d'instruction. Comme moi, elle n'en avait pas beaucoup, mais elle était intelligente et elle parlait un bon anglais. Au restaurant, un soir, un gars lui a fait la cour et lui a parlé d'un autre travail, qui lui permettrait de mieux gagner sa vie. Il s'est mis à venir presque tous les jours. Il paraissait très gentil et elle était flattée qu'on s'intéresse à elle. Au bout d'une semaine ou deux, elle a accepté d'aller dans un bar avec lui, après le service. Il l'a emmenée dans un café créole où elle était à son aise. Elle n'avait pas l'habitude de l'alcool, mais, jeune fille, on mettait parfois dans son verre quelques gouttes d'une liqueur aux plantes, du Peychaud's Bitter, censée être bonne pour la santé. Alors le type lui a commandé un punch qui en contenait… et va savoir quoi d'autre… parce que, plus tard dans la nuit, elle s'est réveillée dans un endroit qu'elle ne connaissait pas, allongée dans un lit, et elle avait très mal aux fesses. Devant et derrière, si tu vois ce que je veux dire. Et le gars était assis à une table en train de compter ses billets. C'était en fait un maquereau, et il avait vendu ses charmes toute la soirée – à combien d'hommes, elle l'ignorait aussi. Il lui a donné un peu d'argent, comme s'il lui faisait un cadeau… "Je t'avais bien dit que tu aurais l'occasion de gagner plus, lui a-t-il rappelé. Je mets le reste à l'abri pour toi." Il l'a enfermée dans cette chambre, à moitié droguée, pendant des jours et des nuits, et ça a continué comme ça. Il lui interdisait de sortir, lui apportait à manger et, lorsqu'il avait besoin qu'elle s'occupe des clients, il lui faisait boire son espèce de punch. Elle se réveillait quelques heures après, et elle avait de plus en plus mal. Soleil était en train de perdre espoir, elle espérait mourir quand, un beau matin, le maquereau lui a apporté une robe neuve et lui a ordonné de se faire belle, car il voulait lui présenter quelqu'un. En fait, il l'a emmenée au bordel où il l'a vendue à la mère maquerelle, et elle ne l'a plus jamais revu.

« C'était quand même un peu mieux que ce qu'elle venait de subir. Dans l'ensemble, les filles étaient gentilles avec elle. Elles prenaient soin les unes des autres, et la patronne les traitait correctement. Soleil n'avait plus que cet endroit pour vivre. Le mac ne lui avait pas laissé d'argent, le restaurant ne l'aurait pas reprise et, quand la maquerelle l'a accompagnée à l'appartement qu'elle occupait au départ avec deux autres filles, ses affaires avaient disparu. De nouveaux locataires les avaient remplacées. Évidemment, la patronne voulait récupérer grâce à elle la somme qu'elle avait versée au proxénète. Il faudrait aussi que Soleil lui rembourse les vêtements neufs qu'elle lui avait achetés… Des vêtements de prostituée qu'elle ne pouvait pas porter dans la rue. Elle n'aurait pas le droit de sortir ni de faire les courses avec les autres filles tant qu'elle n'aurait pas réglé sa dette, et cela incluait les repas qu'on lui servait. Toutes les filles payaient un loyer et versaient à la maquerelle une commission sur l'argent qu'elles empochaient. Malgré cela, elles gagnaient mieux leur vie que les serveuses ou les vendeuses des magasins. Soleil projetait de rembourser ce qu'elle devait, de faire quelques économies et de s'en aller… sans bien savoir où ni de quoi elle vivrait…

— Et c'est alors qu'elle a rencontré Chance Hadley, l'irrésistible cow-boy. Ils ont eu le coup de foudre l'un pour l'autre et il l'a sortie du désespoir.

— Tu te moques de moi, June ?

— Non, je te taquine gentiment. En fait, je suis un peu jalouse. Je croyais être ton seul grand amour, conquis par un unique baiser. Tu avais l'air si candide… Tu m'as un jour accusée d'être une catin, et je découvre que ton premier amour en était une !

— J'avais treize ans, ma chérie, elle n'en avait que quatorze, même si elle mentait sur ce point. Je n'avais encore jamais couché avec une fille et tout le monde l'avait maltraitée avant moi. On ne peut pas comparer avec nous, c'était un amour de jeunesse. Quand je suis tombé amoureux de toi, j'étais devenu un homme. Et je ne mens pas… personne ne m'avait embrassé comme ça.

— Pourquoi ne m'avais-tu pas raconté cette histoire ?

— Je n'en avais pas eu l'occasion. Je l'ai fait aujourd'hui et tu sais tout. Tu ne m'as jamais rien dit, toi, de ton capitaine Bourke, de Harry Ames et de Little Wolf, et je ne t'ai pas posé de questions, si ? Moi aussi, j'ai le droit d'être jaloux. Je n'aurais pas dû t'insulter, je suis navré. Mais tout ça est derrière nous, maintenant.

Nous avons tenu cette longue conversation en cheminant côte à côte, chacun sur son cheval. Nous étions soudain jaloux l'un de l'autre et je n'ai pu m'empêcher de rire. Prenant appui sur un de mes étriers, je me suis élancée pour passer une jambe par-dessus l'encolure de Lightning et me suis assise face à Chance, juste devant le pommeau de sa selle.

— En voilà une acrobate ! s'est-il exclamé.

Je l'ai pris dans mes bras et l'ai serré contre moi.

— Nous sommes un vrai couple marié, qui se dispute à propos d'anciennes amours ! Si je ne t'ai pas parlé des miennes, ce n'est pas pour te cacher quoi que ce soit, mais, comme tu dis, c'est du passé, sans rapport avec ce que nous vivons aujourd'hui. En tout cas, si tu as des questions, j'y répondrai. Pour l'instant, le pommeau de ta selle me chatouille le bas-ventre et ça m'émoustille un peu. Que fait-on dans ce cas-là ?

— Je crois connaître le bon remède. Je te raconterai plus tard la fin de l'histoire.

Un jour de novembre 1877

Je ne saurais dire quel jour de la semaine nous sommes, encore moins préciser la date. Nous avons pour calendrier les paysages et le temps qu'il fait. Hier soir, nous dormions dans le Minnesota, près de Fergus Falls, après avoir traversé, deux jours durant, diverses forêts de peupliers, d'épicéas, de bouleaux, de trembles, de saules et d'autres arbres dont je ne connais pas le nom. C'est tout de même plus riant que cette mer de sapins qui n'en finissait pas, et beaucoup plus joli avec les couleurs de l'automne. Impressionné par cette grande variété d'essences, Chance s'est réjoui que, peu à peu, la nature change d'aspect, tandis que nous atteignions les plaines, parsemées de collines ondoyantes et de quelques bosquets. Nous sommes dans une zone de transition entre l'Est boisé et les prairies de l'Ouest. Avant de monter le camp dans un endroit agréable, près de la rivière, nous sommes passés en ville où nous avions besoin de faire des provisions pour nous, d'acheter du foin et de l'avoine pour les chevaux. Pour le dîner, nous avions des tranches de bœuf fraîches à griller, accompagnées d'une salade et de plusieurs légumes d'automne. Nous avons même déniché une bouteille de vin rouge dans un saloon. A. J. l'aurait trouvé très ordinaire, mais il ne faut pas s'attendre à des miracles dans la région. Pour nous, cela tiendrait plutôt du luxe !

Le froid est maintenant sensible la nuit et, sous les couvertures, nous nous sommes blottis l'un contre l'autre pour nous réchauffer, avant de faire l'amour lentement, tendrement, nos corps s'unissant en rythme, comme après un bon dîner, gentiment arrosé…

Le lendemain, nous arrivions à la frontière du Dakota. Si nous avions continué vers l'ouest, nous serions revenus à notre point de départ, dans le territoire du Montana, ce qui me paraît bien loin aujourd'hui. Mais nous avons mis cap au sud, en direction du Nebraska, profitant encore d'un automne clément.

4 janvier 1878

Je n'ai pas pu rapporter les événements des derniers mois, faute de place sur mon dernier registre. L'hiver est apparu subitement, comme il en a l'habitude. Le vent, la neige, le froid, en provenance de l'Arctique, rendent impossible de voyager à cheval. Sans doute le long été indien et ses températures douces nous ont-ils fait croire trop longtemps que nous pourrions continuer. Ou peut-être l'itinéraire que Chance avait en tête était-il présomptueux, car nous n'avons pas atteint North Platte, ainsi que nous l'avions espéré. Nous sommes tout juste arrivés dans la petite ville de Valentine, dans les prairies mixtes du nord du Nebraska. À grand-peine, faudrait-il dire. Nous avons trop demandé à nos chevaux, et bien trop longtemps. Amaigris, ils boitent presque, ils ont besoin de nouveaux fers, de bien se nourrir et de se reposer. Nous les avons confiés pour l'hiver à l'écurie de la ville, et nous avons pris une chambre dans une modeste pension. Nous ne sommes pas en fonds, il nous faut donc gagner un peu d'argent. Chance, comme il l'avait prévu, cure les stalles de l'écurie, donne à manger aux chevaux et leur fait prendre de l'exercice quand le soleil ne se cache pas. On lui offre en échange d'abriter les nôtres et il reçoit en outre un salaire modique.

Notre logeuse, âgée, n'est plus en mesure de pourvoir au ménage et aux lessives de la maison, c'est pourquoi je lui ai proposé de le faire. Cela réduit nos frais de séjour et les autres pensionnaires me rémunèrent à l'heure quand ils me confient leur linge. Si nous gagnons de quoi vivre modestement, nous parvenons rarement à préserver quelques dollars à la fin de la semaine. J'ai dû attendre un bon moment avant d'être capable d'acheter de nouveaux crayons et le registre sur lequel j'écris à présent. Cela n'est pas l'opulence, mais nous ne nous plaignons pas. Comme nous le savons trop bien, l'hiver dans ces contrées est la saison du repli, avec pour préoccupation essentielle d'emmagasiner de la chaleur. Je regrette parfois les épaisses peaux de bison de la loge que je partageais avec Little Wolf, et le bon feu qui brûlait en son centre. En revanche, je me passe volontiers de courir au-dehors, dans un froid glacial, pour aller faire mes besoins. Et nous ne craignons pas ici une attaque de l'armée au petit jour…

17 février 1878

Nous avons profité d'un dégel subit, tel qu'il survient parfois en février. La neige qui fondait par endroits au soleil nous a brièvement donné l'illusion d'un printemps précoce. Un spectacle est arrivé en ville avec le beau temps, présenté par un certain Buffalo Bill, dont le vrai nom est William Cody. On rapporte qu'il réside à North Platte, d'où il est descendu avec sa petite troupe d'acteurs. A. J. nous en avait parlé à Chicago où il avait assisté à une de leurs représentations. Ce sont des mises en scène de la vie du Far West. Bill et sa troupe sont déjà célèbres dans l'État du Nebraska comme dans d'autres parties du pays, c'est pourquoi les habitants de Valentine et les familles des ranchs voisins ont été nombreux à acheter des places. La troupe a joué dans une des grandes salles de l'école, transformée pour l'occasion. Elle est restée trois jours en ville, multipliant les représentations – deux l'après-midi et une autre le soir – pour satisfaire tout le monde.

Indéniablement, ce Cody a de l'allure, avec sa moustache et sa barbichette. Mince, presque aussi grand que Chance, il a ce côté cabotin qu'on peut attendre d'un homme de spectacle. Il porte un pantalon et une veste à franges, ainsi qu'un chapeau à large bord qu'il incline vers l'arrière du crâne pour mettre son visage en valeur. C'est un costume de scène qui doit signifier davantage pour lui, car il l'a arboré pendant toute la durée de son séjour… pour le plus grand plaisir d'un public qui le vénère.

Selon le programme, distribué à l'entrée de l'école, Cody est un ancien cavalier du Pony Express, qui a servi comme éclaireur dans plusieurs régiments de cavalerie, notamment sous les ordres des généraux Sheridan, Terry et Crook, pendant les guerres indiennes des plaines.

La pièce qu'il présentait en cette fin de semaine avait pour titre *La Main rouge ou le premier scalp de Buffalo Bill pour Custer*, écrite par un certain Prentiss Ingraham, un membre de sa troupe qui, nous assure-t-on, est un célèbre auteur de romans populaires. Avant le début de la représentation, Ingraham a récité un court préambule, destiné à informer le public que le spectacle rendait fidèlement compte d'une bataille contre les Sioux, au cours de laquelle Buffalo Bill s'était révélé un héros.

Alors le rideau s'est ouvert… Je ne voudrais pas être mauvaise langue, mais disons que… selon les mots que choisira Chance par la suite : « C'est pas du Shakespeare, ça. » Pour commencer, William Cody est un acteur épouvantable. Lors d'une scène particulièrement absurde, censée être dramatique, j'ai commis l'erreur de jeter un coup d'œil à Chance, et nous avons eu le plus grand mal à retenir un fou rire… qui aurait été aussi malvenu qu'embarrassant, car le public semblait captivé par l'action. J'admets qu'il y a eu un petit peu de mouvement lorsque plusieurs « vrais » Indiens sont apparus – Chance a reconnu des Pawnees –, parés de leurs plus beaux atours. Pendant les épisodes guerriers, le rôle des soldats était tenu par les acteurs de la troupe. Les décors étaient tout de même évocateurs, mais les comédiens, obligés de déclamer des dialogues ineptes, avec toute l'assurance dont ils étaient capables, ne réussissaient pas à convaincre. Comme dit le proverbe, on ne saurait faire un épervier d'une buse.

Avant le dénouement, Ingraham ressort de la coulisse pour annoncer : « Les Indiens à cheval mènent la charge contre les militaires. Un jeune chef sioux prend leur tête. Il a choisi de provoquer Buffalo Bill en duel. (C'est maintenant l'Indien qui parle :) "Je te connais, Pa'he'haska[1], si tu veux te battre à la loyale, descends de cheval." Buffalo Bill s'exécute lentement, le guerrier court vers lui, les deux hommes lèvent leurs armes. (Dotés de vrais fusils, les acteurs miment la scène tandis qu'Ingraham poursuit :) "Mais Buffalo Bill est le premier à armer sa carabine et à tirer." (Claquement de tambour pour imiter la détonation). Le cheval du Sioux s'effondre avec son cavalier blessé. Bill s'agenouille, vise et tire de nouveau sur l'Indien. Cette fois, le coup est mortel. (Nouveau roulement de tambour). Bien que les autres sauvages, déchaînés, s'approchent de lui sur leurs chevaux, Bill se rue sur le corps de son ennemi, pose sa carabine à terre et retire le couteau qu'il porte dans un fourreau. De la main gauche, il saisit le scalp

1. « Longs cheveux » en langage sioux : Buffalo Bill.

et la coiffe de guerre du Sioux, puis, d'un seul mouvement de la droite, sectionne le tout avec son couteau. »

Face au public, Buffalo Bill brandit la coiffe et le scalp pour que tout le monde les voie bien, et s'écrie :

— Le premier scalp de Custer !

Le rideau commence à se refermer pendant que les soldats s'exclament :

— Bravo ! Bravo ! Vive Buffalo Bill !

Toute la salle se lève et applaudit furieusement en reprenant :

— Bravo ! Bravo, Buffalo Bill !

Et ainsi de suite pendant que le rideau se relève et se baisse encore deux fois.

Pour ne pas déparer, Chance et moi nous levons avec les autres en applaudissant mollement. Chance se penche vers moi et me glisse à l'oreille :

— Je parie qu'on est les seuls ici à soutenir les Sioux.

Comme c'était notre première sortie depuis notre arrivée à Valentine, nous avons tout de même décidé d'aller boire une bière au saloon après le spectacle, en essayant de ne pas trop dépenser. Nous étions servis à une table quand Bill Cody et plusieurs membres de sa troupe – dont l'auteur de la pièce – ont fait leur entrée, accompagnés de membres du public. Plusieurs clients lui ont donné l'accolade, il a signé de nombreux autographes, puis annoncé qu'il offrait une tournée générale. Il nous a soudain aperçus et, nous rejoignant, s'est présenté à nous – ce qui n'était pas foncièrement nécessaire.

— William Cody, a-t-il dit en s'inclinant exagérément. Je vous ai vus dans la salle et j'ai eu l'impression que vous vous moquiez un peu de mon interprétation.

Chance et moi nous sommes consultés du regard en nous demandant comment répondre. Ce fut Chance qui prit la parole :

— Le spectacle était vraiment intéressant, a-t-il affirmé sans enthousiasme. Nous avons nous-mêmes vécu dans cette partie du pays au moment où, selon la pièce, vous vous trouviez.

— Vraiment ? Étiez-vous soldat, monsieur ?

— Non, non, je ne suis qu'un cow-boy. Je menais un troupeau vers le nord depuis le Texas. Mais je ne suis pas allé jusqu'au bout, car j'ai rencontré June qui allait devenir mon épouse.

— Mais alors vous, madame… a demandé Bill. C'est que nous n'avions pas encore triomphé des sauvages ! Le coin était dangereux ! Des hordes de renégats sioux et cheyennes préféraient écumer la région, plutôt que se rendre dans les réserves. Que diable pouvait bien faire là-bas une jolie femme comme vous ?

— J'étais mariée à un chef cheyenne, lui ai-je répondu. Nous ne voulions pas être parqués dans une réserve.

— Diantre ! s'est exclamé Cody. Et si vous nous rejoigniez à notre table ? Je connais presque tout le monde, ici à Valentine, et je n'aime rien tant qu'écouter les histoires des nouveaux arrivants. Vous boirez bien une autre bière ? Je vous l'offre.

Chance et moi nous sommes de nouveau regardés. Démunis comme nous l'étions, nous n'avions pas envie de refuser. Bien que centré sur sa personne, Cody paraissait aimable et très ouvert.

— Nous en serions ravis, monsieur, lui ai-je dit. Mais nous ne sommes pas du genre à raconter notre vie à des inconnus.

— Je comprends cela, ma petite dame. Au fait, appelez-moi Bill… ou Buffalo Bill, si vous préférez, nous a-t-il priés sur un ton légèrement théâtral, comme s'il s'amusait de son propre narcissisme. Mais… à qui ai-je l'honneur ?

— Ce sera simplement June et Chance, a offert ce dernier.

— Pour que vous sachiez, Bill, ai-je ajouté, ce n'est pas tant votre jeu d'acteur qui nous a déroutés, mais plutôt les dialogues, parfois ridicules. La pièce nous a plu. Et nous trouvons dommage que vous ne puissiez pas la jouer en extérieur avec de vrais animaux. Sur une scène étroite, les comédiens doivent faire semblant d'être à cheval et le narrateur compense en décrivant l'action. Cela manque de mouvement.

— Vous avez bien raison, m'dame, mais laissons cela de côté pour l'instant, ainsi que votre histoire personnelle. Nous y reviendrons quand nous serons tous les trois seulement. L'auteur de la pièce est assis à notre table, et c'est un monsieur très susceptible. Seriez-vous journaliste, June, par hasard ?

— Non, non, lui ai-je confié en riant. Je fais le ménage et la lessive dans la pension où nous logeons. Et Chance travaille aux écuries. C'est d'ailleurs un excellent cavalier.

— Un homme comme je les aime ! Nous aurons bien des choses à nous dire, le moment venu.

Nous nous sommes donc joints à sa petite compagnie. Ils formaient un groupe animé de bons buveurs et, au fil de la soirée, le whisky aidant, Bill s'est montré très volubile, lui et son auteur, Prentiss Ingraham. Celui-ci, un ancien colonel des Confédérés, franchement imbu de sa personne, se prend très au sérieux. Auprès de ses partenaires, Cody se révèle plus modeste, moins sûr de lui, mais témoigne d'un grand sens de l'humour. Il semble avoir rapporté de ses aventures dans les plaines un flot intarissable d'histoires, dont s'inspire Ingraham dans ses romans populaires, et dont il a adapté un certain nombre pour la scène. Les deux forment certainement un bon tandem. D'après les conversations de la soirée, et la pièce que nous avons vue, Chance et moi avons eu l'impression que Buffalo Bill était un pur personnage de fiction – le héros légendaire du Far West qui brave tous les dangers, massacre les Indiens et porte secours à la veuve et l'orphelin. À l'évidence, Cody finit par s'identifier totalement à son personnage, au point parfois de se confondre avec lui. Avant même qu'Ingraham ne s'en charge, il a déjà tendance à embellir la réalité, témoin le récit qu'il nous a fait, après de nombreux verres, de son retour à Fort Laramie avec le 5e de cavalerie, lorsqu'il venait de tuer le chef Yellow Hair. Avant toute chose, il avait envoyé un long télégramme au *New York Herald*, décrivant son « combat singulier » avec le Sioux et le défi que celui-ci lui avait jeté – certainement une invention. Sous le titre « Le premier scalp de Custer », le *Herald* avait fidèlement reproduit son compte rendu en première page, laissant accroire qu'il s'était agi d'un combat à mains nues, et non d'un duel à la carabine.

Je n'en conclus pas que Cody soit un vulgaire imposteur, mais, comme nous l'avons compris ce soir, un amoureux des feux de la rampe qui a conservé une sorte d'innocence touchante. Il nous a également appris que, comme Chance, il avait perdu son père à un très jeune âge. Il avait à peine dix-sept ans lorsqu'il s'est engagé comme cavalier pour le Pony Express, afin d'aider à subvenir aux besoins de sa mère et de ses sœurs – aurait-il exagéré, ici encore ?

Il prétend avoir tué son premier Indien au cours de cette période. Serait-ce aussi une invention ? L'histoire qu'il nous a racontée à ce sujet se termine de façon analogue à la pièce qu'il joue en ce moment. Au cours de sa première mission pour l'Express, il avait eu pour compagnons d'autres cavaliers de la compagnie, chargés de lui montrer les itinéraires à suivre et les obstacles à éviter. Un jour, ils étaient tombés sur une petite bande d'Indiens qui, ont-ils pensé, leur tendaient une embuscade dans une région vallonnée. L'un d'eux avait levé la tête au-dessus d'une saillie derrière laquelle ils se cachaient, et le petit Cody avait eu le réflexe de saisir sa carabine et de lui tirer dessus. Il l'avait atteint d'une balle dans le front et le reste de sa bande avait pris la fuite. Ses compagnons l'avaient acclamé, félicité, du moins est-ce le récit qu'il nous en a fait, dans lequel ils tiennent le rôle de faire-valoir, comme les soldats sur la scène de l'école.

Chance a cette grande qualité de ne pas interrompre les gens lorsqu'ils racontent leur histoire. Il sait les inciter à révéler plus de choses qu'ils ne le souhaiteraient, sans rien révéler de lui-même et de ses propres exploits. En ce qui me concerne, j'évite aussi de parler de moi et je m'efforce de mémoriser ce que je rapporterai dans mon journal. Nous avons bien profité de notre sortie, passé une soirée agréable avec la troupe – laquelle ne comporte, nous l'avons évidemment remarqué, que des hommes. On pourra dire ce que l'on voudra de M. Cody, de son piètre talent d'acteur ou de ses motivations, c'est tout de même un bon connaisseur de l'Ouest sauvage, de ses plaines, et il a de nombreux points communs avec Chance, dont celui de manquer un peu d'instruction.

Avant de rentrer dans son hôtel, ce soir-là, il nous a pris un instant à part pour nous rappeler qu'il souhaitait s'entretenir avec nous deux. Nous lui avons proposé de nous retrouver, le lendemain matin, au petit déjeuner dans un café de la ville, quand Chance aurait terminé son travail à l'écurie, où il se rend toujours très tôt. Bill était assez ivre pour que nous ne soyons pas sûrs qu'il s'en souviendrait au réveil. Mais il était là à huit heures précises, comme prévu. Nous nous sommes assis et nous avons passé commande.

— Vous m'avez plu dès le départ, nous a-t-il confié. Vous êtes sincères et n'avez pas peur de dire ce que vous pensez. Je me suis rappelé vos remarques, avant de me coucher, et je me suis dit que vous auriez peut-être une place dans mon spectacle.

— Merci beaucoup, Bill, lui a dit Chance. Mais au début du printemps, nous partons vers le Texas. Je veux voir comment va ma mère.

— C'est tout à votre honneur, Chance. Mais mon offre reste valable. Moi, je retourne à North Platte demain. Votre femme affirme que vous êtes un excellent cavalier. J'aurais aimé voir ça aujourd'hui avant notre première représentation, si vous avez un instant. Et vous, mam'zelle, a-t-il demandé en se tournant vers moi, cela vous arrive-t-il d'écrire ? Je peux raconter une histoire, mais pour ce qui est de la mettre sur le papier… C'est tout juste si j'arrive à épeler mon nom ! Je pensais qu'une petite dame saurait apporter un sang neuf à mes pièces… une touche féminine, des affaires de cœur… Prentiss n'est pas très doué pour cela. Son affaire, c'est plutôt la mitraille. Bien sûr, il sait nous inventer des scènes dans lesquelles Buffalo Bill arrache une belle fille des griffes des Indiens. Mais, après, elle disparaît… Il faudrait une vie amoureuse à ce pauvre Buffalo. À votre avis, June ? Vous n'avez jamais eu envie d'écrire ?

— Dans mes journaux, seulement, Bill. Mais l'amour ne m'est pas inconnu…

— Eh bien voilà ! Je m'en doutais ! Pondez-moi une histoire ou deux, ma petite dame, je regarderai ça de près.

— Entendu, Bill. À une condition, ne m'appelez plus mam'zelle ni ma petite dame, s'il vous plaît.

— Je ne m'étais pas trompé ! s'est-il exclamé en riant. Vous parlez à cœur ouvert, vous. D'accord, je vais faire attention.

Nous l'avons retrouvé à l'écurie, plus tard dans l'après-midi. Chance avait sorti Lightning de son box.

— On n'a pas l'habitude des parades, lui et moi, a-t-il annoncé à Bill. Que voulez-vous que je vous montre ?

— Eh bien, j'aimerais voir comment vous vous tenez en selle, et ce qu'il a dans les pattes, votre cheval. Dites-moi, où avez-vous trouvé une selle McClellan ?

— Je la tiens de mon grand-père. Il était à moitié comanche, et les Comanches utilisent presque tous ce type de selle. Comme vos Pawnees, je suppose ?

— Comment savez-vous que ce sont des Pawnees ?

— Ils travaillent pour l'armée, lui servent d'éclaireurs et se battent à ses côtés. Les autres Indiens des plaines les haïssent tous, y compris les Comanches. Vos acteurs ont laissé pousser leurs cheveux, mais je les reconnais quand même.

— J'avais deviné que vous aviez du sang indien. Un gars réservé, un rien taiseux… Mais vous avez les idées claires, pas vrai ?

En guise de confirmation, Chance n'a rien répondu…

— Bien… que me faites-vous de beau avec cet appaloosa ?

Chance a bondi en selle. J'ai noté qu'il avait sanglé fourreau et fusil sur le flanc de son cheval.

— Je dois l'échauffer un peu, Bill, a-t-il prévenu. Lightning est au repos depuis notre arrivée ici. Je ne voudrais pas le brusquer.

Il s'est dirigé vers le champ, derrière l'écurie, où il a l'habitude de sortir les bêtes, et nous l'avons suivi à pied, Bill et moi. Chance a fait avancer Lightning au pas, puis au trot, puis au petit galop. Arrivé à une certaine distance, il a répété l'opération dans l'autre sens et il a rebroussé chemin, pour venir se planter juste devant nous.

— Eh bien, il a une bonne assise, ce garçon, a commenté Bill. Mais je ne remarque rien d'extraordinaire.

— Un peu de patience, lui ai-je conseillé.

Pour détourner notre attention, Chance a levé l'index vers son chapeau en même temps qu'il talonnait discrètement les flancs du cheval, car Lightning est brusquement reparti au plein galop. Penché sur l'encolure, Chance a retiré sa carabine du fourreau et l'a maintenue un instant, le canon pointé vers le ciel. Puis, se laissant glisser sur le flanc droit de Lightning, il a calé son pied gauche sur le troussequin, visé une cible imaginaire et tiré par terre. Il s'est remis en selle avec agilité, et il a fait de même de l'autre côté, gardant la position contre le flanc de l'animal tandis que celui-ci se rapprochait de nous. Alors il s'est rassis normalement. Lightning ne s'est arrêté qu'à quelques pouces de Bill et moi, de sorte que Bill a reculé d'un pas pour se protéger. Sachant que nous n'avions rien à craindre, je n'ai pas bougé. J'étais ravie de voir mon mari réussir ce numéro avec tant de virtuosité. J'éprouvais de la fierté, de l'amour, et comme un chatouillement au creux des reins…

— Toujours rien de particulier, Bill ? ai-je demandé à ce dernier.

On pouvait lire sur son visage qu'il était gêné d'avoir reculé. Je n'allais pas le lui reprocher… Il ne connaissait vraiment ni Chance ni son cheval, mais j'aurais cru, tout de même, qu'il commençait à se faire une idée.

Je n'ai jamais su exécuter ces acrobaties avec la même aisance, bien que Pretty Nose m'ait appris à les faire. C'est un peu trop exiger de moi… Étant plus grande, plus forte, Molly y parvenait très bien, elle. En voyant Chance s'en sortir haut la main, j'ai repensé aux amis et aux proches que nous avons laissés derrière nous, y compris ma fille Wren que je n'oublie pas un instant. Je suis à peine capable de coucher son nom dans ces pages, comme celui de tous les autres, car c'est trop douloureux. Nous avons cessé de lire les journaux dans les villes et villages que nous traversons. La presse ne rapporte qu'une chose concernant les guerres indiennes : selon elle, l'armée américaine continue vaillamment de « soumettre » les tribus, notamment depuis la défaite de Custer, laquelle a poussé les soldats à redoubler de violence. De leur côté, bien sûr, les Cheyennes et les

Sioux considèrent la bataille de l'Herbe grasse, comme ils appellent la Little Bighorn, comme une grande victoire. L'armée est déterminée à décimer les indigènes, c'est de l'extermination pure et simple, ce qui ne semble guère émouvoir les journalistes – pour eux, il s'agit seulement de triompher des barbares.

Nous avons appris hier soir que Bill, jusqu'à l'année dernière, servait encore d'éclaireur à l'armée pendant l'été, réservant l'automne et l'hiver aux tournées de son spectacle. Cela implique que, la moitié du temps, il contribue à traquer, exécuter ou parquer les rebelles dans les réserves, et qu'il consacre l'autre à présenter ses divers exploits sous la forme du divertissement. Un divertissement grossier, truffé d'exagérations… Selon lui, les Indiens ont presque tous été obligés de quitter leurs terres, et l'armée n'aurait plus besoin de ses services. Il a également indiqué que Crazy Horse a été tué à Fort Robinson au mois de septembre, et que sa disparition a ôté tout espoir aux derniers résistants sioux. Il n'a rien dit cependant à propos de la bande de Little Wolf et je n'ai pas eu le courage de l'interroger à ce sujet… je ne tiens pas à savoir.

— Que puis-je vous montrer encore, Bill ? lui a demandé Chance en rangeant sa carabine dans son fourreau. Au fait, pensiez-vous à me recruter ?

— En quelque sorte, oui. Et j'ai vu tout ce qu'il me fallait. Je songe à un nouveau spectacle que j'aimerais bien monter. Je vous en parlerai une autre fois, mais j'aurai besoin de vrais cow-boys, de dresseurs de chevaux et d'Indiens plus nombreux. Autant de rôles qui vous conviennent, et vous saurez jouer un Blanc aussi bien qu'un Peau-Rouge. Le moment venu, quand vous serez rentré du Texas, je serais heureux de vous engager pour diriger les numéros à cheval. Je pourrai vous offrir un très bon salaire. Pour l'instant, June, je renonce aux affaires de cœur. Non que je remette en cause vos connaissances, mais ce sera pour plus tard, ma petite… euh, non, pardon, madame Hadley.

« Spectacle », « divertissement » : voilà les mots qui me resteront en tête. Je repenserai aux méfaits de l'armée, à l'extermination des tribus, et ils revêtiront alors une signification particulièrement obscène. Quant à l'idée de travailler pour Cody, elle me paraîtra tout bonnement honteuse.

— Comme je vous ai dit, nous retournons à North Platte demain matin, tant qu'il fait assez beau, nous a-t-il rappelé. Passez me voir au printemps sur la route du Texas. Tout le monde en ville sait où j'habite. J'ai été sincèrement ravi de vous rencontrer, June et Chance, et ce sera un plaisir de vous retrouver. D'ici là, bonne chance !

Après son départ, j'ai aidé Chance à desseller Lightning et à le brosser, puis nous l'avons mené au corral rejoindre les autres chevaux.

— Tu sais, mon chéri, lui ai-je dit, c'était épatant de te regarder. Je serais d'humeur à partager une petite sieste avec toi, cet après-midi. Seulement, il y a plusieurs choses qui me préoccupent. Pour commencer, que penses-tu de sa proposition ?

Comme à son habitude, il a réfléchi avant de répondre, tout en caressant affectueusement l'encolure de Lightning.

— J'en ai de la chance, d'avoir un cheval comme celui-ci, a-t-il murmuré, comme pour lui-même.

Il a attendu un instant avant de poursuivre :

— Cody n'est pas un mauvais homme. Un fanfaron, oui, mais qui ne se fait pas d'illusions et ne se prend pas trop au sérieux. Je comprends qu'il veuille continuer dans le spectacle. Que peut-il faire d'autre ? Comme moi, il n'a pas reçu beaucoup d'instruction, c'est un gars de la Frontière qui a appris sur le tas… à suivre une piste, à tirer. Pour survivre, il a travaillé pour le Pony Express, puis pour l'armée. Mais il voit aujourd'hui, comme nous, que le monde de la Frontière touche à sa fin. Les bisons ont pratiquement disparu… c'est pourquoi je convoyais du bétail vers le nord, car la voie était libre. Ton programme FBI n'a avancé à rien, c'est une belle idiotie qui a mené à la mort quantité de tes amies, et les autres ne savent plus où aller s'abriter. C'est bien triste, mais les Indiens ne sont plus libres de se déplacer dans les plaines. Nous avons vécu dans les deux mondes, toi et moi, chez eux et chez les Blancs, tu as même des enfants de chaque côté. Nous avons beau explorer le pays, à la recherche d'un endroit à nous, nous voyons bien que cela n'existe pas, alors nous poursuivons notre chemin, ce qui revient à ne plus chercher. Nous sommes plus proches des indigènes, en fait, et quand Bill raconte qu'il leur tire dessus comme dans un jeu de foire, juste pour prouver qu'il sait viser avec une carabine, cela nous met mal à l'aise. Son histoire, dans la pièce, avec Yellow Hand qu'il aurait tué pour donner son scalp à Custer, ça ne tient pas debout. Il peut jouer les héros, mais il n'en est pas un.

« Alors ce que j'en pense, de sa proposition ? Eh bien, il y a deux façons de voir les choses. La première, c'est qu'un travail est toujours bienvenu, et nous arriverions peut-être à le faire un peu changer d'avis, s'il veut bien entendre, par exemple, que les Indiens sont aussi des êtres humains. Ce serait déjà un début, non ? Et tu dois être capable d'inventer des histoires pour lui, dans lesquelles les personnages auraient un peu de chair… ne seraient pas de simples accessoires qui lui servent de faire-valoir.

« Voilà pour la première. Maintenant, l'autre… Bien sûr que ça n'est pas bon. Après tout ce que tu as enduré… ton village cheyenne massacré au petit matin, la grotte où tu t'es réfugiée avec une balle dans le dos… toi et Wind enlevées par une bande de crapules… le chagrin, la peur, les blessures… exploiter tout cela dans un roman à deux sous, dans une pièce mal écrite, pour "divertir", comme ils disent ? Non, cela n'est pas possible. C'est immoral, écœurant, de quoi nous rendre malades. Alors on lui dit non, on ne veut pas travailler pour lui, n'en parlons plus, au revoir monsieur. Nous trouverons toujours un emploi, chaque fois qu'il le faudra. Voilà mon avis, à ton tour de parler.

— Je pense comme toi, Chance. Il y a bien deux façons de voir, mais une possibilité entre les deux. Oui, l'idée d'exploiter la détresse et le malheur des Cheyennes, des Arapahos, des Sioux, des Nez-Percés, de tous les Indiens des plaines que l'on a réduits à presque rien, juste pour distraire le public… cette idée me révolte. Mais s'il était possible de proposer des histoires authentiques, sans nous salir les mains, sans nous compromettre, sans pervertir la vérité ? Voilà ce qu'il faudrait suggérer à Cody et, si cela ne lui convient pas, on n'en parlera plus, comme tu dis. Mais je crois comme toi que c'est un homme honorable et que nous pouvons l'inciter à réfléchir. Tu t'occuperais de ses chevaux, en compagnie des autres cow-boys et de ses Indiens, il te confierait sans doute même un rôle. Cela ne serait pas pire que de nettoyer les écuries, tu aurais un salaire décent, nous mettrions de l'argent de côté, et peut-être un jour arriverions-nous à acheter un endroit pour vivre. Écrire des histoires ne me déplairait pas, nous en avons des tonnes à raconter, toi et moi, alors pourquoi ne pas être payée pour cela ? Mes registres et mes crayons, que je dois pourtant acheter, ne me rapportent jamais rien. D'ailleurs, mes cahiers ont presque tous disparu ou brûlé. Je m'inspirerai de toi, Chance, pour faire de Buffalo Bill un personnage mieux avisé. Au retour du Texas, nous verrons où il en est et nous lui dirons ce que nous voulons. Voilà tout pour ce sujet. Maintenant, je ferais bien une petite sieste avec un charmant cow-boy. Serait-il d'accord ?

Il m'a regardée et s'est mis à rire.

— Nous ne nous sommes pas couchés de bonne heure, n'est-ce pas, madame Hadley ? Heureusement pour nous, nous n'avons pas bu autant que Cody. Il aurait comme un penchant pour la boisson, ce monsieur. Cela fera partie aussi des choses à surveiller, je pense. J'avoue que je suis tout de même fatigué. Un bon bain et une sieste avec mon épouse, cela me paraît une excellente idée.

CINQUIÈME PARTIE

UN FOYER

10 avril 1878

Je ne vais pas gaspiller du papier en rapportant dans le détail la fin de cet hiver à Valentine. Après ce court printemps menteur du mois de février, le froid est revenu, plus mordant que jamais. Chance a dû déblayer des tonnes de neige pour permettre aux chevaux de sortir de l'écurie et de se dérouiller les jambes. Au bout de quelque temps, la neige amassée de chaque côté de ses petites allées faisait ressembler celles-ci à d'étroits ravins au milieu de montagnes de blancheur. Elles s'élevaient jusqu'à ses épaules ! À la pension, j'ai continué à m'acquitter de mes tâches de bonne à tout faire. Mabel Colson, la propriétaire, devenait chaque jour plus infirme et dépendante, et profitait davantage de mes bonnes dispositions. Ce fut un long hiver pénible et nous avons accueilli avec bonheur le retour du printemps, durable celui-ci, et un peu en avance.

Quittant la ville le 1er avril, nous avons atteint North Platte au bout d'une bonne semaine et répondu à l'invitation de Bill Cody, qui, avec son épouse, nous a gracieusement logés pendant deux nuits. Nos montures, fatiguées, ont pu se reposer un peu. La route sera encore longue jusqu'au Texas. Chance compte environ un mois et demi pour y arriver, voire deux, si nous ne voulons pas épuiser les bêtes.

Nous avons expliqué à Cody de quelle façon nous aimerions travailler pour lui, et il a paru y être favorable. Il pense toujours à présenter de grands spectacles en extérieur, avec courses de chevaux et acrobaties, tirs d'adresse et différents tableaux de l'Ouest américain. Cela semble difficile à réaliser dans les grandes villes, cependant il cherche des solutions. Nous avons abordé la question de nos rémunérations et il s'est montré généreux sur ce point, proposant à Chance un salaire régulier, et à moi un cachet pour les pièces que je lui fournirai, à condition qu'elles puissent être mises en scène. Je lui ai fait remarquer que, si lui-même et ses collaborateurs décidaient de ne pas s'en servir, ou seulement d'en choisir quelques-unes, je n'en tirerais qu'un faible revenu, sinon aucun. Après réflexion, il a convenu de me régler une somme forfaitaire pour chacune, avec une prime si elle était utilisée. Il m'a également versé une avance, ce qui tombe franchement bien, car nous sommes démunis pour le reste de notre voyage. Je me sens tout à fait capable d'écrire des histoires plus authentiques et plus intéressantes que celles de Prentiss Ingraham. J'ai aussi demandé à Bill de m'acheter quelques carnets, ce qu'il a fait volontiers avec ce commentaire : « Je ne vais pas laisser une grande dramaturge griffonner sur des registres comptables, enfin ! »

Chance estime que nous serons revenus du Texas à la fin de l'automne, si tout se passe bien. Nous sommes repartis de North Platte d'excellente humeur, avec la certitude d'un emploi à notre retour.

18 avril 1878

Nous avons mis cap au sud-ouest, traversé une partie du Kansas, et nous dirigeons vers les prairies de l'est du Colorado. Nous nous remettons en selle avec plaisir, nos chevaux ont récupéré cet hiver et profitent comme nous des températures douces du printemps. Ils ne peuvent encore brouter l'herbe, qui repousse à peine, et les pluies seront les bienvenues. Chance et moi sommes parés avec nos ponchos. Sur la terre, dénudée par endroits, nous aurions presque l'impression de voir l'herbe pousser. Une illusion peut-être… Les sommets restent blancs au loin, la neige n'a pas fondu, les ruisseaux et rivières ne sont pas en crue, et nous n'avons aucun mal à les traverser. C'est la plus belle période de l'année, qui me rappelle, chez les Cheyennes, le jour où nous avions enfin pu sortir de nos loges, respirer à pleins poumons, heureuses d'être encore là à la saison du renouveau. Pendant un bref moment, la vie était si belle… jusqu'aux premiers avertissements. Nous avions compris à quel point nous étions vulnérables quand Jules Seminole et sa bande de Crows, après avoir enlevé plusieurs d'entre nous, nous ont fait subir les pires outrages, comme avait dit Helen Flight. Ils avaient tué notre petite Sara, si courageuse. C'est peu dire qu'elle me manque, elle et tous nos amis, indiens et blancs, ceux qui ne reviendront pas, et ceux qui, j'espère, sont toujours de ce monde.

Que ferais-je sans cet homme remarquable qui chemine à mes côtés ? Et lui-même, que ferait-il sans moi ? Nous sommes ensemble depuis presque deux ans, et plus proches que jamais. Lorsqu'il pleut fort la nuit, nous faisons l'amour intensément, comme pour repousser l'orage. S'il bruine seulement, nos ébats sont ponctués de rires et de petits cris légers. Je nous sens indissociables de la nature qui nous entoure, de même que l'herbe n'existerait pas sans la terre et l'eau du ciel, et qu'un arbre ne pousserait pas sans racines. Pourtant l'image porte en elle une terrible éventualité : que l'arbre se renverse, foudroyé, que l'herbe meure, que la terre se craquelle en période de sécheresse.

Mon carnet est ouvert, posé sur le pommeau de ma selle, quand je pose la question à Chance :

— As-tu jamais pensé à ce qui adviendrait si l'un de nous deux devait perdre l'autre ?

Il médite la question.

— De toute façon, ma chérie, que cela se produise aujourd'hui, quand nous serons très vieux ou n'importe quand entre les deux, cela arrivera bien, n'est-ce pas ? À quoi bon y penser ? Il y a suffisamment de choses qui nous préoccupent, non ?

— Oui, mon amour, tu as raison. L'herbe qui pousse et ne manque pas d'eau ne s'inquiète pas de la sécheresse, et l'arbre ne se soucie pas de la tornade qui l'arrachera du sol.

— Hm… Tu y avais réfléchi, remarque-t-il en riant.

— Un peu, dois-je reconnaître. La vie est un bien précaire, nous ne le savons que trop. Tiens, raconte-moi la suite de ton histoire avec la petite Soleil de Louisiane.

— Pourquoi pas ? Où en étais-je ?

— Si je me souviens bien, je t'ai interrompu en sautant sur ton cheval…

— Oui ! Et tu étais… *émoustillée*, c'est ça ?

Je ris de bon cœur.

— Je constate que ta grammaire et ton vocabulaire s'épanouissent en ma compagnie… de même que ma sensualité…

— La mienne aussi, j'admets. Donc, Soleil et moi ne savions plus très bien quoi faire. La transhumance était repartie sans moi et nous nous demandions où aller. Nous avions trouvé un abri pour quelques jours, juste à la limite du bayou. Je voulais retourner au Texas, chercher un autre troupeau à convoyer, puisque j'avais besoin de travailler. Seulement, aucun éleveur nulle part n'accepterait un gars qui voyageait avec une fille. Il était toujours possible de l'emmener au ranch, mais, comme disait grand-père, je n'avais aucun avenir là-bas. Encore moins avec Earl Buttons, le nouveau mari de ma mère. Sincèrement, je serais étonné qu'il y soit resté… On verra bien, d'ailleurs.

« Alors Soleil et moi sommes repartis vers l'ouest, par la piste habituelle, faute d'une meilleure idée. Mais soudain, elle gardait le silence. Sûrement, quand on ne s'est jamais trop éloigné du bayou, qu'on se retrouve dans ces plaines arides, poussiéreuses, privées de végétation, on a de quoi s'étonner. Elle a fini par me demander :

"Ça ressemble à ça, ton ranch ? Il y a des arbres, quand même ?

— Pas vraiment, je lui ai répondu. On en avait un petit, que maman avait planté, mais il est mort et il ne fait plus de feuilles. Pour être franc, ça manque un peu de charme. C'est le désert, mais au moins les couchers de soleil sont beaux.

— Le désert ?

— Des plateaux désertiques, ils appellent ça.

— Tu aimerais vivre dans le bayou ?

— Je ne sais pas, je ne connais pas.

— Si on y retournait, je te ferais visiter.

— Pour quoi faire ?

— Nous pourrions y vivre ensemble.

— C'est plat, là-bas, non ? Il y a beaucoup d'eau, de marais…

— Beaucoup d'arbres, de buissons aussi. Un bon endroit pour chasser et pêcher. Tu en as aperçu une partie quand nous campions à côté.

— Mais c'est très humide ?

— Humide, oui…

— Et les gens ont des chevaux ?

— Assez peu. Ils ont plutôt des pirogues.

— Qu'est-ce que c'est, comme animal, ça ?"

Elle a éclaté de rire.

"Ce ne sont pas des animaux, idiot, ce sont de petits bateaux plats.

— Alors je ne pense pas que ça me plairait.

— Il faut que tu voies d'abord, c'est très joli.

— Je ne peux pas vivre sans un cheval, moi.

— Tu garderas le tien. On a aussi des serpents et des alligators.

— Mais l'horizon est toujours bouché, je crois ?

— Non, il y a des lacs. Et l'océan n'est jamais loin, on y voit l'horizon.

— Ah oui, l'horizon est sur l'eau.

— L'océan, c'est de l'eau, Chance…

— J'ai idée que ça ne me plairait pas."

« Mais nous avons rebroussé chemin et sommes partis vers le bayou. Sa famille y habitait depuis des générations, et je n'allais pas la laisser se débrouiller toute seule dans les plaines. Je savais déjà que je ne me plairais pas là-bas, et qu'elle ne se plairait pas dans le désert. En réalité, je la ramenais chez elle. Elle pensait que je finirais par m'y faire, comme j'avais pensé qu'elle s'habituerait au Texas.

« Je lui ai demandé comment elle allait s'y prendre avec l'oncle qui l'avait maltraitée, et elle m'a proposé de le tuer. Elle n'était pas la seule à avoir été abusée, toutes les petites filles de la famille y étaient passées. Je me suis étonné que les autres hommes ne soient pas intervenus. Ça ne les concernait pas, selon elle. Comme quoi, dans le bayou, la coutume voulait que les messieurs tripotent les gamines. Personne ne s'occupait des affaires des autres. Et les enfants sont nombreux, dans le coin, qui ont pour père leur grand-père, ou leur oncle, ou leur frère. Elle pensait que c'était un miracle qu'elle ne soit pas tombée enceinte. Je lui ai posé la question : si je le tuais, son oncle, ils seraient contents, dans ta famille ? Elle m'a répondu non, pas du tout, ils comprendraient tout de suite que c'était moi, puisque j'étais un étranger. On me pendrait à une branche du premier arbre, on m'accrocherait des pierres aux pieds et on me jetterait dans les marais où je serais dévoré par les alligators. C'est comme ça qu'on traite les gêneurs, là-bas, m'a-t-elle dit. Si je le tuais, son oncle, il fallait que je prenne la fuite aussitôt, mais dans ce cas ils lâcheraient leurs chiens après moi, et ils m'attraperaient quand même.

Chance s'est interrompu un instant avant de conclure :

— Alors, vraiment, ce n'était pas un endroit pour moi. Donc je l'ai raccompagnée chez elle, et je n'ai pas cherché à connaître sa famille. Je l'ai laissée au magasin général d'une petite ville à moitié en ruine, à la limite du bayou. Elle aimait autant, je crois, que je ne rencontre pas ses frères. Ils auraient cru que je l'avais enlevée, même violée, et on savait quel sort ils me réserveraient. Alors on s'est dit au revoir, devant le comptoir, en faisant comme si on se reverrait un jour. J'ai repris le cheval que je lui avais donné et je suis reparti vers l'ouest. À Abilene, je suis tombé sur une transhumance qui se dirigeait vers le Colorado et qui a bien voulu m'engager. C'était fini, avec Soleil.

22 mai 1878

Le Colorado est devenu un État il y a deux ans. Alors que nous traversions ses plaines à l'est, nous avons remarqué qu'un grand nombre de fermiers et d'éleveurs s'y sont installés, maintenant que les Indiens ont été expulsés. Je me suis souvenue malgré moi de l'horrible histoire que nous avait racontée Gertie, qui vivait à Sand Creek, il y a une quinzaine d'années, dans un paisible village de familles cheyennes du sud et arapahos. Elle avait elle-même épousé un Arapaho, de qui elle avait eu plusieurs enfants. Un jour de 1864, le colonel John Chivington, un pasteur méthodiste à la tête d'une compagnie de six cent soixante-quinze soldats, avait attaqué son camp à l'aube et massacré plus de deux cents hommes, femmes et enfants. Grièvement blessée, incapable du moindre mouvement, Gertie en avait été réduite à voir son fils et sa fille se faire tuer. Alors que Chance et moi descendions vers le sud, je me suis demandé si nous allions passer à proximité de ce qui avait été un épouvantable charnier. Les

Cheyennes croient que tout ce qui a lieu quelque part y reste enfoncé dans la terre, et j'ai fini par le croire aussi. J'avais été terrifiée à l'idée de revenir dans notre propre village d'hiver, que l'armée avait détruit avant de brûler tous nos morts. Quand nous y étions finalement retournés, j'avais entendu, effrayée comme beaucoup d'autres, les murmures de leurs fantômes se répandre dans le vent. Tandis que nous poursuivions vers le sud, en repensant à Gertie, j'ai craint, si nous passions trop près, de réveiller les esprits des victimes, qui nous accableraient de leurs litanies.

Chance connaissait Gertie, bien sûr. C'est elle qui l'avait protégé lorsqu'il était venu un soir dans notre camp, à la recherche d'une certaine May… Il avait revêtu une tenue d'Indien, il s'était peint le visage et il avait parlé comanche à la tribu, afin qu'on ne le prenne pas pour un Blanc. Cependant les Comanches étaient depuis des siècles les ennemis des Cheyennes. Les femmes et les enfants lui avaient jeté des pierres et l'avaient frappé à coups de bâton en l'escortant vers l'intérieur du village. Par chance, Gertie parlait aussi comanche et elle avait réussi à découvrir la vérité, faute de quoi il aurait été abattu après de longues tortures…

Je ne lui avais pas parlé de la tragédie qui avait frappé Gertie à Sand Creek. J'en connaissais seulement le nom et le fait que l'endroit se trouvait dans le sud du Colorado, au milieu des plaines. Mais, comme nous en approchions, j'ai décidé d'aborder le sujet. Après m'avoir écoutée attentivement, il a gardé le silence un long moment, comme il en a l'habitude.

— Je sais où c'est, a-t-il finalement déclaré. Depuis que nous sommes entrés dans le Colorado, nous avons suivi ce qu'on appelle la piste Goodnight-Loving. Je le sais parce que nous l'empruntions pour conduire le bétail à Denver. On y menait plus de deux mille têtes chaque année. En ce moment, nous nous dirigeons droit vers les lieux du massacre. Si je ne me trompe, nous devrions y être demain et, pour être tout à fait franc, June, je ne tiens pas à y passer, quitte à faire un grand détour.

— Pourquoi ?

— Je n'ai aucune envie d'y retourner une fois de plus.

— Mais dis-moi pourquoi !

— Tu as constaté toi-même que je suis aussi superstitieux que n'importe quel Indien. Tu vas peut-être te moquer de moi si j'affirme que cet endroit est hanté, mais c'est comme ça. Il faut avoir du sang indien pour le comprendre.

— Non seulement je te crois, Chance, mais je pense la même chose que toi. Pas besoin d'être indien pour comprendre cela.

— Vois-tu, ces régions que nous avons traversées depuis que nous sommes ensemble, là où tu as vécu avec les Cheyennes aussi… On y trouve beaucoup d'endroits comme celui-ci, où ont eu lieu des carnages, où des enfants effrayés, affamés, ont été tués à bout portant, comme ceux de Gertie. Des enfants à qui on n'a laissé aucune chance.

— Je ne veux pas faire de détour, Chance. Je ne la reverrai probablement jamais, mais je souhaite y aller pour elle, pour lui rendre hommage. Peut-être vit-elle à présent dans un meilleur monde que le nôtre… mais je garderai son souvenir dans mon cœur jusqu'au jour de sa mort. Il n'est rien que je puisse faire pour atténuer ses blessures, mais j'aurais honte d'éviter Sand Creek.

Le lendemain, nous avons atteint le site du massacre. Chance se souvenait parfaitement de la route à suivre. De plus, elle est jalonnée par toutes sortes de totems que les Indiens et des Blancs ont laissés sur leur passage : fleurs mortes, bibelots, couteaux rouillés, flèches brisées, lances et parfois quelques lignes sur un bout de papier, que le temps a rendues illisibles… Chance m'a appris que certains de ses collègues avaient déposé des offrandes pour les fantômes, et que tous avaient eu peur de dormir dans les parages, car ils entendaient des voix.

— Lors d'un voyage, nous avions un nouveau chef, un certain McIntyre, qui a voulu camper là une nuit, car il y avait de l'eau à la rivière pour le bétail et les chevaux. C'était sa première transhumance pour la compagnie, et nous allions à Denver. Nos gars lui ont expliqué pourquoi ce n'était pas une bonne idée de bivouaquer à cet endroit. Il leur a ri au nez, comme quoi ils étaient aussi superstitieux que les sales Indiens qui avaient été tués là. Le soir, devant le feu, il a ajouté que les Cheyennes et les Arapahos avaient bien mérité leur sort, sur un ton méprisant. Les journaux, de toute façon, n'avaient pas dit autre chose.

« Alors un de nos cow-boys a pris la parole. Il avait servi dans le 1er régiment de cavalerie du Colorado, et il avait assisté au massacre. Son capitaine, qui s'appelait Silas Soule, avait refusé d'obéir à Chevington qui lui ordonnait d'attaquer un village pacifique dans lequel un des chefs cheyennes, Black Kettle, faisait flotter le drapeau blanc et le drapeau américain sur son tipi. Mais Chevington a donné l'assaut avec les autres régiments. Quand les tirs ont commencé, des dizaines de femmes et d'enfants sont venus à la rencontre des soldats, les mains en l'air ou en agitant des drapeaux blancs en signe de reddition. Certains, à genoux, ont supplié qu'on leur laisse la vie. Les soldats leur ont fracassé le crâne à coups de crosse, tuant les squaws, les vieillards, les enfants, les bébés. D'autres ont tenté de fuir en suivant le lit de la rivière, sec à ce moment de l'année, et le sable les empêchait de courir. Un petit garçon de trois ans, tout seul, essayait de les rattraper. Ses parents étaient sans doute déjà morts. Trois soldats ont parié entre eux pour savoir lequel l'abattrait le premier. Deux l'ont raté, mais pas le troisième. Le gamin a mordu la poussière. Après avoir tué autant d'Indiens qu'ils le pouvaient, les militaires ont scalpé les morts… Femmes, enfants, nourrissons… Ils ont mutilé leurs corps, leur ont tranché les oreilles, les doigts, le nez, les organes génitaux. Chivington et ses hommes s'en sont servis pour décorer leurs chapeaux, leurs uniformes, leurs selles. L'un d'eux a ouvert le ventre d'une squaw enceinte et le fœtus est tombé à terre. Un autre a coupé les testicules d'un chef pour s'en faire une blague à tabac. Voilà ce que nous a raconté notre collègue, ce soir-là, ce qu'il avait vu… Il avait besoin de se décharger de tout ça et il ne pouvait plus s'arrêter. Il s'est mis à pleurer et il en avait encore, des horreurs, à nous dire. Les autres se sont couchés, mais il parlait tout seul, devant les braises en train de s'éteindre. Je n'oublierai jamais ce pauvre gars. Au milieu de la nuit, un coup de feu a retenti. Il s'était tiré une balle dans la tête.

Le seul moyen qu'il avait trouvé pour faire taire ces voix qui le hantaient.

« Voilà, June, pourquoi je ne veux pas retourner là-bas, encore moins y passer la nuit. Si on y va quand même, tu seras obligée de les voir à genoux, implorer la pitié, ou courir vers le lit de la rivière. Tu entendras les cris, les hurlements, des hommes, des femmes, des gamins, des fillettes… pendant que les soldats leur arrachent la tête et les taillent en morceaux. Tu verras peut-être même les enfants de Gertie s'effondrer. Seulement, il n'y a rien qu'on puisse faire, ni toi, ni moi, ni personne. Tu ne sens pas que ça grouille sous tes pieds, à l'endroit où on est ? Cette terre est maudite depuis le massacre. Le mieux est encore de laisser les morts tranquilles, en espérant qu'ils trouvent un jour la paix.

Alors nous n'avons pas dormi à Sand Creek. En silence, nous avons poursuivi vers le sud, en essayant de creuser la distance entre nous et ces esprits qu'il valait mieux ne pas troubler. Quoi que l'on fasse, cependant, ils sont capables de vous suivre, s'ils veulent.

13 juin 1878

À la frontière sud du Colorado, nous franchissons le col de Raton, à l'est des Rocheuses, qui nous mène dans le territoire du Nouveau-Mexique. Nous sommes ici en altitude, c'est le pays des *mesas*, plateaux en espagnol. Un paysage majestueux, sauvage et solitaire, qui s'étend à perte de vue et procure une sensation difficile à décrire. Chance me dit qu'il a conduit par ici des troupeaux de deux mille têtes, en compagnie d'une vingtaine d'autres cow-boys, depuis le Texas jusqu'à Denver, et Cheyenne dans le Wyoming. Cela me semble une tâche particulièrement difficile à accomplir.

Nous avons logé nos bêtes à l'écurie de Raton, où le maréchal-ferrant leur posera des fers neufs. Un ou deux jours de repos ne feront pas de mal aux chevaux. Quant à nous, nous nous offrons le luxe d'un hôtel, le premier depuis que nous avons quitté le Nebraska, il y a des semaines, même des mois de cela. En chemin, nous avons suivi les cours d'eau autant que possible, pour des raisons évidentes, et nous avons constamment dormi dans notre petite tente après notre dernière nuit à North Platte, début avril. Nous nous lavons comme nous pouvons dans les rivières et les ruisseaux, parfois simplement à l'aide d'une éponge. Ce qui me rappelle la vie dans les plaines avec les Cheyennes, où l'on se forge vite une autre idée de l'hygiène corporelle… Quel délice de faire l'amour dans un lit de plumes, de prendre un vrai bain dans une baignoire, un vrai repas dans un restaurant ! C'est une bonne chose d'apprendre à vivre avec peu, car on apprécie d'autant plus le confort et le bien-être. Mais à quel prix finalement, car il a fallu pour cela coloniser cette terre, exproprier ses occupants, la transformer pour qu'elle réponde exactement aux besoins des conquérants. Au prix exorbitant d'innombrables vies humaines, ce qu'on ne peut qualifier de progrès.

21 juin 1878

Passé le col de Raton, nous avons quitté les hautes altitudes pour nous retrouver dans les plaines. Ici des étendues arides alternent avec les herbages. Dans les prairies, des troupeaux d'antilopes broutent la grama bleue et l'herbe aux bisons. D'un beau vert argenté, déjà hautes l'une et l'autre, elles frémissent sous le vent. Hier matin, Chance a tué une jeune antilope, qu'il a vidée avant de la sangler sur le dos de Brutus, et que l'on découpera ce soir. Il fait encore assez frais dans la journée pour que la viande ne s'abîme pas. Au dîner, nous avons fait griller la longe, qui est le morceau le plus tendre et le plus goûteux. Les antilopes sont de petits animaux sveltes dans lesquels, contrairement au bœuf et au bison, il n'y a rien à jeter. Nous avons de quoi nous nourrir pendant plusieurs jours. Cela mis à part, je vais devoir changer mes habitudes alimentaires. En route, nous avons acheté chez les habitants un sac de haricots pintos et des tortillas, qui sont des galettes de maïs, ainsi que des tamales, des crêpes cuites à la vapeur, et la sauce locale, la salsa. Le soir, j'ai fait tremper une portion de haricots avant de les mettre à cuire, je les ai enveloppés dans les tamales avec de la viande d'antilope, j'ai ajouté la salsa, et nous avions notre déjeuner du lendemain. J'avais cependant exagéré avec la sauce car, dès la première bouchée, j'avais la langue et le palais en feu, et certainement le rouge aux joues. J'étais sûre que ma tête allait éclater. Chance s'est esclaffé. Il mangeait exactement la même chose que moi, et cela ne lui faisait aucun effet.

— Pourquoi ne m'as-tu rien dit ? ai-je hurlé en me précipitant sur ma gourde.

— Elle n'est pas si pimentée que ça, cette salsa. Je n'aurais pas détesté un peu plus de jalapeños, dedans. En tout cas, l'eau n'a aucun effet, ma chérie. Il faut mordre un citron pour que ça passe.

— Nous n'avons pas de citrons !

— Alors, tu attendras que ça se calme tout seul. En tout cas, retire la salsa de ta prochaine bouchée. C'est la nourriture qu'on me servait quand j'étais petit, j'ai l'habitude. Rocio nous préparait des plats très épicés.

— J'ai grandi à Chicago et à Lake Forest, moi, où l'on ne connaît pas ce genre de chose.

— Bien sûr, excuse-moi, June. J'aurais dû t'avertir et je n'y ai pas pensé. Mais tu aurais pu la goûter d'abord, cette sauce, avant d'en asperger ta tortilla.

— Oui, c'est exact.

La sensation de brûlure commençait à se dissiper. Légèrement…

— C'est ainsi qu'on va manger chez toi, alors ?

— Je doute que Rocio et Alejandro travaillent toujours au ranch. Même qu'ils soient encore vivants. Cela étant, oui, on aime la cuisine mexicaine au Texas.

— Même quand je te crie après, tu ne perds jamais patience, Chance.

— Cela ne t'arrive pas souvent. Et puis ce n'est pas après moi que tu criais, mais après les piments… Diable, tu avais la fumée qui te sortait par les oreilles !

Il avait raison. Curieusement, même si nous venons de milieux très différents, nous nous ressemblons de bien des façons. Pas étonnant que nous soyons tombés amoureux. Depuis que nous voyageons ensemble, nous ne nous sommes pas fâchés une seule fois. Nous nous comprenons souvent tacitement. À moins, bien sûr, que certains mets trop épicés y mettent du leur…

Nous allons donc entamer le dernier tronçon de notre périple. Chance pense que nous arriverons chez lui dans trois ou quatre semaines. Je le sens inquiet à mesure que nous approchons du but. Nous menons l'un et l'autre, depuis un certain temps, une existence de nomades ; je n'ai guère arrêté de vagabonder depuis ma guérison dans la grotte avec Wind et, avant de me rencontrer, Chance a vécu de ses transhumances. Certes, nous avons mené une vie de famille, sédentaire, à Lake Forest, mais cela n'a été que trop bref, et l'idée de nous établir quelque part semble à présent absurde. C'est pourtant l'existence à laquelle j'aspire. De son côté, Chance n'a jamais connu la stabilité – il a perdu son père à un très jeune âge, son ivrogne de beau-père lui flanquait des rossées, il avait à peine douze ans lorsqu'il dut partir de chez lui pour gagner sa vie –, alors je suppose qu'il ne détesterait pas, lui non plus, se fixer.

J'ai l'impression qu'il retourne dans son ranch en quête de quelques vestiges d'une enfance que, en définitive, on lui a volée, et sans doute pressent-il déjà qu'il n'en subsiste aucun, ce qui expliquerait son appréhension.

3 juillet 1878

Au sud de Santa Fe, nous gagnons la rive orientale de la Pecos River, que nous allons suivre peu ou prou jusqu'au Texas. Chance a préféré éviter le village de Pecos, car il a aperçu non loin un nuage de poussière indiquant qu'un troupeau de bétails s'y dirigeait. Bien que de nombreux éleveurs du Texas pratiquent les transhumances à cette époque-ci de l'année, il ne voulait pas courir le risque de rencontrer un ancien chef d'équipe, susceptible de mener ce troupeau-là. Chance ayant déserté la sienne, le soir où un baiser a scellé notre destin, il craint qu'on l'accuse de vol de chevaux, même si nos trois montures lui appartiennent. Comme Wind et moi l'avons appris lors de notre brève carrière de voleuses, nous savons qu'une telle accusation lui vaudrait facilement la pendaison, dans un pays comme celui-ci où les gens ont tendance à se faire justice eux-mêmes.

Au sud, nous gagnons ce qui était jadis le territoire des Comanches, qualifiés alors de « seigneurs des plaines », des guerriers redoutés qui étaient aussi d'excellents cavaliers. Chance aura peut-être hérité de ce talent particulier. Ils avaient autrefois repoussé leurs ennemis, les Apaches, dans l'ouest de ce qui deviendrait le Nouveau-Mexique, et régnaient donc sur le reste de celui-ci. Maintenant que les bisons ont pratiquement disparu, Chance pense que la tribu de son grand-père, dans sa plus grande partie, a été parquée au sein d'un « territoire indien », dans le nord-ouest du Texas. Voilà pourquoi mener des transhumances ici ne présente plus guère de danger, et nous suivons la même piste qu'elles, quoique dans l'autre sens. Chance connaît intimement la région, et nous avons fait d'amples provisions pour la fin de notre voyage. Nous évitons autant que possible de nous éloigner de la rivière car, plus nous descendons vers le sud, plus les plaines sont sauvages et désolées. Ce n'est qu'un désert, sec, aride et dépourvu du moindre village, qui s'étend jusqu'à l'horizon…

9 août 1878

Nous sommes arrivés au ranch au petit matin. Il y régnait un silence de mort, les bâtiments étaient décrépits. La porte d'entrée, de guingois, ne tenait que sur un gond. Celles de la grange étaient grand ouvertes. Deux cheveux faméliques, dans le corral, n'avaient que la peau sur les os. La clôture en bois s'était effondrée par endroits, et ils auraient pu s'échapper. Apparemment, ils n'en avaient plus la force. D'ailleurs, où seraient-ils allés ? Ils arrivaient tout juste à se tenir droits. S'il n'avait pas plu au cours de la nuit, leur abreuvoir aurait été complètement vide.

Chance a mis pied à terre et je l'ai imité. Nous n'avons pas échangé un mot. Il a retiré sa carabine de son fourreau. Je l'ai interrogé du regard en quête d'un signal, d'une indication. L'œil froid, il a simplement hoché la tête. Un frisson de peur est descendu le long de ma colonne vertébrale. J'ai sorti mon revolver et sa gaine pour les passer à ma ceinture, puis j'ai suivi Chance à l'intérieur de la maison. Le soleil s'était à peine levé, il y faisait sombre, il m'a fallu un moment pour m'habituer à l'obscurité. Une odeur de pourri nous accueillait. Endormi sur le dos, un chapeau de cow-boy sur la figure, un homme était affalé sur un divan. Un de ses bras pendait au-dessus du sol, une bouteille de whisky presque vide se trouvait sous sa main ouverte.

— Bon Dieu, a murmuré Chance, ce n'est quand même pas…

— Qui ? ai-je chuchoté.

Sans répondre, il s'est approché de l'homme et lui a enfoncé le canon de sa carabine dans le ventre.

— Debout, Mosby !

Se réveillant en sursaut, l'homme, ébahi, a observé Chance.

— Où est ma mère ? lui a demandé ce dernier.

Peu à peu, l'homme a retrouvé ses esprits et il a semblé reconnaître Chance. Il s'est redressé maladroitement et, s'asseyant, s'est frotté le visage comme pour s'éclaircir les idées.

— C'est bien toi ? a-t-il dit avec un mauvais sourire. Le petit Peau-Rouge qui a grandi ?

— Où est ma mère ? a répété Chance.

— Une seconde, fiston, que j'y voie un peu plus clair… Il faut que tu me donnes des nouvelles. Il y a longtemps qu'on ne t'avait pas vu dans le coin… Bienvenue chez toi !

Il a hoché la tête avant de poursuivre :

— Jolie fille que tu nous amènes. Alors il s'est marié, le gamin ?

Puis, en me regardant :

— Vous voudrez peut-être vous détourner, m'dame, m'a-t-il conseillé en portant la main à son chapeau. J'ai quelque chose à montrer au petit, et c'est pas très joli.

Il a retiré le chapeau.

— Tu vois comment ils m'ont arrangé, tes Comanches ? a-t-il jeté à Chance.

Il avait été scalpé, et un lacis d'affreuses cicatrices rougeâtres lui ornait le haut du front.

— Comme tu es sang-mêlé, tu dois te douter de ce qu'ils m'ont fait, après m'avoir traîné par terre, derrière leurs chevaux. Ils m'ont gardé attaché une éternité, et m'ont torturé, de temps à autre, pour m'entendre crier et s'amuser un peu. Ensuite, ils me jetaient des déchets de nourriture, par terre, que je devais me baisser pour manger comme un chien… Car j'avais les mains liées. Ils me versaient un peu d'eau sur la bouche, quand ça leur plaisait, juste de quoi me maintenir en vie. Ils voulaient me voir mourir lentement. Mais, un soir, je me suis libéré de cette bande de sauvages, ouais… je me suis échappé et je suis rentré ici. Et qu'est-ce que j'ai trouvé à la maison, petit Peau-Rouge ? Ta mère à la colle avec Earl Buttons ! Je l'ai descendu, ce pied tendre, évidemment. Il croyait pas qu'on me volait ma femme aussi facilement, quand même… Et elle, j'ai mis du temps à lui pardonner de m'avoir trompé. Je lui ai flanqué toutes les corrections qu'elle méritait…

Chance lui a mis le canon de sa carabine sous le nez.

— Ça suffit, Jack, où est-elle ?

— Eh bien, euh… c'est ce que je voulais te dire, Peau-Rouge, elle a eu comme un accident.

— Quel genre d'accident ?

— Elle s'est assommée en tombant. Mais je l'ai relevée, je l'ai soignée comme j'ai pu, et je l'ai mise au lit. C'est là qu'elle est, dans son lit. Elle dort paisiblement.

Chance se dirigeait déjà vers la chambre de sa mère et je l'ai suivi. Il a ouvert la porte et nous sommes entrés. L'odeur de putréfaction était si prononcée que j'ai dû me retenir de vomir. J'ai sorti mon foulard de ma poche, l'ai posé sur ma bouche et me suis réfugiée dans un coin de la pièce, aussi loin que possible du lit. Un drap recouvrait le corps jusqu'à la tête. Chance s'est approché et l'a retiré. Je n'ai pas de mots pour décrire dans quel état se trouvait le cadavre, et, quand bien même, je n'aurais pas le courage de les coucher sur le papier.

Soudain, Mosby est apparu dans l'encadrement de la porte, un fusil en main, avec lequel il tenait Chance en joue.

— Tu es revenu à temps pour un double enterrement, fiston, a-t-il lâché.

J'ai dégainé mon Colt et lui ai logé une balle dans le front.

Chance s'est retourné vers moi. Son visage ne trahissait pas la moindre émotion.

— Attends-moi dehors, June, s'il te plaît, m'a-t-il demandé.

J'ai obéi. Quand il est sorti à son tour, dix minutes plus tard, de la fumée et des flammes commençaient à s'élever à l'intérieur. Nous avons mené nos montures au corral. Chance a enjambé la clôture affaissée et s'est dirigé vers l'un des deux chevaux. Il a caressé son cou et son dos décharnés, lui a murmuré quelques mots à l'oreille, puis il lui a tiré une balle entre les deux yeux.

La pauvre bête s'est effondrée. Le deuxième était si faible que la détonation ne l'a même pas ébranlé. Il n'a pas reculé non plus, et Chance l'a abattu de la même manière. Les larmes qui coulaient sur ses joues luisaient au soleil du matin. Il est entré dans la grange et y a mis le feu également.

Nous sommes remontés en selle et sommes partis sans nous retourner.

8 septembre 1878

Depuis un mois, nous cheminons vers le nord sans presque nous dire un mot. Chance m'a remerciée de lui avoir sauvé la vie et se tait la plupart du temps, sinon pour m'indiquer quelle direction prendre. Je lui ai expliqué dès le départ que, s'il avait besoin de parler, il avait toute mon attention, cependant il reste enfermé dans ses pensées. Si je ne le force pas, je tente parfois d'échanger de menus propos, simplement pour briser un silence monotone. Il a décidé de retourner dans le Nebraska par un autre chemin, en traversant cette fois les territoires indiens, au nord du Texas, une région dans laquelle bon nombre de tribus ont été transférées. De là, nous rejoindrons le Kansas, puis finalement le Nebraska, ce qui devrait être à la fois plus rapide et plus simple. Cela me paraît mieux, de toute façon, que revenir sur nos pas. Nous forçons un peu l'allure, cette fois, et nous exigeons beaucoup de nos bêtes. J'ai l'impression très nette que, si Chance est revenu au Texas en quête de quelques souvenirs d'enfance, il tient à présent à oublier définitivement celle-ci. Je le laisse dominer son chagrin. Je sais d'expérience que les autres ne sont pas forcément d'un grand secours dans ces circonstances. Il me retrouvera quand il aura besoin de moi.

En arrivant en territoire indien, je comprends pourquoi l'État a confiné les tribus ici : quel paysage sec, plat et désertique ! On n'aurait pu trouver un milieu plus isolé, plus hostile, pour les éloigner de l'implacable avancée de la destinée manifeste. Les Blancs se sont approprié les meilleures terres et n'ont laissé que des miettes aux indigènes.

9 septembre 1878

Nous avons fait une découverte stupéfiante. Nous approchions ce matin de Fort Reno, un poste militaire de l'armée, près duquel nous avons aperçu un grand panneau annonçant l'emplacement de l'agence indienne de Darlington. Elle regroupe, selon les indications fournies, les Cheyennes du Sud et les Arapahos. Nous nous sommes rendus au quartier général, où nous avons parlé à un certain John Miles, qui dirige l'Agence. Il paraissait très affairé et s'est étonné de notre présence. Chance lui a expliqué que nous nous dirigions vers le Kansas et que nous avions l'intention de traverser la réserve. Ce qu'il nous a déconseillé, eu égard aux troubles causés dans celle-ci par les Cheyennes du Nord.

— De quelles bandes de Cheyennes s'agit-il ? lui ai-je demandé.

— Celles de Dull Knife et de Little Wolf, m'a-t-il répondu. Depuis leur arrivée, l'année dernière, ils ne causent que des ennuis. Particulièrement celle de Little Wolf. Ils n'assistent jamais à nos leçons d'agriculture et refusent d'envoyer leurs enfants à l'école que nous avons fondée pour eux. Ils ont établi leur camp à l'écart de tous les autres, et ils continuent de pratiquer leurs danses et leurs cérémonies, comme s'ils étaient encore un peuple libre. De plus, ils complotent allez savoir quoi avec les Cheyennes du Sud.

J'étais si ébahie que j'en ai eu le tournis.

— Combien sont-ils ?

— Moins de trois centaines, m'a appris John Miles. Beaucoup sont morts de la rougeole, ces derniers temps. Pourquoi me posez-vous ces questions, madame ? Faites-vous partie d'un comité de patronage, d'une société de missionnaires ?

— Ni l'un ni l'autre.

— Écoutez, je suis très occupé en ce moment. Selon les rumeurs, Little Wolf préparerait une tentative d'évasion. J'essaie d'obtenir du renfort de Fort Sill pour l'en empêcher. Vous tombez vraiment mal et ce n'est pas une bonne idée de traverser la réserve. Il semblerait que votre cheval de bât transporte de la nourriture dans ses paniers. Nous rationnons les Indiens pour les forcer à nous obéir, et ils sont très probablement affamés. Croyez-moi, je connais ces gens-là, ils vous voleront sans pitié et, s'il faut vous tuer pour cela, ils n'hésiteront pas.

— J'en doute fort, monsieur Miles, ai-je rétorqué. Voyez-vous, j'ai été l'épouse de Little Wolf et je les connais aussi.

Je me suis retournée et nous sommes revenus à nos chevaux. En remontant en selle, nous avons vu l'agent Miles nous regarder depuis sa porte, d'un air parfaitement sidéré.

— Je crois que tu l'as impressionné, m'a dit Chance. Il paraît moins affairé que tout à l'heure, bizarrement…

— C'est un crétin. Il affame les gens et se demande ensuite pourquoi ils cherchent à s'enfuir.

— Je sais ce que tu penses, June. Si ta petite fille est ici, nous allons la chercher.

Il avait bien sûr compris ce que j'avais en tête, depuis que nous avions appris que, contre toute attente, les Cheyennes avaient été parqués à Darlington : ma petite Wren. Il semblait brusquement avoir remisé ses idées noires et rétabli ses priorités.

Nous nous sommes enfoncés dans la réserve. Aucune sorte de gibier n'avait de quoi subsister dans cette étendue aride. Il n'y avait pas un buisson dans lequel se cacher, pas un seul brin d'herbe à brouter. Que diable pouvaient bien faire de vrais Indiens dans un tel désert ? Apprendre l'agriculture ? Pendant des siècles, ils avaient formé un peuple de chasseurs-cueilleurs. Aujourd'hui, on leur avait volé leurs terres ancestrales pour les réunir dans un endroit où il n'y avait rien à chasser, rien à cueillir. Les Blancs qui gouvernent notre monde insistent pour façonner les autres à leur image. Malheur aux races qui ne leur ressemblent pas : elles seront méprisées, déportées, condamnées à mourir ou à vivre dans la misère.

Pour l'instant, j'ordonne au ciel que ma fille soit ici. Chance ne nous a pas menés à cette Agence par hasard ou cela dépasserait l'entendement. Il n'est pas concevable qu'il ait retrouvé sa mère dans un état pareil et que ma petite Wren ne soit plus de ce monde. Je prie… je prie pour qu'elle soit là et bien vivante. Elle a un peu plus de deux ans et demi, elle doit être absolument adorable… Oui, j'imagine ses bonnes joues. Évidemment qu'elle est en vie. Elle ne parle sans doute pas anglais, mais qu'importe, on apprend si vite à cet âge. Une autre existence va s'ouvrir devant nous, un avenir à construire ensemble, je ne sais où exactement, mais nous serons heureux, en sécurité quelque part. Qu'on en finisse avec les meurtres, les tueries, les armes à feu, les fuites, les abandons ! Je vois une maison blanche, des chevaux blancs, d'une espèce que je ne connais pas. Je vois Chance en train de les brosser, les panser. J'entretiens depuis quelques jours ce rêve éveillé, qui me rassure et me stimule…

Plusieurs tipis, groupés, se dressaient à quelque distance. À mesure que nous approchions, j'ai reconnu, peints sur la toile, les dessins et symboles particuliers de la bande de Little Wolf. Naturellement, il avait fallu qu'il se distingue, qu'il monte son camp à l'écart des autres tribus. Plusieurs familles sont sorties de leurs loges quand nous sommes arrivés – maris et femmes, des enfants, des visages familiers. Ils paraissaient émaciés, affligés. Je les ai salués. J'ai aperçu le cheval de guerre de Little Wolf, attaché devant un des tipis. Le rabat de celui-ci s'est ouvert, et il est apparu.

— Nous nous arrêtons ici, ai-je annoncé à Chance, et je dois te demander de nous laisser, s'il te plaît.

— Bien sûr, je comprends, June. Cela ne te gêne pas que je distribue une part de nos provisions à ces pauvres gens ?

— Donne-leur tout. Nous jeûnerons quelques jours, s'il le faut.

Nous sommes descendus de cheval. Little Wolf n'a manifesté aucune surprise en me trouvant là. De fait, je ne l'ai jamais vu exprimer quelque émotion de ce genre.

— *Héehe ma'hahkeso*[1], lui ai-je dit.

— *Haáahe Mesoke*[2].

Il m'a invitée à entrer dans son tipi. Me glissant à l'intérieur, je me suis assise immédiatement à droite du rabat. Je n'avais pas oublié la coutume, encore moins la première leçon que m'avait enseignée la vieille harpie à ce sujet. Tandis que je m'habituais à l'obscurité, mon cœur s'est mis à battre à tout rompre quand j'ai aperçu ma petite fille accroupie près de Quiet One. Elle m'a aussitôt regardée en écarquillant les yeux. Je n'avais qu'une hâte, la soulever pour la prendre dans mes bras, ce que je n'ai pas fait, évidemment, par respect des convenances. Quiet One et moi nous sommes saluées silencieusement, affectueusement, comme il sied à deux femmes qui ont partagé le même tipi… le même mari… et tant d'épreuves à travers le temps. Je n'ai pu que remarquer l'austérité de leur loge. Il n'y avait plus ni dossiers de bois, ni fourrures d'animaux, ni lits confortables de feuilles et de brindilles – seulement deux couvertures élimées. Pas non plus de feu au centre, en l'absence, certainement, de bois à brûler. Encore moins de nourriture en train de cuire, ou de tabac à fumer.

Little Wolf s'est assis et je lui ai demandé des nouvelles de sa fille Pretty Walker. Il m'a appris qu'elle s'était mariée et qu'elle vivait auprès de son époux.

---

1. Bonjour, mon mari.
2. Bonjour, Mesoke.

Et comment allait Feather on Head ? Quiet One et lui-même ont baissé la tête sans répondre. Au bout d'un moment, il m'a annoncé que, succombant à la maladie des Blancs, elle était partie à Seano, au bout de la route suspendue dans le ciel[1]. J'ai exprimé ma propre tristesse de la même façon qu'eux, les yeux baissés en retenant mes larmes.

Un long silence s'est installé. J'avais désespérément besoin de me rapprocher de Wren, mais je craignais que cela paraisse indécent. Il fallait attendre encore.

— Comment nous avez-vous retrouvés ? m'a finalement demandé Little Wolf

— Nous avons parlé au chef de l'Agence qui nous a dit que vous étiez ici.

— Et pourquoi étiez-vous chez lui ?

Impossible de répondre que le hasard nous avait menés dans la réserve, car je ne le croyais pas. Seule la vérité était acceptable.

— C'est ma fille qui m'a guidée jusqu'ici, ai-je déclaré. Elle a besoin de sa mère.

Little Wolf et Quiet One ont échangé un regard, dont le sens m'a échappé.

— Nous partons demain, a-t-il dit. Nous quittons cet endroit où ne règnent que la maladie et la mort. Cet agent dont tu parles a réduit nos rations. Nous n'avons plus ni farine, ni sucre, ni café. Ils nous ont donné une vache famélique, que l'homme blanc ne pouvait céder contre ce précieux argent qu'il vénère plus que tout. Elle n'avait plus de chair sur les os et ils pensaient nous

---

1. Seano : le paradis cheyenne (cf. *Mille femmes blanches*, du même auteur).

nourrir avec ça. Ils voudraient faire de nous des paysans, mais nous ne sommes pas des paysans, nous sommes des chasseurs. Ils ont fini par nous distribuer quelques fusils. Seulement, il n'y a pas de gibier ici. Tout ce qu'ils disent, tout ce qu'ils font n'est que mensonge et trahison. Nous préférons mourir libres en essayant de rentrer chez nous, plutôt que rester à l'Agence et nous éteindre lentement.

— L'agent sait que vous préparez une évasion. Il a appelé d'autres soldats en renfort pour vous retenir.

Little Wolf a hoché la tête.

— Nos cousins cheyennes du Sud, qui ne partagent pas leur nourriture avec nous, lui auront fait part de nos intentions.

— Mon mari, je voudrais que tu nous confies notre fille. Ce sera déjà un voyage difficile pour Quiet One et toi. Avec un enfant, cela risque d'être impossible.

— Oui, Mesoke. Nous avons déjà pris cette décision.

J'ai alors compris le sens du regard qu'ils avaient échangé.

Tout bas, Quiet One a murmuré quelques mots à Little Bird, dont je n'ai entendu qu'une partie. Malgré son jeune âge, ma fille s'est levée avec toute la grâce d'une Cheyenne adulte. Les enfants de ce peuple mûrissent bien plus vite que les nôtres. Avec légèreté, elle s'est rapprochée de moi. J'avais beau les retenir de toutes mes forces, mes larmes se sont mises à couler. Des larmes de joie et de soulagement, mais aussi de tristesse et de gratitude envers ce couple digne et généreux, qui se séparait de la petite. Je me rappelle trop bien le déchirement que j'avais éprouvé quand j'avais dû laisser

Wren à Feather on Head[1], certaine que je ne la reverrais jamais. Sans dire un mot, elle s'est assise à mes côtés, posant ses grands yeux sur moi. Me reconnaissait-elle, ou était-ce seulement mon imagination ? Peut-être, tout simplement, s'étonnait-elle de me voir pleurer.

— Ton mari est-il un homme bon ? m'a demandé Little Wolf.

— Un homme très bon. Il a du sang comanche.

Il a souri. À peine, mais c'était suffisamment rare pour être remarqué.

— Bien qu'ils soient nos ennemis, nous les respectons, car ce sont de valeureux guerriers.

— Et, comme toi, mon mari, Chance est un redoutable chasseur, un excellent cavalier et il a le sens de la famille. Il saura prendre soin de notre fille.

— Elle a faim, il faut la nourrir.

— Évidemment.

— Nous devons nous préparer pour notre départ, demain. Ne traînez pas ici, éloignez-vous autant que possible, car nous sommes sûrs de livrer bataille aux soldats qui nous poursuivront. Nous allons dire au revoir à notre fille et lui donner quelques objets à emporter. Vous attendrez un instant devant la loge.

— Entendu.

À quatre pattes, je me suis rapprochée de Quiet One. Les Cheyennes n'apprécient guère les démonstrations d'affection, cependant je l'ai serrée contre moi et l'ai remerciée. Elle m'avait toujours gentiment reproché d'être sentimentale, mais, pour une fois, elle a souri quand j'ai desserré mon étreinte. Si Little Bird avait eu

1. Cf. *Les Amazones*, du même auteur.

le privilège d'un chuchotement, Quiet One, fidèle à elle-même[1], n'a pas prononcé un mot. Rejoignant ensuite Little Wolf, j'ai caressé sa joue glabre et ferme, sa peau couleur de bronze. Ce n'est plus un jeune homme, mais il a encore belle allure, malgré les nombreuses blessures qu'il a récoltées au combat.

— Merci, mon mari, lui ai-je dit.

Il a simplement hoché la tête.

J'ai retrouvé Chance dehors et lui ai appris que nous emmenions Wren.

— Je n'en doutais pas, ma chérie, a-t-il lâché, l'œil brillant.

Prévoyant comme à son habitude, il avait emballé une partie de nos provisions dans un sac de toile pour la donner à Little Wolf, suivant la coutume indienne de toujours apporter un présent lorsqu'on rend visite à une tribu. Dans ces circonstances, c'était bien sûr la moindre des choses. Il avait également enveloppé un peu de pain et de la viande séchée à l'intention de Wren.

Un instant plus tard, Little Wolf ressortait de sa loge, la petite dans ses bras. Il me l'a confiée, puis il a levé les yeux vers Chance. À la manière de deux guerriers, ils se sont jaugés du regard. En langue des signes, Chance l'a remercié, en ajoutant qu'il nous défendrait, moi et Wren, au prix de sa vie, s'il le fallait. Little Wolf lui a répondu par signes également. Je n'ai jamais entièrement maîtrisé cette gestuelle, mais son message avait certainement quelque chose d'amical. Chance lui a exprimé un sentiment analogue. Cela fait, le grand

1. Quiet One : la Silencieuse.

chef Little Wolf, dans ses vêtements usés, est rentré dans son austère tipi sans se retourner.

J'ai posé Wren sur le sol et suis montée en selle. Chance l'a soulevée avec toute la douceur et la prévenance d'un bon père, puis il l'a placée derrière moi. Quand j'ai senti les mains de la petite qui s'accrochait à ma taille, une joie indicible m'a submergée. Je retrouvais une partie de moi dont j'avais si longtemps été privée. J'étais de nouveau une mère avec son enfant.

Nous sommes repartis.

ÉPILOGUE

Saint-Gilles, Camargue
1889

Voilà plus de onze ans que je n'ai écrit dans mon journal. Comme c'est souvent le cas, au cours d'une aussi longue période, la vie change radicalement – peu à peu, semble-t-il, au fil du temps, mais avec le recul, tout paraît si soudain.

Chance, Wren et moi sommes revenus au ranch de Bill Cody, à North Platte, à l'automne 1878. Il rentrait de plusieurs mois dans les plaines, où il servait d'éclaireur pour l'armée. Les dernières bandes d'Indiens libres avaient été soumises, excepté une poignée de « renégats », comme on les désignait, si bien que, l'été suivant, le pays n'aurait plus besoin de ses services. Il pouvait à présent se consacrer entièrement à son autre métier d'homme de spectacle, s'attachant à l'histoire de l'Ouest américain et à la vie de son alter ego Buffalo Bill. Les deux deviendront des légendes connues du monde entier. Chance et moi sommes bien conscients qu'en collaborant avec l'armée, Cody a joué un rôle dans l'extermination des tribus des Grandes Plaines. Une tragédie qu'il transforme en divertissement, avec une dimension mythique. Nous ne pouvons nier que nous avons pris part à cette fiction.

Si nos relations avec lui ont connu des hauts et des bas, nous avons été ses proches et nous lui sommes très reconnaissants. À notre retour du Texas, il a renouvelé son offre de nous faire travailler et nous a logés un temps dans son ranch. Je me suis aussitôt mise à rédiger des pièces pour sa troupe, en m'écartant du genre mélodramatique qu'il affectionne pour me rapprocher d'un style plus littéraire. Je souhaitais également présenter les natifs comme des êtres humains, et non comme de pauvres barbares. Malheureusement, mes efforts se sont heurtés à la résistance de l'équipe, de ses autres auteurs notamment, en particulier de son chef plumitif, Prentiss Ingraham. Chance, lui, a pris la direction des écuries de Bill. Wren a rapidement appris l'anglais, avec la facilité que lui assure son jeune âge. Dès que possible, nous l'avons envoyée à l'école de North Platte, brièvement, puisque, ici encore, il ne fait pas bon avoir du sang indien.

Quelques courtes années plus tard, Cody et ses associés ont finalement monté leur revue en plein air, le Wild West Show, qui est devenu, au cours de la décennie suivante, un spectacle somptueux. Chance a vu ses responsabilités augmenter considérablement. En tant que chef dresseur, il est chargé d'acquérir chevaux et toutes sortes d'animaux, et il dirige en outre les *vaqueros* mexicains, les Cosaques des steppes ukrainiennes et les cavaliers indigènes que Cody a engagés en nombre. Ce sont tous d'excellents écuyers, de fortes personnalités conscientes de leur talent – arrogantes, imperméables aux critiques, parfois même agressives. À plus d'une occasion, Chance en est venu aux mains avec l'un ou l'autre, quoique jamais avec les Indiens, toujours calmes et d'humeur égale. Ceux-ci montent à cheval depuis leur plus tendre enfance, ils n'ont rien à prouver, leurs dispositions se confondent avec leur nature. C'est l'alcool qui pousse certains à braver l'autorité de Chance et, dans l'état où ils sont à ces moments-là, il n'a guère de mal à leur rappeler qui est le chef. Comme il participe lui-même à de nombreuses scènes et que personne ne remet en cause ses qualités équestres, il a gagné le respect de tous, et c'est en outre un des acteurs les plus populaires de la revue, ce dont il ne se vante jamais. Les affiches le présentent comme le « cow-boy comanche ». Dans un numéro qu'il exécute seul, il a le visage peint de couleurs affolantes – ce n'est plus ce fard gras et nauséabond qu'il appliquait autrefois, mais des produits modernes qu'utilise la maquilleuse de la troupe. Les jambes nues, il est vêtu d'un pagne, tandis que son torse, nu également, est couvert de différents dessins et symboles. Avec sa peau mate et ses traits anguleux, il passe facilement pour un Indien, à la fois séduisant et effrayant. Il fait son numéro favori, consistant à glisser sur les flancs de Lightning, l'un après l'autre, pour tirer dans cette position précaire sur des cibles disposées sur le sol. Le public, qui adore ça, le salue par un tonnerre de vivats et d'applaudissements. Après quoi, il se démaquille, s'habille en cow-boy et se joint à la troupe des cavaliers pour de nouveaux numéros.

Cody s'est procuré un troupeau de dix-huit bisons dont il se sert au cours du spectacle. Chance et un vétérinaire à plein temps veillent sur eux. Voilà encore un aspect détestable de l'affaire : il a lui-même participé à l'éradication de l'espèce, alors qu'il vendait ses services à l'armée. Il en a tué plus d'un millier, dont il a laissé les carcasses pourrir à même le sol. L'État avait eu pour objectif de priver les tribus de leur principal moyen d'existence, et le but est presque atteint.

Du côté des indigènes, nous disposons surtout d'acteurs pawnees et sioux – des ennemis de toujours qui ont mis leurs animosités de côté –, mais d'autres proviennent de diverses tribus des plaines. Le grand chef sioux Sitting Bull a passé quatre mois parmi nous. C'est un homme digne et magnifique, que Bill payait cinquante dollars par semaine. Il complétait son salaire en vendant des autographes aux spectateurs. Cependant l'argent ne l'intéressait pas et il en reversait la majeure partie à des organismes de charité. La plupart de nos Indiens sont d'anciens guerriers, ou de plus jeunes qui n'étaient pas encore en âge de se battre pendant les guerres. Aucun ne regrette de s'être joint au Wild West Show, qui leur permet d'échapper à l'oisiveté débilitante des réserves, même s'ils jouent des scènes dans lesquelles les Blancs triomphent de leur peuple… ils sont au moins payés pour cela. Bill les traite tous, ainsi que leurs familles, avec le plus grand respect, et ils lui en sont reconnaissants. Lorsque nous arrivons dans une nouvelle ville, notre premier travail consiste à monter le village de tipis. Comparée à la misère d'une existence dans les Agences, ils mènent avec nous la grande vie.

En ce qui me concerne, j'ai maintes fois tenté de modifier le point de vue de Bill, de permettre aux Indiens de remporter quelques victoires dans le spectacle, de les présenter, non comme les agresseurs, mais comme les victimes. C'était après tout leur domaine qui était envahi, la terre qu'ils occupaient depuis des millénaires. Que pouvaient-ils faire, sinon se défendre contre un ennemi supérieur en nombre, quasi invulnérable ? J'ai également décrit plusieurs massacres que l'armée a commis, notamment l'assaut mené contre le village de Little Wolf où nous vivions, mes amies et moi. Naturellement, avant même que je fournisse mes brouillons à Bill ou à un autre de ses associés, je savais, et je le comprenais bien, qu'aucune de mes propositions ne serait jamais mise en scène. Mais, compte tenu de notre accord initial, ils étaient obligés de me payer, que l'on se serve ou pas de mes pièces.

Cody réagissait toujours de la même façon :

— Combien de fois devrai-je te répéter, June, que nous sommes là pour divertir le public ? Nous lui présentons des aventures, dans de grands espaces où nous bravons tous les dangers, où nous parvenons à dompter les barbares. Il faut que cela soit palpitant, que les spectateurs se sentent confortés, fiers de la façon dont nous avons conquis l'Ouest. Ils doivent avoir l'impression d'y être. Alors ces horreurs que tu t'entêtes à m'apporter… cela n'est pas drôle, June. Les gens ne prennent pas des places pour voir nos courageux soldats perdre la face devant les Indiens. Ils ne veulent pas savoir que l'armée n'a fait que répandre le sang. Personne n'a envie d'apprendre que Chevington a exterminé tout un village, même s'ils n'ont que mépris pour les sauvages. Enfin, des petits Peaux-Rouges tués à bout portant par la cavalerie ? Cela n'est pas amusant, cela met les gens mal à l'aise.

— Je ne cherche pas à les conforter, Bill, au contraire, je veux qu'ils soient indignés, révoltés.

— J'entends bien, mais cela n'a rien de divertissant.

Naturellement, il a raison.

Pour lui, évidemment, Chevington a mené un « combat », et non perpétré un massacre. Alors je prends un malin plaisir à souligner de quelle façon nous avons « conquis » l'Ouest – en nous appropriant les terres des natifs, en détruisant leur mode de vie, leur culture, en décimant tout un peuple. Mais non, tout cela manque de charme et il rejette chacune de mes suggestions. J'aime aussi lui rappeler une chose, dans la première pièce de sa troupe à laquelle Chance et moi avons assisté :

— Est-ce si drôle que cela de vous voir tuer le chef Yellow Hair, puis de brandir son scalp devant tout le monde ? Cela rassure-t-il les gens ?

À quoi il répond forcément :

— Mais bien sûr que oui ! Ils sont absolument ravis ! C'est un acte d'héroïsme… alors ils se prennent, eux aussi, pour des héros ! Je venge le massacre de Custer (il emploie ici volontiers le mot « massacre »)… et les gens n'aiment rien moins qu'une juste vengeance.

Une fois de plus, je ne peux contester les affirmations d'un homme de spectacle avisé.

Nous reprenons régulièrement ce type de conversations, qui restent cependant cordiales, puisque nous sommes amis. Au fil des années, Cody a fini par incarner totalement son personnage de Buffalo Bill : un modèle de courage, d'héroïsme pour des centaines de milliers de spectateurs dans le monde entier. Certes, il a quelque chose d'un imposteur, mais il croit dur comme fer à son invention, et Chance et moi ne lui en voulons pas. Si nous ne sommes pas toujours d'accord, il reste un homme bienveillant et généreux, et nous n'avons pas à nous plaindre de nos émoluments. Wren parcourt le pays avec nous, ce qui lui vaut un bien meilleur enseignement qu'à l'école de North Platte. La revue s'est rendue dans un grand nombre de villes américaines, y compris à New York, au Madison Square Garden, mais aussi à Londres, il y a deux ans, pour le jubilé de la reine Victoria, qui fêtait ses cinquante années de règne.

Avant de se produire à New York, dont le public est réputé exigeant, Bill a eu la bonne idée d'engager un auteur dramatique et metteur en scène extrêmement doué, Steele MacKaye, en lui confiant la mission de donner à son spectacle un vernis de respectabilité. MacKaye a brillamment réussi. Adepte des principes de François Delsarte en matière de gestuelle et d'art oratoire, il a également travaillé avec les comédiens pour qu'ils développent leur registre émotionnel. De plus, il a apporté à la revue divers effets visuels et sonores, supervisé la conception des décors, et restructuré un ensemble de scènes disparates sous la forme, plus cohérente, d'une pièce en trois actes. Celle-ci se présente maintenant comme une reconstitution historique de l'Ouest américain, dans laquelle la population indigène est traitée avec un minimum de réalisme et de compassion. J'ai eu l'honneur de collaborer avec M. MacKaye, j'ai beaucoup appris grâce à lui et nous nous sommes bien entendus. De fait, quelques-unes de mes idées personnelles, pour radicales qu'elles fussent, ont trouvé leur place dans le spectacle, avec quelques aménagements.

Une chose extraordinaire s'est produite lors de notre séjour à Londres. Un vaste terrain avait été réservé dans les faubourgs pour nos représentations en extérieur. Bien que je n'aie jamais fait le compte, le Wild West Show réunit environ deux cents comédiens, près de deux cents chevaux, dix-huit bisons, dix élans, quatre ânes, cinq bœufs du Texas, dix mules et plusieurs cerfs. Notre village de tentes comprend une écurie démontable où sont logées les montures personnelles de certains cavaliers et qui sert à ranger toute la sellerie. Autour sont disposés différents corrals : un pour le reste des chevaux, des mules et des ânes, le deuxième pour les bisons et les bœufs, le troisième pour les élans et les cerfs. Le village de tipis occupe un espace à part. Wren se joint souvent aux Indiens, dont elle apprécie la compagnie. Sans doute n'a-t-elle pas tout oublié de sa petite enfance dans la loge de Little Wolf. Elle avait onze ans lors de notre passage à Londres et elle s'est liée d'amitié avec un grand nombre de leurs enfants. J'ai continué à lui parler cheyenne à mesure qu'elle grandissait et nous la savons en sécurité avec eux. Ils sont tous dignes de confiance.

Tôt un matin, Chance pansait Lightning à l'écurie avant de l'emmener au corral lorsqu'il a entendu du bruit et aperçu une femme qui observait attentivement les autres chevaux. Elle portait des jodhpurs et des bottes de cavalière. Il s'est approché d'elle pour lui demander ce qu'elle faisait là.

— Puis-je vous renseigner, m'dame ? a-t-il dit poliment, légèrement contrarié par cette apparition soudaine, d'autant plus que le public n'était pas autorisé à se rendre à l'écurie.

— Je vous remercie beaucoup, mais je suis parfaitement capable d'apprécier seule les admirables spécimens de la race équine que vous avez rassemblés, a-t-elle répondu sans se retourner, avec tout l'aplomb d'une citoyenne bon teint de Sa Majesté. De fait, ce ne sont pas ce que nous appelons des sauteurs, cependant je leur reconnais une certaine prestance et ils sont en bonne forme.

Elle en a étudié un de plus près.

— Celui-ci, le blanc, a une encolure puissante, et je parie qu'il trotte l'amble. Un cheval de parade, selon toute apparence.

De fait, c'était celui que monte Buffalo Bill au début du spectacle, aux allures naturelles remarquables. Chance arrivait maintenant à hauteur de la visiteuse et, lorsqu'elle s'est enfin retournée vers lui, tous deux se sont figés, pareillement ébahis.

— Chance Hadley ! s'est-elle exclamée. Au nom du ciel, que faites-vous ici ?

— C'est une longue histoire, lady Ann Hall, lui a-t-il répondu, comme toujours laconique. Mais je pourrais vous poser la même question.

Ils sont tombés dans les bras l'un de l'autre.

— Je vous en supplie, dites-moi que May vous a suivi ! a-t-elle continué sans le lâcher.

Elle commençait à pleurer sous le coup de l'émotion.

— Oui, m'dame, elle est bien là. Mais il n'y a plus de May, on l'appelle maintenant June… June Hadley. Elle aussi travaille pour la revue. Vous vous rappelez qu'elle griffonnait sans cesse dans ses registres. Eh bien, maintenant, elle écrit des histoires… des scènes, comme ils disent.

— Et où vais-je la trouver ?

— Ici même. Elle vient toujours avec Wren avant le spectacle, pour nous encourager. On ne dit pas bonne chance, ça porte malheur, mais c'est l'idée.

— Wren ? Little Bird ? s'est étonnée Ann en desserrant son étreinte. Comment cela, sa fille est aussi avec elle ? Quel bonheur, voilà qui est extraordinaire ! Comment a-t-elle fait pour la reprendre à Little Wolf ?

— Elle vous le racontera elle-même, Ann. Pardonnez-moi, mais le travail m'attend. Si vous souhaitez vous occuper en attendant, aidez-moi à sortir les chevaux du corral, peut-être ?

— Mais avec grand plaisir, Chance !

Wren et moi sommes arrivées un moment plus tard, ce matin-là. Au fil de mes pérégrinations avec Chance, j'avais fini par oublier dans quelle partie de l'Angleterre résidait Ann Hall, et pourtant, depuis que nous étions à Londres, elle occupait régulièrement mes pensées.

— C'est un grand honneur pour moi de vous rencontrer, madame Hadley, a-t-elle jeté avec un sourire ironique. Et, si je puis me permettre, qui est cette charmante jeune fille à vos côtés ? Serait-ce ce petit bébé épatant que l'on appelait Little Bird, dans la tribu ?

Wren a hoché la tête en pouffant.

— Oui, madame, c'est bien moi ! a-t-elle dit en lui tendant la main.

— Quel enfant bien élevée ! s'est exclamée Ann en la lui serrant. Ah, ce n'est pas l'arrogante jeunesse américaine !

— Toujours aussi attachée aux bonnes manières, Ann.

— Plus que jamais, ma chère.

Nous nous sommes chaleureusement embrassées.

— Bonté divine, quel bonheur de te revoir, May… June ! Quand je t'ai quittée à Laramie, j'ai pensé que nos chemins ne se croiseraient plus. Je me suis si souvent demandé ce que vous deveniez, toi et tes proches.

— Moi de même, Ann.

— Dès que vous serez dégagés de vos obligations, rendez-moi visite à Sunderland, vous me ferez le récit de vos nouvelles aventures.

— J'aimerais beaucoup, Ann, mais nous repartons avec la revue.

— Dans ce cas, je prendrai une chambre en ville où je resterai pendant votre séjour. Si vous n'êtes pas trop occupés, nous dînerons ensemble aussi souvent que possible. Je n'ai pas grand-chose à raconter, je suis déjà rangée comme une vieille fille. Mais ce n'est sûrement pas votre cas.

C'était donc une merveilleuse surprise de retrouver lady Ann, de plus le Wild West Show a rencontré un immense succès à Londres, où les journaux et périodiques ont publié des critiques enthousiastes. L'écrivain irlandais Oscar Wilde a assisté à la première, ainsi que l'essayiste et humoriste américain Mark Twain, alors en Angleterre. Tous deux n'ont pas tari d'éloges dans la presse. La reine Victoria est venue se rendre compte en personne. C'était sa première apparition publique depuis le décès de son mari, vingt-cinq ans plus tôt. La revue l'a vivement impressionnée. Lorsque Buffalo Bill a entamé la parade, avant les premiers numéros proprement dits, brandissant le drapeau américain sur son cheval blanc, Sa Majesté s'est levée pour le saluer. La foule de trente mille spectateurs (dont seulement les deux tiers étaient assis) a suivi son exemple avant d'éclater en applaudissements.

Bill est devenu la coqueluche de la ville. Nous connaissions déjà son penchant pour la bouteille, qui ne s'est pas démenti dans la capitale britannique, où il n'a raté aucun raout organisé en son honneur. Tout le gratin londonien était ravi de recevoir ce rude représentant de la Frontière américaine. Il a même fait une conquête féminine, en la personne de la comédienne Katherine Clemmons. Plusieurs fois, il a mené le spectacle avec une terrible gueule de bois, et même une fois ou deux encore ivre. Maïs c'est un vrai professionnel, qui s'est toujours montré à la hauteur de ce que l'on attendait de lui. Si le public ne s'est apparemment rendu compte de rien, nous avons tout de même éprouvé quelques craintes en coulisse.

Ce qui m'amène au présent. Deux ans plus tard, le Buffalo Bill's Wild West Show est arrivé à Paris en avril, à l'occasion de l'Exposition universelle de 1889 – peut-être notre contrat le plus important de tout temps, compte tenu du nombre et de la diversité des exposants, originaires du monde entier. Londres excepté, c'était le premier événement auquel nous participions où nous n'étions pas la seule attraction. Nous avions autour de nous des centaines d'artistes et savants de différentes nations, cultures et disciplines, qui, tous, présentaient de remarquables créations, projets et inventions. Assister à la marche du progrès avait même quelque chose d'intimidant, alors que, de notre côté, nous rendions simplement hommage au passé.

Malgré le peu de temps que nous avons pu lui consacrer, Paris nous est apparu comme une ville en tout point magnifique. Dès le départ, nous avons été impressionnés par le respect que l'on y témoigne à l'art et aux artistes, à mille lieues de l'Amérique que nous connaissons, où l'on ne se préoccupe que des affaires et du dollar tout-puissant. Quel changement d'atmosphère ! On ne peut pas dire que Chance soit un amateur éclairé, mais tout l'a fasciné là-bas : l'architecture, les musées, les galeries… sans parler de l'excellente cuisine française !

Comme nous devions y rester six mois, j'ai écrit à ma sœur Hortense, avec qui j'avais repris contact avant de traverser l'Atlantique, pour lui demander de venir en France avec ses enfants et les miens, et de visiter l'extraordinaire Exposition. Je brûlais d'envie de revoir ma fille Hortense et mon fils William, qui n'étaient plus si loin à présent de l'âge adulte, et je souhaitais qu'ils fassent connaissance avec leur sœur Wren. Il faudrait dans ce cas que je la leur présente comme leur cousine, la fille de leur tante June… Je commençais à remettre en cause la décision que j'avais prise et je doutais d'être capable de leur mentir longtemps encore. En un sens, j'avais adopté la mentalité des riches familles de Chicago, pour qui le scandale devait à tout prix être évité. « Cacher la poussière sous le tapis », comme on dit couramment. Cependant, mes parents vieillissaient, et l'idée de déshonorer mon père et ma mère, à la fin de leur existence, me paraissait cruelle. En outre, je craignais que mes enfants m'en veuillent de leur avoir caché la vérité, et me reprochent de ne m'être jamais occupée d'eux. Confrontée à un choix difficile, j'avais abordé le sujet avec Chance, l'homme le plus sincère et le plus direct que j'aurais jamais connu.

— June, m'a-t-il assuré, il faut que tu voies plus loin que ça. Quand nous serons vieux, tous les deux, voudras-tu te demander si tu as eu raison de ne pas leur avoir dit la vérité ? Voudras-tu encore être leur tante June, ou ne veux-tu pas être simplement leur mère ?

Sa réaction a grandement contribué à m'éclaircir les idées.

Je dois préciser ici que, d'une façon ou d'une autre, Chance et moi avions décidé de quitter le Wild West Show une fois terminées les représentations de Paris. Nous avions prévenu Bill Cody au moment de quitter Londres. Le pauvre était dans tous ses états.

— Mais vous êtes devenus mes meilleurs amis, les seuls en qui j'ai totalement confiance ! Notre spectacle n'a jamais eu autant de succès, nous avons tant d'autres contrats en Europe, et vous voulez partir maintenant ?

— Vous êtes entre de bonnes mains, Bill, lui avait répondu Chance. L'équipe est excellente, et j'ai travaillé avec Clay Rankin. Je n'ai pas besoin de vous dire qu'il est un incroyable cow-boy. C'est un gars très bien et il sera heureux de me remplacer. N'ayez aucune crainte, je l'ai formé comme il faut.

— Ce n'est pas ça qui m'inquiète, Chance, c'est de vous perdre tous les deux. Et si j'augmentais vos salaires ?

— L'argent n'entre pas en ligne de compte, Bill, lui ai-je dit. Vous nous avez très bien payés et nous avons pu en mettre de côté. Nous sommes simplement fatigués par les tournées. Chance et moi avons besoin de nous installer quelque part et nous pensons à fonder une famille.

Si je n'avais pas prévu de révéler la suite, les mots sont sortis de ma bouche :

— Et puis voilà, je suis enceinte.

Je ne l'avais pas appris à Chance, dont le visage a exprimé l'étonnement, puis l'incrédulité, avant qu'il accepte finalement la chose, avec ce sourire amusé que j'aime tant.

— Il faut que tu m'annonces la nouvelle alors que nous discutons avec Bill ?

— Désolée, mon chéri, je n'avais pas l'intention de le faire maintenant. Les femmes enceintes sont parfois maladroites… C'est venu malgré moi. Ou peut-être est-ce le bébé qui a parlé à ma place…

Il s'est esclaffé.

— Hm, cela nous fera un autre bavard dans la famille. Wren et moi irons nous réfugier quelque part, de temps en temps.

Dès l'enfance, les Cheyennes ont appris à Wren à s'enfermer dans le mutisme en cas de danger, un trait de caractère qu'elle a conservé. C'est une fillette songeuse et silencieuse. Mais lorsqu'elle s'exprime, c'est toujours pour dire quelque chose d'intelligent ou de drôle.

À contrecœur, Bill s'était donc soumis à notre décision. Nous savions que, le jour venu, plutôt que de nous dire adieu, en bon sentimental, il préférerait s'absenter.

Hortense a accepté de venir à Paris avec les enfants. Ni elle, ni les siens, ni Willie, ni Tensie n'avaient encore assisté à une représentation du Wild West Show. Comme c'était les vacances d'été, tous trois prévoyaient de rester un mois entier.

Chance avait raison, je ne pouvais envisager de vieillir avec un secret qui me hanterait jusqu'à la fin de ma vie. Cette pensée me devenait insupportable. J'avais besoin d'un moment seule avec Tensie et Willie pour leur dire la vérité, et donc, quelques jours après leur arrivée, j'ai organisé un pique-nique pour nous trois. Anxieuse, je me demandais tout de même comment ils recevraient mes aveux. Allais-je leur gâcher leurs vacances ? M'en voudraient-ils de les avoir abandonnés, de leur avoir menti ? Il valait mieux en avoir le cœur net aussi vite que possible, sans attendre la veille de leur départ… Ils auraient au moins le temps de s'habituer à l'idée, et moi, d'endosser mon rôle de mère… s'ils ne me rejetaient pas.

Dans un marché de rue, j'ai acheté une grosse miche d'un bon pain français, plusieurs fromages, divers saucissons, du jambon de Bayonne, du beurre, des cornichons et une bouteille de cidre. Il y avait à manger pour dix, mais je voulais offrir un assortiment de bonnes choses à mes jeunes Américains. Je sais d'expérience que la nourriture du Midwest manque de raffinement, et ma famille n'est pas versée dans la gastronomie. Quand j'étais petite, nos menus se composaient essentiellement de viande et de pommes de terre.

Nous sommes allés aux jardins du Luxembourg, où nous avons trouvé un petit coin tranquille pour étendre notre nappe sur l'herbe. J'avais rempli un panier à part de verres et d'assiettes, et j'y avais mis deux planches à découper. Nous n'étions pas trop de trois pour transporter tout cela.

Comme les enfants étaient récemment arrivés, Paris était encore pour eux nouveau et tout leur paraissait merveilleux.

— C'est joli, ici, tante June, a remarqué Willy tandis que nous nous installions.

En effet, les pelouses étaient magnifiquement entretenues, et les parterres de fleurs en pleine floraison estivale. Un autre exemple des talents artistiques partout déployés dans ce pays.

— Et on a beaucoup à manger ! a-t-il poursuivi.

— Je me suis peut-être laissée emporter, ai-je admis. J'espère que cela vous plaira.

— C'est une plus belle ville que Chicago, et la nourriture est meilleure, a renchéri Tensie. J'aimerais bien habiter ici. Tu sais qu'on a un cours de français à l'école ?

— Ah bon ? Alors, ne sois pas timide avec les Parisiens. Parle-leur dans leur langue, ils seront enchantés. Je ne parle pas bien moi-même, mais les Français apprécient que l'on fasse un effort. La plupart n'ont pas l'air très doués pour l'anglais, d'ailleurs. Qui sait, un jour peut-être viendras-tu vivre ici ?

J'ai disposé sur une des deux planches le beurre et l'assortiment de fromages avec le couteau approprié, et sur l'autre, les saucissons que j'ai découpés en rondelles avec un second couteau, plus aiguisé. J'ai taillé des tranches de pain, puis je leur ai servi à chacun un verre de cidre.

— Prenez ce qui vous fait envie, leur ai-je conseillé.

— Ce qu'on est bien là, tante June ! m'a dit Tensie après quelques bouchées. Merci de nous avoir invités.

— Ne me remercie pas. Je suis la plus heureuse des trois, lui ai-je répondu.

— Et tout est vraiment bon ! s'est exclamé Willy, ravi. On ne mange pas comme ça à Lake Forest, tante June.

Au bout de quelques jours en leur compagnie, j'en avais déjà assez qu'ils m'appellent « tante June ». Chance avait vu juste : il n'était pas question que cela se poursuive toute ma vie. Si j'étais trop nerveuse pour avoir faim, c'était un plaisir de les voir tous deux dévorer fromages et saucissons avec appétit. Au moins, ils n'étaient pas difficiles pour la nourriture. J'ai finalement rassemblé mon courage pour leur annoncer :

— Il faudrait que nous parlions de quelque chose.

— Bien sûr, tante June, a approuvé Tensie. De ce que tu voudras.

Je me suis rendu compte que je n'avais rien préparé et que j'ignorais comment aborder le sujet le plus délicatement possible.

— Eh bien, euh… Par où vais-je commencer ? me suis-je dérobée.

— Y aurait-il un rapport avec ton nom, tante June ? m'a demandé Tensie avec un sourire espiègle.

— Comment cela ? ai-je répondu bêtement.

Ils se sont esclaffés, et je me suis sentie encore plus bête.

— Tu n'es pas notre tante, a déclaré Willy sur un ton légèrement mélodramatique.

Tous deux ont encore pouffé, visiblement amusés de me mener par le bout du nez.

— Tu pourrais aussi bien l'admettre, May, a-t-il ajouté.

Je me suis mise à rire et pleurer en même temps.

— Petits diables ! ai-je réussi à articuler. Vous prenez un malin plaisir à me taquiner ! Oui, en effet, je suis votre maman, May Dodd. Mais vous le savez déjà.

— Nous avions envie de te l'entendre dire, a expliqué Tensie. Cela te dérange-t-il que nous t'appelions May… ou June ? Cela ferait un peu bizarre de t'appeler maman.

— Cela ne me dérange pas du tout. Appelez-moi comme il vous plaira. Comment avez-vous appris ?

— Par les grands-parents, un jour qu'ils se disputaient à ton sujet, a répondu Willy. Grand-mère reprochait à grand-père de t'avoir forcée à changer de nom, et elle lui criait après. Alors on a demandé à tante Hortense de nous expliquer, mais, selon elle, nous n'avions pas bien compris.

— Donc nous avons posé la question à papa, a continué Tensie. Il a répondu la même chose. Seulement, il se rend sur ta tombe tous les ans, le jour de ton anniversaire, pour y poser des fleurs. Donc on a cru que nous n'avions *vraiment* rien compris, parce qu'il ne ferait pas ça si tu étais encore en vie, n'est-ce pas ? Je me rappelle quand nous nous sommes rencontrés, la première fois, au grenier, lorsque nous étions petits. Tante Hortense t'avait présentée comme notre tante June, et tu pleurais comme tu pleures maintenant. Mais après, plus rien, plus de nouvelles de cette tante June. On a réfléchi et pensé que, si tu étais réellement notre mère, bien vivante, tu ne nous aurais pas abandonnés. Ou alors tu ne te souciais pas de nous.

— Mais non, non, non ! me suis-je écriée en recommençant à pleurer. Ce n'est pas du tout ça. Je ne pouvais pas vous prendre avec moi, voilà.

— Eh oui, a reconnu Willy. Papa nous a finalement tout avoué. Alors nous sommes revenus voir grand-mère pour lui dire qu'on savait. Et elle nous a raconté ton histoire.

— Comme tu l'avais fait toi-même, quand tu étais là, a ajouté Tensie. On était très en colère contre grand-père… et nous le sommes encore.

Je me suis soudain effondrée, à la fois soulagée et rongée par le regret.

— Je suis navrée, mes enfants, vous n'imaginez pas à quel point…

— Allons, ne pleurniche pas, maman, m'a reproché Tensie, comme si elle était l'adulte et moi, l'enfant. Il ne faut pas être navrée. Grand-mère nous a tout expliqué… À cause de grand-père et de son asile de fous, vous étiez obligés de partir, Chance et toi.

— Elle dit que tu connais plein d'histoires avec des Indiens ! s'est écrié Willie, enthousiaste.

— Oh oui, mon garçon…

J'ai retrouvé le sourire – ils avaient réussi à me rassurer.

Tensie et Willie ont profité agréablement de leur séjour à Paris. Leur demi-sœur Wren et moi-même avons passé d'inoubliables moments en leur compagnie. Ils ont adoré le Wild West Show, ainsi que de nombreux autres spectacles. Ce sont de merveilleux enfants, curieux, drôles et intelligents. N'ayant pas participé à leur éducation, je ne peux m'attribuer aucun mérite, mais je suis particulièrement fière d'eux.

Profitant de nos relations avec les organisateurs, nous avons pu monter tout en haut de la tour Eiffel, une prouesse architecturale entièrement construite en acier, spécialement pour l'Exposition. Nous y sommes allés avec Bill Cody et Annie Oakley, notre tireuse d'élite. Je n'ai pas encore parlé de cette très petite femme, qui est un as de la gâchette, aussi bonne dans son domaine que bien des hommes. Son numéro est l'un des plus appréciés de la revue. Tensie et Willie ont été grandement impressionnés par son habilité à manier le revolver. Elle a grandi dans l'Ohio, ce que nous gardons secret. Annie se produit vêtue de robes du plus pur style *western* qu'elle coud elle-même. Elle porte aussi des bottes de cow-boy et un chapeau à large bord. Nous lui avons bâti une légende d'héroïne de l'Ouest américain à laquelle nous avons fini par croire nous-mêmes. C'est une femme directe, simple et modeste, qui a recueilli les faveurs du public français.

Parmi les nombreux visiteurs de l'Exposition, qui a bénéficié d'une large publicité dans tout le pays, nous avons rencontré un couple camarguais – attiré notamment par le Wild West Show –, avec qui nous nous sommes rapidement liés d'amitié. Passionnés d'équitation, ils s'appellent Virginie et Gilles Legrand, et possèdent un ranch dans le delta du Rhône qu'ils décrivent comme un pays sauvage, largement inhabité. Ils nous ont parlé des chevaux blancs qui vivent là-bas en liberté, et qui appartiendraient, selon eux, à une des races les plus anciennes du monde. Ils en ont domestiqué une petite troupe, une « manade », dont ils s'occupent avec l'aide d'autres « gardians ». Naturellement, Chance s'est tout de suite bien entendu avec eux – puisqu'ils sont des cow-boys comme lui. Il y a aussi en Camargue des taureaux noirs qu'ils rassemblent périodiquement, et qu'ils fournissent aux organisateurs de courses, dans lesquelles l'animal n'est pas mis à mort, mais seulement poursuivi par des « raseteurs ». Entre les chevaux et les taureaux, ils gagnent modestement leur vie. Gilles et Virginie ont assisté aux numéros de Chance et, lorsqu'ils ont appris qu'il était dresseur de métier, ils nous ont invités à leur rendre visite. Nous leur avons dit que nous renoncions à nos engagements envers Bill et ils ont évoqué la possibilité de nous associer. Il se trouve qu'un ranch voisin du leur est à vendre, alors nous pourrions travailler avec eux. Nous nous sommes entendus avec Cody pour quitter le Wild West Show quelques semaines avant la fin de l'Exposition universelle, et Clay Rankin est prêt à remplacer Chance. Avant d'ébaucher tout projet d'avenir, nous avions pensé à visiter à cheval la campagne française, cet automne. Mais me voilà enceinte, et il va bien falloir que nous nous posions quelque part. Au fil des ans, les tournées nous ont permis d'économiser une coquette somme et la perspective de nous établir dans un endroit qui ne manque pas de charme, où Chance exercerait le métier qu'il aime, paraît trop belle pour être vraie. Je pourrais même continuer à écrire là-bas. Bien sûr, nous ne connaissons la Camargue que par la description que nous en ont faite les Legrand, mais nous en rêvons déjà…

En un mois à Paris, nos liens avec Tensie et Willy se sont resserrés. Jusque-là, je n'avais été que l'ébauche d'une mère pour eux et nous avons appris à mieux nous connaître. Notre rapprochement a été pour tous une source de soulagement et de gratitude. J'ai maintenant mes trois enfants avec moi, un quatrième pour bientôt, et l'idée de me séparer de Tensie et Willy est franchement insupportable. Je leur ai demandé s'ils aimeraient séjourner un peu plus longtemps en France, et même se rendre avec nous en Camargue. Évidemment, ils rateraient la rentrée des classes à Chicago, où je sais qu'ils ont des amis proches et sont d'assidus sportifs. Si je ne leur ai rien imposé, leur réponse n'a pas traîné. C'était un oui enthousiaste.

Cela fait, j'ai abordé la question avec ma sœur, qui s'y est fermement opposée.

— Certainement pas, May ! Nous avons des places réservées sur le bateau du retour, et ils doivent retourner au lycée. Je me doutais que tu voudrais les garder avec toi, et j'avais bien dit à maman que je ne le permettrais pas.

Je n'ai pu m'empêcher de rire.

— Tu oublies peut-être que je suis leur mère. La nôtre n'a pas autorité en la matière, et tu n'es que leur tante. Je te suis très reconnaissante de les avoir emmenés à Paris, cependant Chance, moi et les enfants avons pris cette décision ensemble. Nous nous passerons de ton autorisation.

— Ils sont encore mineurs, May, tu n'as pas le droit de te les approprier. Quelle vie vas-tu leur offrir, avec ton cow-boy de mari ? Tout le temps sur les routes, tels des aboyeurs de foire ! J'espère ne pas en arriver là, mais si tu persistes, je demanderai assistance auprès de l'ambassade des États-Unis et nous ferons barrage. Les petits sont sous ma protection et la famille pourvoit à leurs besoins. Dois-je te rappeler depuis combien de temps tu les négliges ? D'ailleurs, peux-tu seulement prouver que tu es leur mère ?

À la fois incrédule et scandalisée, j'ai bien regardé ma sœur.

— Me les approprier ? Je les aurais négligés ? Bon sang, Hortense, on me les a retirés de force, tu le sais bien ! Après ce que j'ai enduré à cause de cette maudite famille ! Et ce qu'ils ont subi, eux aussi, privés de leur vraie mère, enfermés dans le mensonge pour préserver le nom des Dodd, que je renie de toutes mes forces ! Et maintenant que je les retrouve, ce qui a été mon seul objectif pendant toutes ces années, ma seule raison de vivre, il faudrait que je renonce à eux ? Tu peux bien te moquer de mon cow-boy de mari, comme tu dis, mais lui et moi avons fait des efforts pour mettre de l'argent de côté, afin de fonder une famille. Nous avons gagné honnêtement notre vie, unis dans l'adversité, et nous sommes fiers de ce que nous avons accompli. Peut-être aurais-tu préféré que j'épouse un minable escroc comme ton mari, tout juste capable de falsifier des comptes bancaires ? Pour retourner ensuite vivre chez papa et maman ? Toi qui n'as pas travaillé un seul jour de ton existence ! J'attends un quatrième enfant, Hortense. Chance et moi allons enfin pouvoir nous installer dans un endroit que nous avons choisi. Et tu voudrais me prendre Tensie et Willie ? Alors, va dans ton ambassade, essaie donc ! Tu sais ce que je vais faire, dans ce cas ? Nous avons d'excellentes relations avec les journalistes de nombreux pays, en Amérique, en Angleterre, en France. Nous nous sommes produits devant la reine Victoria et nous avons été présentés à la famille royale. Chance est trop modeste pour l'admettre, mais c'est un grand artiste, réputé dans le monde entier pour ses dons de cavalier. Le Wild West Show, dont nous sommes les *aboyeurs*, pour reprendre ton expression, a acquis une réputation internationale. Alors va chez l'ambassadeur, et j'écris au *New York Herald*, au *Chicago Tribune*, au *Times* de Londres et au *Monde* en France. Je leur raconte l'histoire sordide de la famille Dodd, l'enlèvement de mes enfants, mon internement dans un asile, ma fuite chez les Cheyennes… tout ça pour qu'aujourd'hui ma sœur tente de me voler mes enfants ! Il faudra d'abord que tu me passes sur le corps, Hortense !

Elle a quitté Paris deux jours après, avec ses propres enfants, pour Le Havre où l'attendait le bateau du retour. Je ne l'ai pas revue après notre dernière conversation et n'ai pas eu de nouvelles depuis. La rupture avec les Dodd est à présent totale.

La troupe a organisé une fête en l'honneur de notre départ. Comme prévu, Bill Cody s'est distingué par son absence. C'était aussi bien… car dire adieu à ces excellents camarades, qui étaient presque devenus une famille, fut pour nous assez émouvant comme cela. Certains nous ont fait des cadeaux afin que nous nous rappelions ces moments magnifiques ensemble. Nous étions très proches d'un couple de Sioux, dont les deux filles étaient de grandes amies de Wren. Le nom de leur mère se traduit par « Femme qui marche dans le vent », ce qui me fait toujours penser à Woman Who Moves Against the Wind, ma guérisseuse cheyenne. Elle et ses filles ont offert à Little Bird une robe droite en peau de daim, joliment brodée, ainsi qu'une paire de mocassins ornés de perles, ce qui l'a beaucoup touchée.

Respectueuse des coutumes indigènes, elle leur a donné à son tour deux bracelets en argent que nous lui avions achetés à Paris et qu'elle aimait beaucoup. Elle les a retirés de ses poignets pour les passer à ceux des jeunes filles. Ce geste généreux m'a remplie de fierté.

Chance nous a trouvé des places dans un train de marchandises qui transporte des chevaux, du bétail et quelques passagers. Les cow-boys de la troupe lui ont presque tous proposé de lui acheter Lightning, et il a décliné. Pas question pour moi d'abandonner Lucky non plus. Ces chevaux font partie intégrante de notre vie, et pas un instant nous n'avions envisagé de nous en séparer. Sans eux, Chance et moi ne nous serions pas rencontrés… et qui sait ce qu'il serait advenu de nous ?

La perspective d'être livrés à nous-mêmes, sans les nombreux compagnons de la troupe, est à la fois palpitante et effrayante. Je m'inquiète pour ma petite Wren, qui n'aura jamais joui d'une grande stabilité dans sa courte existence. Bien qu'elle n'ait pas une once de sang indien dans les veines, je trouve étonnant qu'elle se soit tant rapprochée de cette famille sioux. Ils l'ont de leur côté acceptée à bras ouverts et elle a spontanément trouvé sa place dans leur loge. Voilà qu'aujourd'hui nous l'arrachons à ce minimum de confort pour l'emmener dans un endroit mystérieux. Wren est cependant une enfant solide, courageuse, et je crois malgré tout qu'elle saura s'adapter.

Tensie et Willie ont quitté leur tante Hortense et ses trois enfants avec une pointe de regret, ont-ils admis. Ils ont après tout grandi avec ceux-ci, qui sont des jeunes gens très bien élevés, comme dirait Ann Hall. Je les trouve cependant un peu inhibés, renfermés sur eux-mêmes, en cela semblables à bien des gens du Midwest. Il semble qu'ils aient apprécié Paris et l'Exposition universelle, mais sans exprimer d'émotion ou d'enthousiasme pour rien, comme s'il était inconvenant de le faire. Mes propres enfants, qui n'ont pas cette sorte de détachement, s'enflamment facilement pour tout ce qui les intéresse. Je les sépare néanmoins de la seule famille qu'ils aient connue jusque-là. Si j'ai échangé des propos amers avec ma sœur, la dernière fois que je l'ai vue, c'est tout de même elle qui les a éduqués, en grande partie, et le résultat est appréciable. Est-ce si égoïste de ma part de les vouloir près de moi ? J'ai pris soin de leur expliquer à tous deux que, s'ils veulent un jour rentrer à Chicago, retrouver leurs amis, leur lycée, leur père, je les renverrai là-bas sans poser de questions. Je sais que ce jour viendra, mais pour l'instant ils sont ravis de faire l'école buissonnière, d'aller vers l'inconnu avec cette maman aventurière qui leur fait le récit d'une vie peu commune chez les Indiens, et cette demi-sœur qui les a adoptés et se considère comme leur égale. Tensie joue déjà le rôle de l'aînée sérieuse et responsable. C'est une jeune fille réfléchie, à l'humour décapant, ouverte à l'avenir… qui me fait penser à sa mère au même âge !

Le train ne comporte qu'un seul wagon pour les passagers, qui jouxte le fourgon de queue. Mon Willy ouvre de grands yeux sur tout ce qui l'entoure. À l'instant, il observe le paysage qui défile derrière la fenêtre et nous fait part de ses observations, déroutantes et parfois hilarantes. Il nous décrit minutieusement la campagne, les champs, les forêts… comme s'il rédigeait un récit de voyage. Peut-être est-ce un écrivain en herbe ?

Comme nous devons changer de train avant d'arriver à Arles, il faudra décharger et recharger les chevaux. Tandis que je griffonne, comme toujours, dans mon journal, je ne peux m'empêcher de penser à cet autre train, il y a plus de vingt ans, dans lequel je quittais Chicago pour l'Ouest sauvage. Qui aurait imaginé les séries d'événements qui se sont produits dans l'intervalle, et qui me conduisent finalement en Camargue ?

3 octobre 1889

C'était une fraîche matinée d'automne. Virginie et Gilles nous ont chaleureusement accueillis à la gare d'Arles. Ils étaient venus dans un chariot, tiré par deux chevaux, et ils avaient apporté à déjeuner pour tout le monde. Gilles et Chance ont retiré nos bêtes du wagon à bestiaux, la sellerie et le reste. Nous avons sellé Lucky et Lightning, posé nos bagages dans le chariot, et les enfants sont montés à l'arrière. Le voyage les avait fatigués, mais ils étaient ravis de découvrir un pays nouveau… « On est bien loin de Paris », a déclaré Willy. Chance et moi avons enfourché nos montures et avancé de front avec le chariot.

Nous avons mis six heures pour gagner le ranch des Legrand, qui nous ont fait visiter la région au passage. Nous avons longé des marécages recouverts par les herbes, de vertes rizières, des marais salants et de longues plages fouettées par le vent. Nous avons aperçu une étonnante espèce d'oiseaux, des flamants roses, rassemblés par centaines ou milliers, qui se distinguent par leur élégante silhouette, leurs pattes interminables et leur long cou.

Les enfants ont été les premiers à remarquer les hardes de taureaux noirs et les chevaux sauvages qui trottaient dans l'eau peu profonde des marais. Ce sont de beaux animaux, musclés, trapus, blancs ou gris pommelé. Nous en avons croisé d'autres sur la terre ferme, surveillés par des gardians, tous amis des Legrand qui les ont salués de loin. Quittant la côte, nous avons traversé une série de prés dans lesquels broutait du bétail, puis encore d'autres chevaux. De modestes fermes blanches se trouvent à cet endroit, isolées les unes des autres, qui ne déparent pas le paysage. Gilles et Virginie nous ont d'abord emmenés dans la leur, où Chance et moi avons dessellé nos montures, posé nos affaires, tandis qu'ils faisaient boire leur attelage. Puis nous sommes tous montés dans le chariot et nos amis nous ont conduits à la ferme voisine. C'est un bâtiment du même style que la leur, un simple mas blanchi à la chaux, construit légèrement en hauteur en raison des risques d'inondation. Le vendeur leur avait confié la clef. « Le plus souvent, la plupart des gens ne ferment pas leur porte, ici », nous a expliqué Virginie. Les trois enfants, tout excités, sont aussitôt descendus et Virginie a ouvert. Tensie, Willie et Wren ont couru à l'intérieur. Chance et moi les avons suivis prudemment, même vaguement inquiets. Les meubles avaient été retirés, les murs étaient blancs et dénudés. Trois pièces pouvaient servir de chambres à coucher, dont les enfants nous ont attribué la plus spacieuse. Il n'en restait que deux pour eux, et ils ont commencé à se disputer pour savoir qui occuperait lesquelles, sauf Wren, qui a préféré se taire. Tensie a finalement déclaré :

— Voilà comment on va faire, William : ma sœur et moi allons prendre la plus grande chambre, parce que nous y serons deux. Tu as la chance d'avoir la dernière rien que pour toi. Tu seras d'accord si je te dis que nous avons longtemps logé dans la même pièce, toi et moi. Cela devient gênant lorsqu'on atteint un certain âge. Wren et moi dormirons ensemble et nous échangerons nos histoires de filles.

— Pourquoi est-ce toujours toi qui décides de tout ? a jeté Willie, un rien irrité.

— Parce que je suis l'aînée. Je te l'ai déjà expliqué, petit frère, c'est aussi simple que cela. Es-tu de mon avis, Wren ?

— J'ai habité avec des garçons et des filles, a répondu ma Little Bird. À condition qu'ils soient gentils et polis, je suis bien avec les deux.

— Je promets d'être gentille et de ne jamais te déranger, lui a assuré Tensie. La question est réglée.

Chance et moi avons visité le reste de la maison, puis nous sommes ressortis. Nous avons observé le champ qui la bordait, où une manade d'étalons, de juments et de poulains paissait tranquillement.

— Alors, ma chérie, cela te conviendra-t-il ?

J'ai regardé l'horizon.

— Pas d'arbres pour te boucher la vue, cow-boy ?

— Non, m'dame. Et je crois que tu peux m'appeler gardian, maintenant.

J'ai hoché la tête.

— Une maison blanche et des chevaux blancs, exactement comme dans mon rêve. Mais nous-mêmes n'y étions pas, Chance. C'était comme un tableau, un paysage paisible et agréable.

— Eh bien, il n'attendait que nous, June. Nous en faisons partie, à présent.

FIN

GLOSSAIRE DES NOMS INDIENS

A

Appears on the Water Woman : Celle qui apparaît sur l'eau

B

Bad Horse : Mauvais cheval
Bear : Ours
Bear Doctor Woman : Celle qui a guéri l'ourse
Black Man : Homme noir
Black White Woman : Femme blanche noire
Bridge Girl : Fille-pont
Buffalo Woman : Femme-bison

C

Camps All Over Woman : Celle qui campe partout
Coyote Woman : Dame-coyote
Crazy Dogs : Les Chiens fous
Crazy Horse : Cheval fou
Crooked Nose : Nez crochu

D

Dog Woman : Femme-chien
Dull Knife : Couteau émoussé

F

Falling Star : Étoile filante
Falls Down Woman : Celle qui tombe par terre
Feather on Head : Plume sur la tête
Flying Woman : Celle qui vole

G

Good Feathers : Bonnes plumes

GOOSE : Oie (jars)
GRASS GIRL : Fille de l'herbe

H

HAROLD WILD PLUMS : Harold prunes sauvages
HAWK : Faucon
HIGH BEAR : Grand ours
HOLY WOMAN : Femme sainte
HORSE BOY : Le Garçon aux chevaux
HOWLS ALONG WOMAN : Celle qui se joint aux hurlements

K

KILLS IN THE MORNING WOMAN : Celle qui tue le matin

L

LIGHT : Lumière
LITTLE BEAVER : Petit castor
LITTLE BIRD (Wren) : Petit oiseau
LITTLE EGG : Petit œuf
LITTLE FINGERNAIL : Petit ongle
LITTLE SNOWBIRD : Petit junco
LITTLE TANGLE HAIR : Petits cheveux emmêlés
LITTLE WOLF : Petit loup (coyote)

M

MAY SWALLOW WILD PLUMS : May hirondelle prunes sauvages
MEDICINE BIRD WOMAN : Femme-oiseau-médecine
MOLLY STANDING BEAR : Molly ours debout
MOUSE : Souris

N

NIMKII : Tonnerre

O

OMAGAKIINS : Petite grenouille

P

PAPER MEDICINE WOMAN : Femme à la médecine de papier
PRETTY NOSE : Joli nez
PRETTY WALKER : Celle qui marche gracieusement

Q

QUIET ONE : La Silencieuse

R

RED FOX : Renard roux
RED PAINTED WOMAN : Femme peinte en rouge
ROCK : Roc

S

SEANO : le lieu des morts
SHORT BULL : Petit taureau
SINGING WOMAN : Celle qui chante
SQUIRREL : Écureuil
STARVING ELK : Élan affamé
SWALLOW : Hirondelle

T

TALL BULL : Grand taureau
TANGLE HAIR : Cheveux emmêlés
THE HANGING ROAD IN THE SKY : la route suspendue dans le ciel (qui mène à Seano)
TWIN WOMAN : Femme jumelle
TWO CROWS : Deux-corbeaux

W

WARPATH WOMAN : Femme sur le sentier de la guerre
WOMAN WHO WALKS IN THE WIND : Femme qui marche dans le vent
WOMAN WHO KICKS MEN IN TESTICLES : Celle qui donne des coups de pied dans les testicules
WOMAN WHO MOVES AGAINST THE WIND : Celle qui avance contre le vent
WREN : Passereau

Y

YELLOW HAIR WOMAN : Femme aux cheveux jaunes
YOUNG WOLF : Jeune loup
YOUNGBIRD : Petit oiseau

TABLE DES MATIÈRES

Composition et mise en pages
Nord Compo à Villeneuve-d'Ascq

Pour plus d'information :

www.lisez.com

Imprimé sur du papier issu de forêts gérées durablement.

Imprimé en France par MAURY IMPRIMEUR
en avril 2024
N° d'impression : 277120

POCKET – 92, avenue de France, 75013 Paris

S33633/01